U0495681

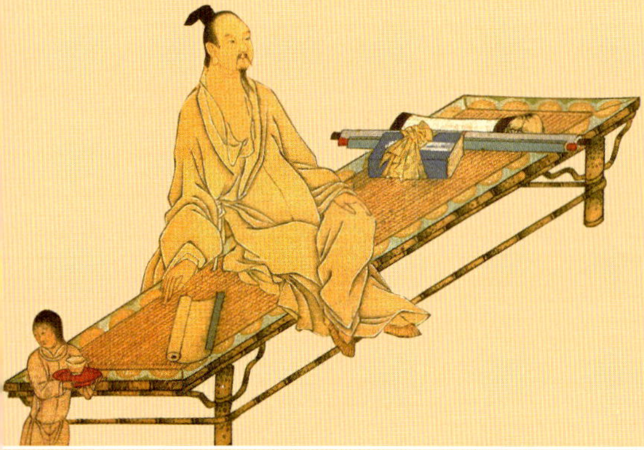

王士祥 著

唐诗中的
家风家训

中原出版传媒集团
中原传媒股份公司
大象出版社
·郑州·

图书在版编目(CIP)数据

唐诗中的家风家训 / 王士祥著. — 郑州：大象出版社, 2022.3
(唐诗中国)
ISBN 978-7-5711-1361-2

Ⅰ. ①唐… Ⅱ. ①王… Ⅲ. ①唐诗-诗歌欣赏-通俗读物②家庭道德-中国-通俗读物 Ⅳ. ①I207.227.42-49 ②B823.1-49

中国版本图书馆 CIP 数据核字(2022)第 028192 号

唐诗中国
唐诗中的家风家训
TANGSHI ZHONG DE JIAFENG JIAXUN

王士祥　著

出 版 人	汪林中
策　　划	张前进　管　昕
责任编辑	张　琰
责任校对	牛志远
书籍设计	王莉娟

出版发行	**大象出版社**(郑州市郑东新区祥盛街 27 号　邮政编码 450016)
	发行科　0371-63863551　总编室　0371-65597936
网　　址	www.daxiang.cn
印　　刷	洛阳和众印刷有限公司
经　　销	各地新华书店经销
开　　本	720 mm×1020 mm　1/16
印　　张	14
字　　数	178 千字
版　　次	2022 年 3 月第 1 版　2022 年 3 月第 1 次印刷
定　　价	35.00 元

若发现印、装质量问题，影响阅读，请与承印厂联系调换。
印厂地址　洛阳市高新区丰华路三号
邮政编码　471003　　　　电话　0379-64606268

出版说明

众所周知，中国是诗的国度，唐诗更是世界文苑中一颗熠熠生辉的明珠。王静安先生曾在其《人间词话》中将"唐之诗"作为有唐的"一代文学"，更使唐诗树起了独领风骚的大旗。

唐诗之所以成就独出，宋人严羽在其《沧浪诗话》中认为科举使然。无可否认，科举打破了学在官府的局限，促进了教育的多层次化；同时，"以诗取士"作为改革制度成为选拔官人的举措，从而让诗歌创作的参与者表现出多层次性特征，而作者的多层次性必然会带来诗歌内容的丰富性和诗歌艺术的多姿多彩。

唐诗题材广泛，或反映社会状况、阶级矛盾、民族关系、国际交流，或书写男女情爱、离愁别绪、家风家教、爱国情怀，或记录节日风俗、四季轮转、锦绣山川。我们从唐诗中可以感受历史纵深处的文化积淀，与三皇五帝以及唐前的历史人物进行跨时空交流；可以品味当时生活的林林总总，随着文人墨客笔下那浅吟低唱的文字展开联想，为成功者而歌，亦为失意者而叹。总之，唐诗可以带给我们丰富的艺术感受和生命体验。

当前，文化自信深入人心，中国优秀传统文化以多种传播形式走进了人们的视野，中央电视台的《中国诗词大会》《经典咏流传》以及各地方电视台的诗词类节目，皆努力通过经典的魅力提升人们的生活品质、审美情趣。

在这种时代背景下，出版行业更应当积极有为。我社经过反复论证，决定推出"唐诗中国"系列丛书，引导读者探寻中国历史，了解中国故事，保持对中国文化的温情和敬意。换言之，"唐诗中国"系列丛书旨在通过专题化、故事化的呈现，系统解读唐诗的文化意蕴，抉发唐诗的诗教功能和当代价值，从而在继承优秀传统文化、助力国家文明建设中略尽绵薄之力。这也是加强对中华优秀传统文化古为今用、推陈出新的具体转化。

作为全国优秀社会科学普及专家，郑州大学文学院教授王士祥老师长期致力于唐诗的研究和宣教工作，在学术走出书斋、走向大众、走向通俗普及方面造诣颇深。其在我社出版的《名人妙对》《唐诗趣谈》《隋唐科场风云》等文化读物，语言妙趣横生且充满智慧，受到读者的普遍好评。由此，我们邀请王士祥老师以一人之力担承整套丛书的写作任务，在我社滚动出版，并展开针对性营销，对于整合和打造品牌书系大有裨益。本套丛书的出版，王士祥老师会精心选择紧扣当下时代要求和社会热点的主题，在写作中保持一贯的通俗、幽默、生动的风格，让读者在轻松的阅读中接受唐诗精神的熏陶，感受中国优秀传统文化的魅力。这是我们的品牌保证！

王老师开讲了！

大象出版社
2019 年 11 月

前言

◆

"家风"是指一个家庭的生活方式和文化氛围,"家训"是指一个家庭立身处世、持家治业的准则。家风家训是中国传统文化的重要组成部分,在中国历史上对于家族成员生命涵养、人格养成具有不可低估的意义。历史上的颜氏家训、朱子家训、曾国藩家训都有值得后人借鉴的重要元素,对于今天的家庭文化建设具有重要价值。

当前,传统文化复兴得到国人普遍认可、支持与积极参与。在这种文化背景下,国家尤其重视家风家训,这既是文化自信的表现,又是家国同构的需要。尼克松在《1999年:不战而胜》中说:"当有一天,中国的年轻人已经不再相信他们老祖宗的教导和他们的传统文化时,我们美国人就不战而胜了。"邓实先生有一句话"君子生是国则通是学,知爱其国无不知爱其学"。所以,重视家风家训还具有国家文化战略意义,学习家风家训、坚持家风家训,本身也是爱国的表现。

基于这样的认识,本书从诗、史、事三个角度出发,精挑细选了唐朝历史上十二个家族,按照时间先后进行写作,包括虞世南家族、魏征家族、李百药家族、薛曜家族、王勃家族、王维家族、杜甫家族、颜真卿家族、李德裕家族、白居易家族、杜牧家族、柳公权家族。所选家族符合两个特点：一、有文化传承，不能兴于一代，亡于一代；二、弘扬正能量，其修身治家，于古今颇多教益。

诗歌是本书的切入点。本书诗歌选择灵活，无论是主人公写的诗还是写主人公的诗，只要有利于记述主人公家族的家风家训皆在选用之列。王勃的《倬彼我系》和杜牧的《冬至日寄小侄阿宜诗》便是主人公写的诗，其中有对家族文化的歌颂与继承，体现了家风家训的元素；苑咸的《酬王维》对王维家族的家风家训有一定概括；薛逢的《伏闻令公疾愈对见延英，因有贺诗远封投献》虽然不是写魏征，但其中的"人镜重开日月边"能让人联想到魏征。

本书强调诗、史结合。因为书中所选取的家族都是有正史记载的，所以笔者充分利用了《旧唐书》《新唐书》《资治通鉴》等经典历史文献，使本书内容在保证通俗性的基础上更添厚重感。以杜甫和颜真卿为例，杜甫写了大量的现实主义诗歌，他的诗被尊为"诗史"。确实，杜甫诗有以诗写史、以诗证史、以诗补史的功能，所以在这一部分笔者用了《旧唐书》《册府元龟》《唐大诏令集》作为支撑，做到了言必有据。颜真卿在"安史之乱"中奋力抗击叛军，甚至不惜以自己的儿子为人质，在"淮西之乱"中为了国家尊严慷慨就义，这一部分我们同样以正史记载为准，既是对颜鲁公的敬重，也是对中国诗歌重视本实传统的尊重。

诗的背后往往是事，史也是由一系列事构成的。我们所选择的每一个家族都有很多故事，这些故事是支撑本书的重要基础。如果我们把诗和史看作本书筋脉的话，故事则是构成本书的血肉。一个个故事使每一个家族显得丰满了，而这些故事也是每一个家族文化、精神的具体体现。这些故事增强了本书的可读性，拉近了历史人物与读者之间的距离，让读者在了解故事的过程中去感受家族文化的魅力。比如魏征与太宗关于长乐公主陪嫁问题的争论，牵涉到了四个主要人物，分别是魏征、李世民、长乐公主、长孙皇后，魏征言必据史，让我们从中看到了魏征的诤臣特征，长孙皇后的大局意识、李世民的虚心品质、长乐公主的委屈形象都因为故事跃然纸上。

笔者在写作中有一个很强的感受，那就是家庭教育的重要性。大凡成功的家族，都有好学的品性，如虞世南求学期间"精思不倦，或累旬不盥栉"，如杜佑"资嗜学，虽贵犹夜分读书"，如柳公权"幼嗜学，十二能为辞赋"，他们所学都是经、史等传世经典。这也告诉我们一个道理，经典就是经典，只有经典的文化才能成就经典的人生，这就是白居易所说"咸德以慎立，而性由习分"的道理，所以对学习内容的选择至关重要。对经典的学习属于生命内涵的培养，这也是我们的国家精神，或许也正是因为这样，当时才会出现幼而能诗善文的"神童"。

这本书中的内容在写作过程中被河南省教育厅立为重点教改项目，题为"古代文学课堂的实践能力提升"。希望本书能为读者朋友带来多维度的信息，爱诗者赏其诗，嗜史者得其史，好事者品其事，对当下的家族文化建设有所贡献。

王士祥

2020年3月28日

目录

居高声远非秋风——虞世南家族…………………………001

才高曾被比潘陆　奉和二皇作陆云

忠直恳切事明君　哀毁骨立事亲孝

贤良直谏为人镜——魏征家族……………………………021

深策奇谋不被用　誓成良臣多诤谏　五世孙謩有祖风

饮露清心翳叶中——李百药家族…………………………038

学富才优振士林　博涉多才号奇童

代掌制诰修国史　孝由天性代代传

恭慎恒惭恩遇崇——薛曜家族……………………………052

原与皇家结姻亲　家世原来多贵胄

善文博雅留佳作　显赫尊崇须恭慎

诗书礼乐为家宝——王勃家族……………………………067

奉儒视作传家宝　事君勤勉做公侯　樊笼屡入思田园

向佛忠孝以诗名——王维家族……083

入用还推间气贤　为文已变当时体

弟恭兄友事忠孝　笃志奉佛随母亲

奉儒守官缀诗笔——杜甫家族……101

奉儒自元凯　愿登要路津　诗是吾家事

颜氏忠烈耀门楣——颜真卿家族……116

儒学修养是家风　从来板荡识诚臣

慨然赴死淮西地　鲁公书法属家学

应念上公留凤沼——李德裕家族……131

三代倾心为庙堂　位高不忘奖善心　党争之怨指文才

世敦儒业为民生——白居易家族……150

朝中敢诤谏　惟歌生民病　人生莫作妇人身　一生重修为

修己致君作尧汤——杜牧家族……170

历代仕宦有名臣　万卷满堂向学风　尊经重史时贤赏

恳修坚学承世胄——柳公权家族……189

嗜学久矣成风气　动循礼法辄谨重　婉切辞清文雅性

参考书目……207

后记……211

居高声远非秋风
——虞世南家族

虞世南是初唐名臣,被李世民称为"当代名臣,人伦准的"。李世民曾经称赞虞世南有五绝:"一曰德行,二曰忠直,三曰博学,四曰文辞,五曰书翰。"[1]虞世南是如何赢得李世民赞赏的呢?这和他的家族文化有什么关系吗?下面我就从他的一首咏蝉诗入手来分析:

垂緌饮清露,流响出疏桐。

居高声自远,非是借秋风。[2]

这首诗的题目为《蝉》,是虞世南跟着顾野王读书的时候写的。从《旧唐书·虞世南传》可知,虞世南与哥哥虞世基小时候曾跟着顾野王读书十多年。一次,顾野王听到树上有知了在鸣叫,就让虞世南根据此情此景写一首咏蝉诗。虞世南奉师命稍作思考,便念出了上面的诗句。别看这首诗字不多,但气象很足。就凭这首诗,顾野王断定,虞世南前途不可限量。

不就是一首诗吗?顾野王为什么对虞世南评价如此之高呢?我们经常说,文学就是人学,有的时候就是几句话,其中所表现出的境

---

[1] 刘昫等:《旧唐书》,北京:中华书局,1975年5月,第2570页。
[2] 彭定求等:《全唐诗》,北京:中华书局,1960年4月,第475页。以下所引诗歌出自该书的仅在正文中加注书名及页码。

界和气度却能预示作者的一生。古人是很相信这一点的。这首诗寥寥二十个字,诗人的格局与气度全在其中了。首句的"緌"是古代官员系在下巴下面帽带下垂的部分,这里是把蝉的两根触须比成了下垂的帽带,我们可以说指代官帽。第一句就定位了这不是一只普通的蝉。它的不普通还表现在"饮清露"上,显得它生性高洁。第二句写蝉趴在高高的桐树上,悦耳动听的声音传得很远。一般人认为,蝉声之所以传得远是因为秋风,可虞世南却有不同的认识,他认为声传得远是因为蝉趴的位置高,而不是一味地凭借外力。这首诗让我们看到了虞世南的自信和从容不迫的风度气韵。后来,果然如顾野王所言,虞世南在仕途上取得了不俗的成就,多次受到李世民的称赞,甚至虞世南死后李世民还"哭之甚痛"。

仔细阅读《隋书·虞世基传》和《旧唐书·虞世南传》,我们不难发现虞世南家的文化特征,比如学有高才的好学精神、孝亲尊长的家庭传统等。虽然史书中没有直言这就是家风家训,但这些文化特征是值得思考和借鉴的。

才高曾被比潘陆

唐朝之前,不是每一个人都有学习机会的,所以有"学在官府"的说法。意思是说,当时能够读书学习的,基本都是官家子弟。一来是普通人家没有读书的经费,有点钱还想顾住嘴保证肚子少挨饿呢;二来是当时政府办的学校对生源有身份要求,家里必须是当官的。比如《新唐书·选举志》中有六学,其中就有太学,这个机构的学生构成如何呢?"生五百人,以五品以上子孙、职事官五品期亲若三品曾孙及勋官三品以上有封之子为之"[1]。

好在虞世南家里有点背景,"祖检,梁始兴王谘议,父荔,陈太子中庶子,俱有重名"[2],看来绝对够读书认字的条件。"万般皆下品,唯有读书高",当父亲的把虞世基和虞世南送到了顾野王那里读书。顾野王是当时的大学问家,《陈书·顾野王传》中说:

> 野王幼好学。七岁,读《五经》,略知大旨。九岁能属文,尝制《日赋》,领军朱异见而奇之。年十二,随父之建安,撰《建安地记》二篇。长而遍观经史,精记嘿识,天文地理、蓍龟占候、虫篆奇字,无所不通。[3]

顾野王是个神童,七岁能读通儒家典籍,而且是个"无所不通"的学神。能跟着这样的老师学习,绝对是虞氏兄弟的造化,所以二人都取得了"博学有高才"的成绩。南朝陈重臣、一代文宗徐陵很看重虞氏兄弟。徐陵编过《玉台新咏》,"国家有大手笔,皆陵草之。其文颇变旧体,缉裁巧密,多有新意。每一文出手,好事者已传写成诵,遂被之华夷,家藏其本"[4],徐陵的文章一出来,马上就会"上头条",被大家争先恐后"点赞""收藏"。在当时,哪位文人能被徐陵看上,一定有非一般的才学。

但是虞世基有性格,当徐陵向他示好想约他聊聊交个朋友时,虞世基没有放在心上,"世基不往"。这要换作一般人,肯定就结下梁子了:"我这身份主动提出想和你认识,你还拿起架子了?"可是徐陵是真的喜欢虞世基,不仅没有怪罪他,反而一直在找机会弥补没有见到虞世基的遗憾。

---

[1] 欧阳修等:《新唐书》,北京:中华书局,1975年2月,第1159页。
[2] 刘昫等:《旧唐书》,北京:中华书局,1975年5月,第2565页。
[3] 姚思廉:《陈书》,北京:中华书局,1972年3月,第399页。
[4] 姚思廉:《陈书》,北京:中华书局,1972年3月,第335页。

后来因为公事两人相见了。徐陵对虞世基大为赞赏，对朝中的大臣们说："当今潘、陆也。"这就是当今的潘岳和陆机啊，这是极高的评价。这两个人被称为"潘江陆海"，潘岳（即潘安）不仅是出了名的美男子，而且是西晋"二十四友"之首，响当当的文学家；陆机更是"少有异才，文章冠世，服膺儒术，非礼不动"[①]的大文学家，据说当年陆机和弟弟陆云刚到洛阳时，文才倾动一时。把虞世基比作潘、陆，足以说明徐陵对虞世基青睐有加。徐陵对虞世基的喜欢，不仅仅在口头，还付诸行动，徐陵"以弟女妻焉"，肥水不流外人田，把自己的侄女嫁给了虞世基为妻。这意味着虞世基在朝中算是找到靠山了。

虞世基在陈朝为官的时候，正赶上陈后主当皇帝。陈后主是个彻头彻尾的文艺青年，被称为亡国曲的《玉树后庭花》就是他创作的。这两个人在一起自然是惺惺相惜。有一次，陈后主在莫府山打猎，虞世基作为随从人员跟在身边，中间休息的时候，陈后主让虞世基写一篇《讲武赋》助助兴。皇帝这是怕外出打猎被说成是不务正业，被社会舆论淹死，于是要把打猎说成演武。不管是因为什么吧，陈后主给虞世基出了道命题作文。

写赋是需要有大才气的，你看历史上那些写赋的，司马相如、扬雄，哪一个不是名震天下。左思为了写《三都赋》，准备了十多年时间，一来说明人家左思写作认真，二来也说明赋不好写。《北齐书·魏收传》中记"北朝三才"之一魏收说过的一句话"会须作赋，始成大才士"[②]，说明一般人真写不了这种文体。有时候我会应邀写赋，为了其中一句话，真的是搜肠刮肚，深知其中的艰难。但虞世基没有被吓住，没有让皇帝给他找个空屋子，然后搬一堆资料查阅，而是"于坐奏之"，

[①] 房玄龄等：《晋书》，北京：中华书局，1974年11月，第1467页。
[②] 李百药：《北齐书》，北京：中华书局，1972年11月，第492页。

直接没动地方就写好了,有点"立等可取"的意思。

陈后主对这篇赋评价怎么样?"陈主嘉之,赐马一匹",很满意,奖励虞世基一匹马,放在今天就等于奖了一辆宝马车。陈后主为什么如此喜爱这篇赋?虞世基首先对陈后主莫府山校猎进行了极高的定位:

> 夫玩居常者,未可论匡济之功;应变通者,然后见帝王之略。何则?化有文质,进让殊风,世或浇淳,解张累务。虽复顺纪合符之后,望云就日之君,且修战于版泉,亦治兵于丹浦。是知文德武功,盖因时而并用,经邦创制,固与俗而推移。所以树鸿名,垂大训,拱揖百灵,包举六合,其唯圣人乎![1]

就这一段话足以让陈后主高兴得找不着北了。第一句告诉人们,只有能够随机应变的人才是有帝王智慧的人。因为这样的君主有"观乎人文,以化成天下"的本领,就像天上的太阳一样,能普照世间;这样的明君知道未雨绸缪,居安思危,所以陈后主的打猎也就有了"修战""治兵"的军事意义。在大家的心目中,陈后主是一位只会舞文弄墨的皇帝,可是虞世基说"文德武功,盖因时而并用",讲究文治武功也是要讲机缘的,当时隋朝在江北虎视眈眈,陈后主的校猎莫府山无疑是一次军事演习,在告诉隋朝不要轻举妄动。甚至在这一段的结尾,虞世基极尽拍马之能事,说陈后主一定能够一战功成,统一全国,垂圣后世。就这样的开头,虽然是个人都能看出来虞世基是在睁着眼睛说瞎话,但陈后主看着高兴,毕竟被夸成了一朵花,提神!

虞世基在文章中除挠到了陈后主的痒处,让陈后主读的时候心里麻酥酥的之外,还用了大量的典故。就以上面引用的文字来说,"版泉"用的是黄帝与炎帝阪泉之战的典故,《史记·五帝本纪》中说:

---

[1] 魏征等:《隋书》,北京:中华书局,1973年8月,第1569—1570页。

"教熊罴貔貅䝙虎，以与炎帝战于阪泉之野。"[1]再比如下文中虞世基写道："敷九畴而咸叙，奄四海而有截。既搜扬于帝难，又文思之安安。""敷九畴而咸叙"出自《尚书·洪范》："天乃锡禹洪范九畴，彝伦攸叙。"[2]意思是说上天赐给大禹九种治理天下的大法，治理国家的常理就完备了。"四海"一词出自《尚书·大禹谟》："敷于四海，祗承于帝。"[3]指天下四方。如何呢？"有截"，整齐的样子，"四海而有截"就是四海统一的意思，而"有截"这个词又出自《诗经》"九有有截，韦顾既伐，昆吾夏桀"[4]。"文思之安安"又出自《尚书·尧典》："曰若稽古，帝尧曰放勋，钦明文思安安。"[5]就这几句足以让人瞠目结舌。当时虞世基写作的时候，引用的资料不可能就在手边，但他对经史等文献信手拈来，句句有来历，字字有出处，这就是水平！

可是一个文人的水平是挡不住历史发展的车轮的，《玉树后庭花》成了亡国之曲，虞世基从陈朝到了隋朝。刚开始日子过得很穷苦，与以往的锦衣玉食相比简直是天壤之别，于是他写了一首五言诗，这首诗"情理凄切，世以为工，作者莫不吟咏"[6]。但遗憾的是，我查遍了逯钦立的《先秦汉魏晋南北朝诗》也没有发现虞世基的诗作，所以我们只能通过想象来猜测他的诗歌水平了。也是因为这首诗，虞世基受到了关注，没过多久，被任命为内史舍人。

后来到了隋炀帝时，虞世基因为才能受到重用，让他"专典机密"。隋炀帝曾经在见到虞世基后，这样评价他："海内当共推此一人，非

---

[1] 司马迁：《史记》，北京：中华书局，1959年9月，第3页。
[2] 李民等：《尚书译注》，上海：上海古籍出版社，2004年7月，第217页。
[3] 李民等：《尚书译注》，上海：上海古籍出版社，2004年7月，第26页。
[4] 程俊英：《诗经译注》，上海：上海古籍出版社，2004年7月，第567页。
[5] 李民等：《尚书译注》，上海：上海古籍出版社，2004年7月，第1页。
[6] 魏征等：《隋书》，北京：中华书局，1973年8月，第1572页。

吾侪所及也。"① 杨广认为虞世基是当时最有学问的人，谁也比不了，当然也包括他自己。由于隋炀帝的暴政，导致起义反抗活动此起彼伏，每天奏折像雪片一样飞到杨广面前。杨广也发愁，政事基本不在朝廷上决断，而是召虞世基来口授旨意。"世基至省，方为敕书，日且百纸，无所遗谬。其精审如是"，虞世基每天处理大量的工作，而且没有任何差错，这就是当年笃志勤学所积淀成的高才！

奉和二皇作陆云

说完哥哥再说弟弟。虞世南求学期间，"精思不倦，或累旬不盥栉"，整天沉浸在勤学苦思中，有时甚至连着十来天不洗脸不梳头。虞世南文章写得也很好，同样受到了徐陵的关注，但是徐陵没有那么多侄女待字闺中，于是就把自己写文章的秘诀教给了虞世南，这就是《旧唐书·虞世南传》中说的"常祖述徐陵，陵亦言世南得己之意"②。有顾野王的调教和徐陵的亲传，虞世南自然博学善文。

陈朝时，虞世南已经进入官场，但是哥哥的光辉明显遮蔽了他。陈亡国后，弟兄二人一起入隋，《旧唐书·虞世南传》中说"陈灭，与世基同入长安，俱有重名，时人方之二陆"。陆机有个弟弟叫陆云，聪明绝顶，六岁就会写文章了，小时候曾经被吴国尚书闵鸿认为是奇才，夸赞说："此儿若非龙驹，当是凤雏。"③ 哥哥虞世基被比作陆机，那虞世南自然就是陆云了。

《晋书》中说，陆云在文章上不如哥哥，但是"持论过之"，我们可以借用这个评价来形容虞世南与虞世基。虽然虞世南在陈朝和隋

---

① 魏征等：《隋书》，北京：中华书局，1973年8月，第1572页。
② 刘昫等：《旧唐书》，北京：中华书局，1975年5月，第2565页。
③ 房玄龄等：《晋书》，北京：中华书局，1974年11月，第1481页。

朝的官场上混得不如虞世基风生水起，但在诗歌创作上却甩了哥哥几条街。虞世基到了隋朝虽然有短暂的低落，但很快就得到赏识而成为"当朝贵盛"，甚至"妻子被服拟于王者"。虞世南呢？虽然做了隋朝的起居舍人，却"躬履勤俭，不失素业"。或许是他意识到了什么，一直在等待着明珠尘尽光生的那一天。

终于，隋朝被李渊取而代之，虞世南成了李世民的座上客，他突出的才华得到了展现。"太宗尝命写《列女传》以装屏风，于时无本，世南暗疏之，不失一字。"① 李世民曾经让人书写《列女传》的内容以装点屏风，但当时苦于没有底本，大家都怕出现错误。虞世南曾经读过这本书，就凭着记忆默写了一遍，后来找到本子一比对，竟然一字不差。一次，唐太宗出行，一个官员请示能否将书籍、公文的副本装到车上带着，李世民说："有虞世南在，就是最好的秘书。"

我们说虞世南在诗歌创作上远远超过了哥哥虞世基，那是因为《先秦汉魏晋南北朝诗》中收录有虞世南的五首诗，《全唐诗》中有虞世南诗一卷。这些诗中有近一半为应制诗，是虞世南应诏唱和之作、王爷要求唱和，包括《奉和幽山雨后应令》《奉和咏日午》《发营逢雨应诏》《赋得临池竹应制》《侍宴应诏赋韵得前字》《奉和咏风应魏王教》《初晴应教》《奉和月夜观星应令》《追从銮舆夕顿戏下应令》《奉和至寿春应令》《奉和幸江都应诏》《奉和献岁宴宫臣》《奉和出颍至淮应令》《应诏嘲司花女》14 首。

陈朝刚灭的时候，虞世南并没有打算当隋朝的官。当时杨广还没有当皇帝，只是晋王，但虞世南的名字已如雷贯耳，于是杨广就给虞世南写了邀请信。虞世南以母亲年龄大了需要赡养为由拒绝了，但杨广又派使者追上虞世南，表达自己的恳切之情。杨广的文学才能是不

---

① 刘昫等：《旧唐书》，北京：中华书局，1975年5月，第2566页。

输陈后主的,特别是那首《春江花月夜》写得很让人佩服,他对虞世南一次又一次的邀请也足以说明虞世南才情之高。

后来虞世南跟着杨广干,杨广总爱把他带在身边,大凡有诗作,也总爱让虞世南唱和。一年正月初一,炀帝大宴宫臣,写了一首《献岁宴宫臣诗》:

> 三元建上京,六佾宴吴城。
> 朱庭容卫肃,青天春气明。
> 朝光动剑彩,长阶分珮声。
> 酒阑钟磬息,欣观礼乐成。①

杨广这首诗主要描写了宴会的场面,侍卫森严,阳光照在兵器上,显得越发肃穆,人们穿梭往来,环珮叮当。一直到深夜,酒足饭饱,大家才散去,很尽兴。但是,由于杨广把这次宴会视作一种仪式,所以诗歌总显得仪式感很强,很庄重。虞世南的和诗如何呢?看他的《奉和献岁宴宫臣》:

> 履端初起节,长苑命高筵。
> 肆夏喧金奏,重润响朱弦。
> 春光催柳色,日彩泛槐烟。
> 微臣同滥吹,谬得仰钧天。

(《全唐诗》,第476页)

在这首诗中,我们看到了更多的信息,时间、地点、事件、场面、环境,还有诗人的心态。这首诗最大的特点就是用词典雅:诗句中的措辞很讲究,不是那么直白地表达,比如说正月初一为"履端",出自《左传·文公元年》"先王之正时也,履端于始,举正于中,归余于终"②;"肆

---

① 逯钦立:《先秦汉魏晋南北朝诗》,北京:中华书局,1983年9月,第2671页。
② 李梦生:《左传译注》,上海:上海古籍出版社,1998年6月,第338页。

夏"本为古乐曲名,这里泛指音乐,出自《周礼·春官·大司乐》"王出入则令奏《王夏》,尸出入则令奏《肆夏》,牲出入则令奏《昭夏》"[1];"金奏"指敲击乐,出自《周礼·春官·钟师》"钟师掌金奏"[2];"朱弦"为弦乐,出自《礼记·乐记》"《清庙》之瑟,朱弦而疏越"[3];"滥吹"指"滥竽充数"的故事,出自《韩非子·内储说上》;"钧天"指天之中央,传说中天帝住的地方,出自《史记·赵世家》"居二日半,简子寤。语大夫曰:'我之帝所甚乐,与百神游于钧天,广乐九奏万舞,不类三代之乐,其声动人心。'"[4]这些词汇的运用很高大上、很恰当。可能有人会觉得,这写的是什么呀,看不懂!看不懂就对了,因为这首诗本身就不是写给普通读者看的,只有这样,才能显示出诗人的与众不同。其实我觉得吧,当时的人也未必能看懂,但是看不懂不敢说啊,说了就等于自己水平不行。毕竟,皇帝的新装这种现象是什么时候都有的。

  这首诗除用词讲究外,描写还很细腻。特别是"肆夏喧金奏,重润响朱弦"带给人一种现场感:宴会上,钟磬齐鸣,丝竹悠扬,既是一种礼乐仪式,又代表了宴会的品质,扣住了第二句的"高筵",且雅乐相伴,庄重感自然就出来了。"春光催柳色,日彩泛槐烟",柳树是春天的信使,柳树的枝条已经在和煦的春光中泛出了青色,甚至可能已经萌出了片片龙鳞,再看那槐树的叶子,也慢慢繁茂了起来,这是春回大地、万物复苏的景象。您不要认为这是虞世南用了浪漫主义夸张的手法,要知道当时虞世南正和隋炀帝在江都或者去江都的路上呢。诗人在诗中还充满了感恩之心,于是在结尾处很谦虚地说,自

---

[1] 杨天宇:《周礼译注》,上海:上海古籍出版社,2004年7月,第330页。
[2] 杨天宇:《周礼译注》,上海:上海古籍出版社,2004年7月,第344页。
[3] 杨天宇:《礼记译注》,上海:上海古籍出版社,2004年7月,第470页。
[4] 司马迁:《史记》,北京:中华书局,1959年9月,第1787页。

己就是滥竽充数的人，只是因为皇帝的错爱，才能在这么高雅的地方参加这么高大上的宴会。最后一句马屁拍得虽浑然无迹，但多才多艺的隋炀帝是能看出来的。

在去江都的路上，虞世南还为一个驾车的宫女写了一首诗，虽然是应诏诗，但很有情趣，题作《应诏嘲司花女》：

　　学画鸦黄半未成，垂肩亸袖太憨生。
　　缘憨却得君王惜，长把花枝傍辇行。

(《全唐诗》，第476页)

据《全唐诗》中这首诗的题注讲，隋炀帝去江都的时候，洛阳有人献了一株合蒂迎辇花，隋炀帝就让给自己驾车的袁宝儿负责拿着，还给她起了个雅号"司花女"。当时虞世南正奉命在皇帝身边写圣旨，袁宝儿目不转睛地看着虞世南。隋炀帝就开玩笑说："当年赵飞燕能在将军手掌上跳舞，现在我有袁宝儿，憨态可掬。她一直看着你，爱卿写一首诗给她吧。"于是虞世南就写了这首诗。前两句写她的妆容，"鸦黄"指古代女性涂额的化妆黄粉，这个袁宝儿太逗了，只画了一半，"垂肩亸袖"指发髻下垂，衣袖宽大，看来这位"司花女"是个大大咧咧的姑娘。可是皇帝就是喜欢她的憨态，所以才让她为自己驾车，并让她做"司花女"。简单的几句话，就把袁宝儿最抓人眼球的"憨"刻画出来了。

成为李世民的臣子后，虞世南更是受到足够的重视，他多次提出退休申请，都被李世民婉拒了。对于这样博识善文的人才，李世民是爱护有加，常与虞世南诗文往来酬唱。一次，李世民写了一首《赋得临池竹》，让虞世南唱和，从《全唐诗》里可以看出，当时唱和的人只有虞世南一人。我们先来看太宗的诗：

贞条障曲砌，翠叶贯寒霜。

拂牖分龙影，临池待凤翔。

(《全唐诗》，第19页)

竹子一向被人们视为有坚贞气节的植物，在它的点缀下，周围的一切都会显得朦胧迷幻；经过了寒冬的考验，竹叶在和煦的阳光中泛着光泽越发青翠。当年费长房在仙人壶公的帮助下回乡，代步工具是一根竹杖，到家要丢掉时才发现是一条龙。竹枝迎风摆拂，窗映龙影，让人满是想象。前三句我们看不出竹子所在的位置，到最后一句点题"临池"，在水池边，水中竹影倒映，而竹子的青翠也让池水显得更加清澈。这最后一句，李世民用了《庄子·秋水》篇的典故，据说凤凰只住在梧桐树上，以竹实为食物。其实，李世民道出自己渴望身边多一些像虞世南一样的人才。

虞世南所唱和的《赋得临池竹应制》篇幅上超出了李世民的一倍：

葱翠梢云质，垂彩映清池。

波泛含风影，流摇防露枝。

龙鳞漾嶰谷，凤翅拂涟漪。

欲识凌冬性，唯有岁寒知。

(《全唐诗》，第473页)

虞世南上来第一联就写出了竹子的位置和第一眼的印象：在水池边，枝叶葱翠。"梢云"就是高云的意思，意思是说竹子比较高，当然这里有夸张的成分。中间四句把池边竹子的形态写得充满了画面感：风摇竹枝，水中的倒影愈显优美，犹如凤翅一样的竹枝轻拂水面，撩起了层层涟漪，新竹的笋壳就像龙鳞一样。竹子的品性怎么样呢？能够凌冬不凋，因此名列"岁寒三友"。这让我们不觉想起了《论语·子罕》

中的那句"岁寒,然后知松柏之后凋也"[1],其实这也是虞世南在向太宗表明自己的品性气节。

除了应制诗,虞世南的咏物诗也非常耐人寻味,如开篇所引用的《蝉》。蝉虽然是很不起眼的小昆虫,但是作者把自己的志向融了进去。虞世南的咏物诗篇幅简短,却深得咏物诗的要义,又如《咏萤》:

的历流光小,飘飘弱翅轻。

恐畏无人识,独自暗中明。

(《全唐诗》,第475页)

萤火虫很微小,只能在暗夜发出微光。可是作者却赋予了这微小的昆虫以高贵的品质:虽然自己弱不禁风,但依旧在暗夜努力地发光,为的是引起别人的注意。这首小诗勾勒出了很多积极进取的小人物的形象,因此给人一种向上的力量。

虞世南有些奉和诗本身就是咏物诗,比如《赋得临池竹应制》,我们将题目改为《咏竹》也是完全可以的。再比如《奉和咏风应魏王教》:

逐舞飘轻袖,传歌共绕梁。

动枝生乱影,吹花送远香。

(《全唐诗》,第474页)

风是大自然的一种空气流动的现象。风是什么样子?很难形容。虞世南把握住风的感觉,通过它的功能进行描述:风能吹动舞女的衣袖,能将歌声传向远方,能使枝条颤抖摇曳,还能吹来沁人心脾的花香。或许,当我们读着这首诗的时候,脑海中已经浮现出了李峤的《风》:"解落三秋叶,能开二月花。过江千尺浪,入竹万竿斜。"(《全唐诗》,第729页)两首诗有异曲同工之妙。

---

[1] 金良年:《论语译注》,上海:上海古籍出版社,2004年7月,第102页。

忠直恳切事明君

在封建社会，任何一个渴望在仕途上有所成就的人都希望能遇到明君圣主，因为只有君臣同德，才能实现自己的人生价值。但是作为臣子，他们是很难改变皇帝想法的，好在有人一直坚持良心正义，甚至甘愿赴死，但也有人守不住初心，慢慢随波逐流甚至变得颠倒黑白。

虞世基生活在南北正走向统一的时代，他纵然有潘陆之才，也改变不了陈后主亡国的命运。虞世基事隋之后，虽然杨广很看重他，甚至给他"海内当共推此一人，非吾侪所及也"的高度评价，但主要是看重他的文才，是把他当作纯掌书翰的"秘书"，事实上对他的政治性谏议不怎么当回事。

大业十一年（615），隋炀帝按照惯例北巡长城，结果被始毕可汗率兵围在了雁门。杨广一边派人向始毕可汗的妻子即隋的义成公主求救，一边向随行的大臣征求对策。虞世基建议，对勇于作战之人重赏，而且下令不再出兵辽东。隋炀帝听从了虞世基的建议，将士们这才重整旗鼓，这时义成公主也派使者告诉始毕可汗"北方告急"，隋炀帝得以解围。但是，一等到安全了，隋炀帝马上就耍起了赖皮，"及解围，勋格不行，又下伐辽之诏"，不仅不赏有功之人，辽东还得继续打。

大业十二年（616），杨广由洛阳巡幸江都，来到巩县的时候，虞世基向隋炀帝提出，造反起义的人越来越多，朝廷应该派兵驻守洛口仓，否则一旦打起来朝廷就会断粮，这是一个很有战略眼光的建议。但是隋炀帝认为虞世基就是一个书生，还没怎么着呢就先害怕了，便没有采纳虞世基的建议。当时天下已经大乱，"世基知帝不可谏止"，杨广根本就听不进去大臣们的建议，再加上高颎、张衡先后遇害，虞世基担心自己也因为进谏获罪，于是再和皇帝说话便"唯诺取容，不敢忤意"，只敢顺着说。正因为这样，皇帝听不到真话，对外边的事情难以了解，只能活在太平的假象之中了。

朝廷曾派太仆杨义臣到黄河以北去平叛，招降数十万叛贼，隋炀帝听说后很吃惊：怎么突然有这么多造反的人啊！此时虞世基不仅没有出谋划策，反而违心地说："鼠窃虽多，未足为虑。义臣克之，拥兵不少，久在阃外，此最非宜。"[①]看着造反的人多，根本就不算个事，不够杨义臣一个人消灭的。实际上最大的危险是杨义臣啊！他拥兵那么多，常年在外，万一有不臣之心就麻烦了。杨广一听虞世基说得有道理，就解散了杨义臣的队伍。

后来越王杨侗派太常丞元善达突破重围到江都奏事，元善达哭着说："李密率百万大军围困洛阳，而且已经占领了洛口仓，城内已经没有粮食了，如果皇帝能够抓紧时间返回，义军肯定会散去，要不然洛阳就要守不住了。"杨广听后也害怕了。可是虞世基却说："越王年小，此辈诳之。若如所言，善达何缘来至？"越王年龄小，都是下面的人骗他，如果真的像元善达说的那样，他元善达本人又是怎么到江都的呢？杨广勃然大怒，大骂元善达是小人，骗自己。从此以后，大家全装聋作哑，再也没有人敢说实话了。

虞世基变化有点大了，皇帝不听你的建议，大不了少说甚至不说，但不能睁着眼睛说瞎话，走向极端。虞世南在这一点上比哥哥强，他"志性抗烈，每论及古先帝王为政得失，必存规讽，多所补益"[②]，一定要把话说出来。当然这与他遇到的皇帝有关，李世民很欣赏虞世南的恳诚，他曾经对人说"群臣皆若世南，天下何忧不理"。所以，好话得说给明白人。

贞观九年（635），李唐开国皇帝李渊驾崩，李世民下诏按照汉朝

---

① 魏征等：《隋书》，北京：中华书局，1973年8月，第1573页。
② 刘昫等：《旧唐书》，北京：中华书局，1975年5月，第2566页。

长陵的规格来建皇陵。长陵是汉高祖刘邦与吕后的合葬墓，因为是开国皇帝，意义非常，所以规定"务从隆厚"。但是存在一个问题，时间紧，任务急，于是虞世南向李世民进谏要薄葬，他在奏折中开宗明义：

> 臣闻古之圣帝明王所以薄葬者，非不欲崇高光显，珍宝具物，以厚其亲。然审而言之，高坟厚垄，珍物毕备，此适所以为亲之累，非曰孝也。是以深思远虑，安于菲薄，以为长久万代之计，割其常情以定耳。①

虞世南说那些圣帝明王并不是不想厚葬，他们也想通过这种方式表达对亲人的爱敬。但是他们经过深思熟虑之后明白，厚葬看着是爱戴，实际上是会为亲人带来麻烦的，那根本就不是孝。长久之计，薄葬是最安稳的。虞世南为了说服李世民，举例子说，汉武帝的茂陵营建时间长，陪葬宝物多，以至于"陵中不复容物"，但是更始年间赤眉作乱，茂陵就被挖开了，于是成了"无故聚敛百姓，为盗之用"。魏文帝曹丕说，自古以来王朝更替不断，那些厚葬的墓有几座没有被挖的呢？曹丕深知此道，因为他老爸曹操就是盗墓的高手，所以他要求，一定要薄葬，免得将来"骸骨并尽"。

虞世南是正反例子举了不少，就想说服李世民别折腾，但是这个奏折呈上没有答复。虞世南又接着进谏："汉家即位之初，便营陵墓，近者十余岁，远者五十年，方始成就。今以数月之间而造数十年之事，其于人力，亦已劳矣。又汉家大郡五十万户，即目人众未及往时，而功役与之一等，此臣所以致疑也。"②虞世南从两个方面建议薄葬：第一，汉朝营建陵墓时间长，短的十来年，长的五十年，现在时间太紧，工程量太大，所以很难完成；第二，汉朝的时候人多，现在国家刚刚

---

① 刘昫等：《旧唐书》，北京：中华书局，1975年5月，第2568页。
② 刘昫等：《旧唐书》，北京：中华书局，1975年5月，第2569页。

建立，人口远不及汉朝，而所要耗费的工役相等。这个时候，也有大臣进谏说应该遵从太上皇的遗诏，实行薄葬。终于，李世民决定下调了皇陵规格。

再比如，李世民喜欢打猎，虞世南上疏劝谏，不要恣于游猎而疏于政事，像这种"有犯无隐"的事情还有很多。李世民不仅没有嫉恨虞世南，反而"益亲礼之"。因为李世民明白，虞世南的话听着扎心，实际上是为了朝廷好，为了百姓好，为了自己好。

这么好的臣子一旦去世，李世民必然心疼得要死。贞观十二年（638）五月二十五日，虞世南与世长辞，李世民痛哭失声，下旨他陪葬昭陵。他对魏王李泰说："虞世南于我，犹一体也。拾遗补阙，无日暂忘，实当代名臣，人伦准的。吾有小失，必犯颜而谏之。今其云亡，石渠、东观之中，无复人矣，痛惜岂可言耶！"[1] 李世民将虞世南和自己视同一体，每次自己有过失，虞世南都会毫不客气地指出来，现在他去世了，以后再也没有这样的人了。后来，李世民还梦到过虞世南，于是下旨为他画像并悬挂在凌烟阁。

哀毁骨立事亲孝

虞世基和虞世南及其后代都是很有孝心的人。虞世基在担任隋炀帝的内史侍郎时，母亲去世了，虞世基竟然"哀毁骨立"，悲哀到吃不下睡不好，以至于瘦得只剩下骨架了。当时一般为父母守孝的时间为三年，如果是官身，守孝期间是要辞去职务的。在虞世基为母亲守孝期间，朝廷想起用他：

> 有诏起令视事，拜见之日，殆不能起，帝令左右扶之。

---

[1] 刘昫等：《旧唐书》，北京：中华书局，1975年5月，第2570页。

哀其羸瘠，诏令进肉，世基食辄悲哽，不能下。帝使谓之曰："方相委任，当为国惜身。"前后敦劝者数矣。①

虞世基去朝廷拜见皇帝那天，已虚弱到趴到地上起不来，隋炀帝赶紧找人把他搀扶了起来。考虑到虞世基守孝期间身体受损太大，皇帝下诏给虞世基弄点肉补补营养，但是虞世基每次一吃肉就想起母亲与自己两世永隔，自己吃着人间美味，母亲却在那个冰冷的世界，于是呜呜咽咽哭了起来。肉即便是吃到嘴里，也难以下咽。隋炀帝派人劝慰说："朝廷委你重任，你得为了朝廷爱惜自己的身体啊。"前前后后劝慰多次。这足以说明，虞世基对母亲的思念是发自内心的。

虞世南的叔叔虞寄因为没有儿子，所以领养了虞世南。虞世南的字"伯施"，意思就是"老大送的"。虽然虞世南从小由叔父养育，但他并没有因此抱怨自己的父亲。他的亲生父亲虞荔去世时，虞世南虽然还小，可是他"哀毁殆不胜丧"，一直处于失去亲人的沉痛之中。虞世南与哥哥一同进入长安，因为名声大，所以当时还没有当皇帝的杨广想召虞世南到幕府工作，而他"以母老固辞"，以母亲年龄大需要照顾为由坚决推辞，这也是虞世南孝顺的表现。

或许是虞世南从小就被过继给叔叔的原因，虞世基对这个弟弟有点冷淡，在他"清贫不立"的时候，"未曾有所赡"，并没有伸出援助之手，这在现实中也是会拉仇恨的。虞世基这么做，确实招人议论，"由是为论者所讥，朝野咸共疾怨"。但虞世南对哥哥并没有嫉恨，而是在关键的时候挺身而出，要替哥哥去死：

及至隋灭，宇文化及弑逆之际，世基为内史侍郎，将被诛，世南抱持号泣，请以身代，化及不纳，因哀毁骨立，时人称焉。②

---

① 魏征等：《隋书》，北京：中华书局，1973年8月，第1572页。
② 刘昫等：《旧唐书》，北京：中华书局，1975年5月，第2566页。

隋朝末年天下大乱，杨广在江都被宇文化及杀了。当时虞世基是内史侍郎，宇文化及也不放过他。虞世南抱着哥哥痛哭，并向宇文化及提出来，由自己替哥哥去死，不过宇文化及没有答应。虞世南因此悲伤异常，人都脱相了。虞世南此举是以德报怨，是典型的孝悌表现。当时，许善心也将被宇文化及杀害，他的儿子许敬宗却没有为父亲求情，而是做出了令人厌恶的行径。封德彝亲眼看见了事情的经过，他曾对人说："世基被诛，世南匍匐而请代；善心之死，敬宗舞蹈以求生。"①人和人相比，差距怎么就那么大呢！

有父亲和叔叔作榜样，虞世基的儿子们也很孝顺。虞世基总共有四个儿子，老大虞肃，是个学霸型人物，但是二十来岁就死了。老二虞熙，老三虞柔，老四虞晦，都在朝中为官，而且隋炀帝游江都的时候也都跟在身边。宇文化及准备造反的头一天晚上，虞世南的同宗虞伋得到了消息，他劝虞熙说："事势以然，吾将济卿南渡，且得免祸，同死何益！"②局势已经就这样了，你父亲是保不住命了，我想带你乘船向南逃走，大家若都死去，没有意义，能保住一条命算一条命吧。虞熙回答："弃父背君，求生何地？感尊之怀，自此诀矣。"意思是说，我不能抛弃父亲和背弃皇帝自己逃命，那样即便是保住命也没有脸面活下去，非常感谢您一番好意，您赶紧逃命去吧，我就不随您走了。第二天，宇文化及作乱，先杀了隋炀帝，又要杀虞世基。虞熙弟兄三人争先恐后要求先死，"行刑人于是先世基杀之"。这种为国、为父赴死的精神放在今天可能会被人视为迂腐，但这就是家风。

虞世南与哥哥虞世基被比作晋朝的陆机、陆云，这是对他们文才的评价，虞世基在文章写作方面、虞世南在诗歌写作方面，都展现了

---

① 刘昫等：《旧唐书》，北京：中华书局，1975年5月，第2763页。
② 魏征等：《隋书》，北京：中华书局，1973年8月，第1574页。

扎实的学养。但是在做人方面，虞世基无疑是有欠缺的，他不能坚守初心向皇帝进谏，加速了隋朝的灭亡；在弟弟虞世南生活贫苦的时候不能施以援手，导致大家对他另眼相看。不过这些没有改变虞世南对哥哥的友悌之情，虞世基也没有把三个儿子培养成怯懦逃避之辈。

贤良直谏为人镜
——魏征家族

说到魏征，您能想到什么？被唐太宗称为"人镜"的品质。唐朝的薛逢写过一首《伏闻令公疾愈对见延英，因有贺诗远封投献》诗：

吉语云云海外传，令公疾愈起朝天。

皇风再扇寰区内，人镜重开日月边。

光启四门通寿域，深疏万顷溉情田。

陪臣自讶迷津久，愿识方舟济巨川。

(《全唐诗》，第6332页)

这是薛逢写给白敏中的诗歌。咸通二年（861），时任中书令的白敏中带病到延英殿议事，薛逢有感于白敏中的地位和品质，写了这首诗。在这首诗中，薛逢便用"人镜"来形容白敏中。这自然会让人联想到李世民的那段话："夫以铜为镜，可以正衣冠；以古为镜，可以知兴替；以人为镜，可以明得失。朕常保此三镜，以防己过。今魏征殂逝，遂亡一镜矣！"[1] 用铜做镜子可以为人端正衣帽，用史做镜子可以知道历史上的得失成败，用人做镜子可以发现自己身上的毛病。我经常用这三面镜子照照自己，来预防自己会出现的过错。现在魏征突然去世了，我少了一面镜子啊。也是因为这一段话，魏征被称为"人镜"，后来"人

---

[1] 刘昫等：《旧唐书》，北京：中华书局，1975年5月，第2561页。

镜"慢慢也成了贤相的代名词。

魏征是李唐初期的名臣贤相，李世民之所以说魏征是他的"人镜"，是因为魏征直言敢谏。直言敢谏不仅是魏征的个人品质，也是他家族的家风，对其后代和学生都产生了影响。

深策奇谋不被用

魏征也算得上是小有背景了，他的父亲叫魏长贤，是北齐时期的屯留令，虽然官不算大，但也是体制之内的人。魏征的父亲死得早，所以魏征早早就成了孤儿。父亲官小自然没有什么积蓄，所以魏征家里穷得叮当响。好在魏征从小就志向远大，从来没把"老婆孩子热炕头"这些琐事当成自己的追求，而是挽起头发出家当了道士。不过，魏征的目的并不是真的要修仙飞升，所以《新唐书》中说他"诡为道士"[1]。魏征这么做的目的是集中精力读书。当道士期间，魏征就像羊吃草那样，看到书就读，《旧唐书》说他"多所通涉"[2]，《新唐书》说他"通贯书术"，总之就是读了很多书。魏征是个很有心的人，"尤属意纵横之说"，对那些纵横术特别关注，也就是说魏征有志成为帝王师。

大业末年，隋炀帝的暴政惹得天怒人怨，各地纷纷举义旗造反。武阳郡丞元宝藏起兵响应瓦岗寨李密，就让魏征负责撰写檄文奏疏。李密每次看到元宝藏的奏疏都要夸赞一番，觉得用词贴切，文才好。元宝藏说了实话：奏疏是魏征写的，自己并没有这个水平。李密马上召见了魏征，魏征觉得实现雄才大略的机会来了，就向李密进献了十条能够壮大瓦岗军的计策。虽然李密觉得计策很好，却置而不用。

魏征献计第二次遭拒发生在大业十四年（618），王世充在袭击仓

---

[1] 欧阳修等：《新唐书》，北京：中华书局，1975年2月，第3867页。
[2] 刘昫等：《旧唐书》，北京：中华书局，1975年5月，第2545页。

城时被李密打败，于是王世充转攻洛口，又被李密的瓦岗军给打败了。就在大家志得意满的时候，魏征找到李密的长史郑颋说："魏公李密虽然接连取得胜利，但是兵将也有很大伤亡。另外瓦岗又没有府库，那些取得战功的将士们得不到赏赐，必然会有怠战的情绪。从这两点来说，是不利于打仗的。如果凭借深沟高垒等险要工事，与对方相持，时间不用太久，他们必然会粮草用尽。到那时他们不得不退兵，我们趁势率军追击，这才是取胜之道。现在王世充在洛阳的粮草已用完，无计可施才和我们开战，这是死战，对于他们来说等死也是死，拼命还有生机，这是一帮穷寇，不能和他们轻易争锋的。"魏征苦口婆心地劝说，没想到只换来郑颋满脸的不以为然，甚至还丢给魏征一句"老生常谈"。魏征很郁闷，说："我这是奇谋深策，怎么被你说成老生常谈了呢！"于是拂袖而去。

魏征这样的人才得不到重用，李密想成事恐怕就是天方夜谭。没多久，也就是武德二年（619），李密被王世充打败，魏征随李密归降了李唐王朝。到了京城长安，魏征一直也没有得到重用，于是他主动请求"安辑山东"。当时李密虽然归顺了，但李密的部将徐世勣还带领着很多人马管辖着李密原来的地盘。徐世勣因为功劳大，被赐姓李，所以又叫李勣。《旧唐书·李勣传》中说："武德二年，密为王世充所破，拥众归朝。其旧境东至于海，南至于江，西至汝州，北至魏郡，勣并据之，未有所属。"[1]徐世勣管辖的领土，东到大海，南到长江，西到汝州，北到魏郡，范围还不小。

李渊考虑到这是一块肥肉，很有战略意义，既然魏征毛遂自荐，于是就来了个顺水推舟，任命魏征为秘书丞，到黎阳也就是今天的河南浚县去劝降徐世勣。魏征出函谷关的时候，写了一首《述怀》诗：

---

[1] 刘昫等：《旧唐书》，北京：中华书局，1975年5月，第2484页。

中原初逐鹿，投笔事戎轩。

纵横计不就，慷慨志犹存。

杖策谒天子，驱马出关门。

请缨系南粤，凭轼下东藩。

郁纡陟高岫，出没望平原。

古木鸣寒鸟，空山啼夜猿。

既伤千里目，还惊九折魂。

岂不惮艰险，深怀国士恩。

季布无二诺，侯嬴重一言。

人生感意气，功名谁复论。

(《全唐诗》，第441页)

据《全唐诗》里说，这首诗的题目还作《出关》。魏征在这首诗里写道，当时天下纷争，群雄逐鹿，在这种情况下自己学习班超投笔从戎，渴望能够建立不朽的功勋，结果却事与愿违，"纵横计不就，慷慨志犹存"，为李密出十策不被信用，为郑颋献奇谋却被数落，但这并不能消磨自己慷慨激昂的雄心壮志。也是在这种政治抱负下，魏征才向唐高祖李渊提出"安辑山东"的请求。在诗中魏征把自己比作终军和郦食其。据《汉书》记载，当年终军向汉武帝自请安抚南越，郦食其向汉高祖刘邦承诺要说服齐王田广归汉，魏征希望自己也能够像他们一样不负使命，建功立业。看着古木、空山，听着寒鸟鸣、夜猿啼，魏征对这次能否完成使命有些担心，甚至"还惊九折魂"。但是想到皇帝能对自己委以重任，马上又振作起来。"季布无二诺，侯嬴重一言"，《史记》中说，季布这个人行侠仗义，信守诺言，当时被人称为"得黄金百斤，不如得季布一诺"；侯嬴也是一个信守承诺的人，他是一位隐士，受到信陵君的礼遇，为了救赵国，向信陵君献计，并向他推荐朱亥，可是由于自己年老不能随行，就承诺杀身以报知遇之情，后来果然在信陵君到达赵国的时候自刎。魏征把自己比作两位著名的历史人物，无非就是要表达"坚决完成任务"的心。

魏征到了黎阳之后，向徐世勣写了一封"劝降信"。信中写李密曾经"奋臂大呼，四方响应，万里风驰，云合雾聚，众数十万，威之所被，将半天下"[1]，结果却是李密"入函谷而不疑"进入函谷关，投奔李渊。为什么会是这样的结果呢？"神器之重，自有所归，不可以力争"，李唐王朝得天下是上天注定的。然后又写王世充、窦建德等人属于"据守一隅"之辈，他们对徐世勣的地盘怀有想法。目前徐世勣"处必争之地"，应该马上决断：投降李唐，"则九族荫其余辉"，将来子孙后代享不尽的荣华富贵；但如果和王世充、窦建德同流合污，必定会"一身不能自保"。看了魏征的分析，徐世勣经过权衡，决定投降李唐，于是派遣使者至长安，将献城的功劳都归给李密，然后押运粮草到李神通那里。

不久窦建德率众南下，攻陷黎阳，魏征被俘。窦建德知道魏征是个人才，就让魏征做了起居舍人，负责记录自己的日常行为和"国家"大事。武德四年（621），李世民率军攻打洛阳王世充，王世充求窦建德率军支援，出兵的窦建德被李世民活捉。魏征得以再次入唐，并受到太子李建成的礼遇，被任命为太子洗马。

魏征发现李世民"数平剧寇，功冠天下，英豪归之"[2]，已经威胁到李建成的太子之位，就向李建成提出应该早做打算。恰巧赶上刘黑闼乱山东，魏征和王珪等人提议太子应该"请往讨"，因为有利条件是"今黑闼疻败残孽，众不盈万"，如果能够率"利兵鏖之"，必然"唾手可决"，这样一来弥补了以往没有军功的缺憾，另外还有"结山东

---

[1] 刘昫等：《旧唐书》，北京：中华书局，1975年5月，第2546页。
[2] 欧阳修等：《新唐书》，北京：中华书局，1975年2月，第3540页。

英俊心"的好处。李建成听从了魏征的建议,这才有了擒杀刘黑闼、平定山东的功劳。在李世民与李建成的斗争中,虽然魏征多出奇谋,但无奈改变不了历史发展的结局。玄武门之变,李建成以失败告终,魏征成了李世民的阶下囚。

誓成良臣多诤谏

李世民一直挺欣赏魏征的才能的,虽然知道哥哥李建成对付自己的招数多出自魏征,但依旧在玄武门之变后留住了魏征的性命。魏征被带到李世民跟前,接受了李世民的"审问":"汝离间我兄弟,何也?"你为什么要离间我们兄弟?魏征回答说:"皇太子若从征言,必无今日之祸。"[①] 皇太子如果听从了我的建议,就不会有今天的灾祸了。这句话的言外之意是:如果李建成能听我的建议,你李世民不可能活到今天。李世民见魏征这么敢说话,越发喜欢他。因为李世民明白,与其把魏征当成对手,不如把魏征变成助手。于是,李世民任命魏征为詹事主簿;李世民登基之后,又让魏征做了谏议大夫,还封他为巨鹿县男。

从此以后,魏征成了李世民生命中不可或缺的直臣,也成就了李世民的明君形象,促成了李唐初期的贞观盛世。魏征直言敢谏,《旧唐书》中说"征雅有经国之才,性又抗直,无所屈挠,太宗与之言,未尝不欣然纳受"[②],但那是李世民刚当皇帝的时候,那时他励精政道。慢慢地,李世民也开始觉得魏征的话听着刺耳了。

长乐公主是李世民和长孙皇后的女儿,李世民视她为掌上明珠,将她许配给了长孙无忌的儿子长孙冲。在这里需要说明的是,长孙无

---

① 刘昫等:《旧唐书》,北京:中华书局,1975年5月,第2546页。
② 刘昫等:《旧唐书》,北京:中华书局,1975年5月,第2547页。

忌是长孙皇后的哥哥,是皇帝李世民的大舅哥,所以长乐公主是嫁给了自己的表哥。那个时候没有近亲结婚的忌讳,只要不是同姓就行。长孙无忌是李世民的功臣,所以这个婚事既表现了父亲对女儿的疼爱,又显示了皇帝对功臣的宠爱,一举两得。这样一来,陪嫁自然就不能少了,《旧唐书》中是这样说的,"敕有司资送倍于永嘉长公主"[1],就是以最高命令的形式要求相关部门把给长乐公主的陪嫁定为永嘉长公主的两倍。永嘉长公主是唐高祖李渊的女儿,李世民同父异母的妹妹,也就是说,永嘉长公主是长乐公主的姑姑。

大臣们普遍觉得,皇帝要给自家姑娘多点嫁妆没有什么不可以,再者来说那是皇帝的家事,于是纷纷表示赞成。这样的事情,一般人也不会故意给皇帝找不痛快。可是,魏征却有不同看法,他说:"当年汉明帝要封赏自己的儿子,一琢磨,我自己的儿子怎么能和先帝的儿子们比呢。"也就是,汉明帝的儿子怎么能和汉光武帝的儿子们比呢,说得再明白一点,侄子怎么能和他的叔伯们比呢,于是给自己儿子的封地是他们叔叔、伯父封地的一半。"陛下您要把自己姑娘的嫁妆提升为永嘉长公主的两倍,这和汉明帝正好相反了,这样于礼法是不合的,毕竟长公主是公主的姑姑,侄女怎么能超越姑姑呢?您作为公主的父亲,就感情来说,我们没有异议,但您的身份是皇帝,您还得注重礼法制度。"这就是《旧唐书》中所说的"天子姊妹为长公主,子为公主,既加'长'字,即是有所尊崇。或可情有浅深,无容礼相逾越"[2]。

李世民回宫把这件事告诉了长孙皇后,长孙皇后感叹道:"我一直听陛下您称重魏征,不知道什么原因。现在就这件事来看,魏征能够'引礼义以抑人主之情',真是为社稷着想的好臣子啊!就咱两个

---

[1] 刘昫等:《旧唐书》,北京:中华书局,1975年5月,第2549页。
[2] 刘昫等:《旧唐书》,北京:中华书局,1975年5月,第2549页。

的关系而言'结发为夫妇',关系再近恐怕没有我们近了,即便如此,我还要'每言必先候颜色',唯恐一句话说不对惹您生气。魏征作为臣子,关系没有我们近,却能够直言敢谏,这是一心为国,陛下不能不听从啊。"也正是因为有长孙皇后这样坚强的后盾,魏征的直言敢谏才有了意义。长孙皇后对魏征的支持不止在言辞上,更在行动上,《旧唐书·魏征传》记载:"后遣使赍钱四十万、绢四百匹,诣征宅以赐之。"直接派人重赏魏征,这是对魏征直言敢谏的直接肯定。不久,李世民又将魏征的爵位升为郡公。

不仅如此,魏征遇到事还敢于发表意见,长乐公主出嫁那件事已很典型,我们再来看看别的事。李世民曾经嫌上封事的人太多,而且所说的一些事不实,于是就想追究个别人的责任。所谓"封事"就是密封的奏章。魏征认为:"古者立诽谤之木,欲闻己过,今之封事,谤木之流也。陛下思闻得失,只可恣其陈道。若所言衷,则有益于陛下;若不衷,无损于国家。"[1]尧舜时在交通要道上设立有谤木,谁有什么意见或建议可以写上去,目的是广开言路,便于领导者发现自己的缺点,从而进一步改正。现在的封事就是从谤木演变过来的,既然陛下的目的是"思闻得失",那就应该让大家放开去提。如果大家提得对,自然对您大有好处;即便不对,对国家也没有什么损害。李世民听了魏征的看法,表示同意,还对魏征进行了奖赏。

在劝李世民纳谏方面,魏征是真敢说。贞观十一年(637),魏征就毫不客气地指出了李世民的变化:"贞观之初,恐人不言,导之使谏。三年已后,见人谏,悦而从之。一二年来,不悦人谏,虽黾勉听受,而意终不平,谅有难色。"[2]魏征向李世民指出来:"陛下您刚当

---

[1] 刘昫等:《旧唐书》,北京:中华书局,1975年5月,第2558页。
[2] 谢保成:《贞观政要集校》,北京:中华书局,2003年11月,第142页。

上皇帝的时候，唯恐大家不给您提意见，所以您是想方设法进行引导。三年之后，看到有人向您进谏，您还能欣然采纳。可是最近一两年来，您变了，变得不喜欢大家提意见了，虽然也能勉强接受，但您的心里却有不服，从脸色来看，您是不太高兴的！"李世民听了，不太相信，就问魏征："于何事如此？"你是从哪些事情看出来的？

魏征举例说："刚即位的时候，要处死元律师，但是孙伏伽认为这个人不该死，不能随意对人用酷刑。您就把兰陵公主价值百万的庄园赐给了孙伏伽。有人觉得这就是一个再正常不过的劝谏，这个奖赏是不是有点重了。您的回答是：'我即位来，未有谏者，所以赏之。'这不就是引导大家给您多提意见吗？徐州司户柳雄犯罪，您让他自首，自首就不治他的罪了，但是柳雄不肯自首，最后被司法部门处以死罪。大理少卿戴胄奏称，柳雄应该被流放，罪不至死。在这个问题上，您和戴胄反复争论，最后还是听了戴胄的谏议，把柳雄流放了。为此，您还对其他人讲：'如果都像戴胄这样秉公执法，哪里还会有被冤杀的人呢？'这件事不就是您采纳了劝谏吗？去年陕县丞皇甫德参上书惹您不高兴，您认为他属于诽谤。我向您奏称，如果大臣们上书不激切，就不能引起皇帝足够的重视。当时，您虽然也采纳了我的进谏，还赏了我很多东西，但是一直愤愤不平，这不就是难于受谏了吗？"

李世民听了魏征的话，回答说："确实像你说的这样，也只有你能说这些话。一般人都不容易发现自己的毛病，你没有为我指出来时，我一直觉得这么多年我没有什么变化。听了你的指正，我才发现，我的变化太大了。以后你一定要多为我进行指正，我一定会照着你说的话去做。"李世民的话让我们看到一个明君的形象。

可是李世民真的一直是这样吗？李世民也有压不住火的时候，有一回下朝回到后宫，他很生气地说："会须杀此田舍翁。"我一定要把这个庄稼汉给杀掉。当长孙皇后问皇帝跟谁生气时，李世民说："魏征每廷辱我。"①"每"是多次、经常的意思。已经惹皇帝不高兴了，甚至有了生命危险，魏征为什么还要硬着脖子给皇帝提意见呢？三个原因。一、吸取历史教训。当年他跟着李密、窦建德、李建成时，就是因为他们不听自己的建议，所以才导致失败，搞得自己反复换工作。二、有过忠良之辨。玄武门之变后，魏征投到了李世民的麾下，但是他对李世民说自己要当良臣，不当忠臣。李世民就问他忠臣和良臣有什么区别，他回答说："良臣使身获美名，君受显号，子孙传世，福禄无疆。忠臣身受诛夷，君陷大恶，家国并丧，空有其名。"②当良臣无论是对皇帝还是对自己和家族，都是好事，所以他坚持要当良臣。其实，魏征也是没有办法，他当不了忠臣，古人讲"忠臣不事二主"，他都换了几个阵营了。三、有皇后做后台。长孙皇后是个明白人，总能站在魏征这一边，前边讲的长乐公主出嫁那件事，皇后还专门赏赐给魏征很多财物，表示对他的支持；当李世民要"杀此田舍翁"时，长孙皇后则穿上正装告诉李世民："妾闻主明臣直；今魏征直，由陛下之明故也，妾敢不贺！"③我听说只有皇帝英明，大臣才敢直言，现在魏征敢直言，正好证明了皇帝您的英明啊，这是值得庆贺的一件事情。

从长孙皇后对魏征"引礼义以抑人主之情"的评价来看，魏征说话是非常注重礼的，李世民也这么评价过魏征。一次，李世民在洛阳宫的积翠池宴请各位大臣，为了活跃气氛，李世民提议每人写一首诗，而且每句诗要涉及一件古事，这其实就是一个游戏。魏征当时写的诗所涉及的史实均出自西汉，魏征的诗是这样的：

---

① 司马光：《资治通鉴》，北京：中华书局，1956年6月，第6096页。
② 刘昫等：《旧唐书》，北京：中华书局，1975年5月，第2548页。
③ 司马光：《资治通鉴》，北京：中华书局，1956年6月，第6096页。

受降临轵道，争长趣鸿门。

驱传渭桥上，观兵细柳屯。

夜宴经柏谷，朝游出杜原。

终藉叔孙礼，方知皇帝尊。

(《全唐诗》，第441页)

这首诗写的是西汉建立前后的一些史事，所以题作《赋西汉》：第一句写刘邦先入咸阳接受秦王子婴的投降。第二句写鸿门宴上，刘邦在张良、樊哙等人的帮助下，总算有惊无险。第三句写吕后驾崩之后，群臣商议立代王刘恒为皇帝，代王开始不相信，就派人到长安去打听，当得知消息确切时，驱车赶到了渭桥，群臣跪迎，奉上了皇帝玉玺，是为汉文帝。第四句写汉文帝到将军周亚夫的细柳营视察军务，周亚夫因为治军严明受到汉文帝的高度赞扬。第五句写汉武帝微服私访，夜里在河南灵宝的柏谷投宿，结果亭长不接纳，只好投宿旅店，旅店的女主人发现汉武帝相貌堂堂，于是杀鸡做饭款待了他。第六句写汉武帝的曾孙汉宣帝刘询，因为巫蛊之祸，被迫生长于民间，从小喜欢在下杜走马斗鸡。最后两句写汉高祖刘邦起初不讲究繁文缛节，那些曾经和他一起打天下的将军互相争功，闹得朝堂变战场，刘邦很无奈。在叔孙通的建议下，刘邦开始制定朝仪，并在城外练习朝仪，后来文武大臣们在长乐宫拜见皇帝刘邦，威严整肃，刘邦高兴地说："吾乃今日知为皇帝之贵也。"我今天才知道当皇帝是多么尊贵的一件事情啊。当魏征念完自己的诗歌后，李世民说："魏征每言，必约我以礼也。"[1]意思是说，魏征劝我做皇帝就要有个做皇帝的样子。

有一次，李世民要出去打猎，赶上魏征过来奏事。李世民就将打猎用的鹞子藏在了胸前，因为有铠甲隔着，所以不至于伤着自己。魏

---

[1] 刘昫等：《旧唐书》，北京：中华书局，1975年5月，第2558页。

征发现李世民胸前的衣服一直动弹，就明白了，于是左一件事右一件事没完没了地汇报，最后鹞子生生被憋死在衣服里面了。或许在魏征看来，皇帝不能动不动就打猎，他这是从行动上对李世民约之以礼。

也正是因为魏征的直言敢谏，李唐才有了"贞观之治"。所以当魏征死后，李世民发出了"朕亡一镜"的感叹，他还写有一首《送魏征灵座》：

> 劲筱逢霜摧美质，台星失位夭良臣。
> 唯当掩泣云台上，空对余形无复人。①

李世民把魏征比成有气节的竹子，但遭到了霜雪的侵害，伤心之情一览无遗。对于魏征这位良臣，李世民总不能忘怀，于是去凌烟阁看他的画像。纵然图像栩栩如生，但魏征已经不可能再站到自己面前了。这里用"云台"比喻"凌烟阁"，云台是汉明帝放置功臣名将画像的地方。李世民仿效汉明帝修建了凌烟阁，把二十四位功臣的画像置于其中。

朝堂上再也看不到魏征的身影了，李世民很是伤感，越发认识到魏征的价值。李世民曾说："贞观之后，尽心于我，献纳忠说，安国利民，犯颜正谏，匡朕之违者，唯魏征而已。"② 在我当皇帝期间，唯一一个愿意给我说实话说直话的人就是魏征，他是为了让我少犯错误，达到国泰民安的目的。由于魏征对李世民来说意义非常，所以当他听到魏征去世的消息时，伤心欲绝，不仅停止朝会五天，亲自到魏征家哭拜，还赏赐魏征家绢布千段、米粟千石，而且亲自撰写碑文，让魏征的灵柩陪葬昭陵。后来李世民追念魏征，就"赐其实封九百户"。辽东一战虽然取得了胜利，但是李世民却说："如果魏征还在，肯定不同意

---

① 陈贻焮：《增订注释全唐诗》，北京：文化艺术出版社，2001年5月，第19页。
② 刘昫等：《旧唐书》，北京：中华书局，1975年5月，第2559页。

我打这一仗。"李世民把魏征的家人宣到面前奖赏，还用少牢之礼到魏征墓前祭祀，并为魏征重立了墓碑。这对于一个大臣来说，绝对是无上的荣光了。魏征的优秀品质成了后世学习的楷模，更成了家族后人的典范。

五世孙謩有祖风

魏征的五世孙魏謩身上有魏征的影子，也是一个直言敢谏的人，受到文宗皇帝的器重。宣宗皇帝甚至说："謩名臣孙，有祖风，朕心惮之。"[①] 皇帝见着他心里都紧张，可见有多么刚正。

据《登科记考》记载，魏謩是大和七年（833）的进士。大和初年，李回任京兆府参军，魏謩参加了京兆府的选拔考试，但没有被李回推荐上去。有一日文宗皇帝读《贞观政要》时，想起了魏征。文宗皇帝号称"小太宗"，一直希望能够做出政绩，所以当他拿起《贞观政要》的时候，自然就想起了太宗的良臣魏征，于是下诏寻访魏征的后人。当时魏謩是同州刺史杨汝士的手下，杨汝士就把魏謩推荐给了皇帝，魏謩被任命为右拾遗。

上任后，魏謩马上就进入了状态。邕管经略使董昌龄诬杀参军衡方厚，先被贬为溆州司户，没过多久又升为峡州刺史。魏謩觉得不应该这样，随即向文宗进谏说："这个董昌龄专杀无辜，为人残暴，衡方厚很冤枉，其家人不远万里来投诉，董昌龄罪有应得。现在您又饶了他的罪行，还让他做了刺史，他治理百姓，必然会导致地方纲纪紊乱，民怨沸腾。"文宗听了之后，下诏将董昌龄改为洪州别驾。

御史中丞李孝本是宗室子弟，因为受到李训案的牵连被处死。李

[①] 欧阳修等：《新唐书》，北京：中华书局，1975年2月，第3884页。

训任宰相期间，策划甘露之变，目的是诛杀宦官，结果行动失败，被宦官疯狂报复。李孝本因受此事牵连被杀之后，他的两个女儿被抄没宫中。魏謩向文宗提出："陛下从即位以来，中间有十年是不喜欢声色的，也没有采选过宫人。可是最近几个月以来，您对声伎表现出了明显的兴趣，教坊中经常成百地选人。现在您又把李孝本的两个女儿纳入后宫，您忘了同宗同姓不育的律法了？您这种做法是不利于国泰民安的！谚语说'止寒莫若重裘，止谤莫若自修'，希望陛下能够重视德行修养，不要玩物丧志。"

文宗觉得魏謩言之有理，马上把李孝本的两个女儿送出了宫，而且下诏称赞魏謩："你的祖上在贞观时期就直言敢谏，毫无避忌，我每次看《贞观政要》，都很感叹。你作为拾遗，也多次进谏。我把李孝本的女儿招进宫里，让她们从事洒扫，并非把她们当作声伎，我考虑到她们年龄小怜惜她们，没有拿她们取乐，但是别人并不知情，我也不能一一去解释，于是给别人留下误解的机会。你现在言辞恳切，为我指摘过失，真是忠心耿耿。你虽然在这个职位上时间不长，但尽心尽职，我决定提拔你为右补阙，目的是'增直臣之气'。"

文宗曾经对宰相说："太宗得征，参裨阙失，朕今得謩，又能极谏，朕不敢仰希贞观，庶几处无过之地。"[①] 意思是说，当年魏征为太宗指陈得失，现在我就靠魏謩为我挑毛病了，这样我才能少犯点错误。你还真别说，魏謩真没少纠正文宗的过失。教坊有个善于演奏曲子的乐工，被文宗提拔成了扬州司马。朝臣们都觉得司马这个职位太高了，一个乐工不该得到这么高的提拔，于是就向皇帝提了出来，可是文宗喜欢，就坚持自己的任命。宰相很有眼色，告诉各位谏官："这个问题到此为止，既然陛下坚持，大家不要多说了。"这是一般的处理方法，也是普遍

---

① 欧阳修等：《新唐书》，北京：中华书局，1975年2月，第3882—3883页。

被认可的,毕竟皇帝坚持嘛!你官再大,能大过皇帝吗?你再尽职尽责,皇帝不听,你能有什么办法!只有魏謩硬着头皮再次向文宗提出不能让乐工当扬州司马,皇帝最终没有拗过魏謩,把乐工降为润州司马。看来坚持就有胜利的可能。从扬州司马改为润州司马,虽还是司马,但当时根据地域面积、人口多少、对朝廷做的贡献大小,把州分为大、中、小三类,同样是一个官名,扬州和润州级别不同。

魏謩任起居舍人的时候,始终按照原则办事。起居舍人是隋炀帝设立的官职,贞观初年的时候改成了起居郎,到显庆三年(658)时又增加了起居舍人,虽然后来名称又有变化,但职责始终是负责记录皇帝的日常行动与国家大事。一次,文宗问魏謩:"你家祖上与太宗皇帝之间的书诏还有存下来的吗?"魏謩说:"只剩下祖上留下的旧笏了。"笏就是大臣们上朝拿的手板,可以记录皇帝的话,也可以书写要对皇帝说的话。文宗让魏謩把这些旧笏送来。郑覃说:"关键在持笏那个人,不在于笏板本身。"文宗说:"覃不识朕意,此笏乃今甘棠。"[1]郑覃不理解我的用意啊,这些旧笏板就是今天的甘棠。据《史记·燕召公世家》记载,周武王灭了殷商之后,把召公封到了北燕。召公去巡查工作的时候,在一棵棠梨树下处理公务,"自侯伯至庶人各得其所,无失职者",所以这棵棠梨树就成了召公精神的载体。"召公卒,而民人思召公之政,怀棠树不敢伐"[2],甚至还作了《甘棠》之诗:

蔽芾甘棠,勿翦勿伐,召伯所茇。

蔽芾甘棠,勿翦勿败,召伯所憩。

蔽芾甘棠,勿翦勿拜,召伯所说。[3]

全诗由睹物到思人,由思人到爱物,人、物交融为一。文宗的意思是,

---

[1] 欧阳修等:《新唐书》,北京:中华书局,1975年2月,第3883页。
[2] 司马迁:《史记》,北京:中华书局,1959年9月,第1550页。
[3] 程俊英:《诗经译注》,上海:上海古籍出版社,2004年7月,第23页。

我是看到魏征曾经使用过的笏板，就想起了魏征，就想起了他对太宗皇帝的进谏，这样好督促我施行德政。文宗这个做法是应该给点个大大的赞的！文宗对魏謩说："以后我做什么事如果不合适，你要及时为我指正！"其实，这也是对魏征的礼敬！

不过，也不是皇帝向魏謩要什么都能如愿以偿的。有一回，文宗想看看自己的起居注，就向负责这件事的魏謩索要，魏謩拒绝说："陛下所为善，无畏不书；不善，天下之人亦有以记之。"① 什么意思呢？如果陛下您做的是好事，我们会记录下来的；如果做的不是好事，即便是我们不记，天下也会有人进行记录的。那意思是，您就别看了。文宗不死心，又说："我以前看过。"魏謩依旧不答应："您以前看过，只能说明史官失职。您一旦看了，就会造成以后记录'善恶不实'，这样就没有办法作为史料了，即便是作为史料，也没有办法让后代信服。"文宗看魏謩坚持原则，只好作罢。

魏謩的仕途并不十分顺利，但因为其品性正直，后来做到了宰相。自敬宗以后，皇上都厌恶大家讨论立太子的事，朝臣们"无敢开陈者"②，当时任丞相的魏謩在辅政的同时流着眼泪向宣宗皇帝指陈利害晓明立太子的利弊，"帝为感动"，此举受到大家的敬重。河东节度使李业滥杀投降的人，搞得边疆很震惊，这样的事很容易引起哗变，但李业在朝中有依靠，所以"人无敢言者"，大家不敢言语，魏謩却抓着这件事不放，李业最后被贬为滑州刺史。

魏征曾劝谏太宗不要沉迷打猎，魏謩也有过类似的劝谏。某国献给宣宗几头大象，这东西在北方算是稀罕物。魏謩建议不要接受，原因是大象并非北方之物，其一是不好养，其二是这样会给人皇帝玩物

---

① 欧阳修等：《新唐书》，北京：中华书局，1975年2月，第3883页。
② 欧阳修等：《新唐书》，北京：中华书局，1975年2月，第3884页。

丧志的印象。宣宗最后还真的同意了魏謩的谏语。在当宰相期间，别人讨论事情的时候"或委抑规讽"，不敢直言，总是转着圈说，只有魏謩"谠切无所回畏"，所以宣宗才说他"有祖风"。不过这种性格也容易招人忌恨，魏謩便是"以刚正为令狐绹所忌"的。

《新唐书·魏謩传》结尾有这么一句话："謩之论议挺挺，有祖风烈，《诗》所谓'是以似之'者欤！"[①]魏謩的处事风格很像其五世祖魏征，《诗经》中所说的"是以似之"指的就是这种家风的传承。

---

① 欧阳修等：《新唐书》，北京：中华书局，1975年2月，第3885页。

饮露清心翳叶中
——李百药家族

蝉在唐诗中屡屡被写到，而且诗人总能让读者从诗句中琢磨出点什么。李百药有一首《咏蝉》诗，很简单，只有四句话：

清心自饮露，哀响乍吟风。
未上华冠侧，先惊翳叶中。

（《全唐诗》，第475页）

人们认为蝉是很高洁的昆虫，靠吸风饮露生存，不仅能为人们演奏出不一样的乐音，还能成为贵臣帽子上的装饰。如果结合李百药的家世再来细品这首诗，就更有意思了：这首诗与其说是在写蝉，不如说是通过蝉写出了李百药家族的文化传承。

学富才优振士林

据《新唐书·李百药传》可知，李百药的父亲叫李德林，儿子叫李安期，祖孙三代都很有才，而且"三世掌制诰"[1]。我觉得，把李百药《咏蝉》诗中的两句"清心自饮露，哀响乍吟风"改成"清心饮露响吟风"来形容他们祖孙三代再合适不过了。

---

[1] 欧阳修等：《新唐书》，北京：中华书局，1975年2月，第3975页。

《隋书·李德林传》中讲，李德林聪明异常，年纪很小的时候，"诵左思《蜀都赋》，十余日便度"①。左思是晋朝的文学大家，当年为了写《三都赋》，生生花了十来年时间，厕所里边都放着纸笔，想起来一句就记下来，那是费了大心思的。《三都赋》写好之后，经过张华推介，豪贵之家争相传抄，从而赢得了"洛阳纸贵"的美誉。《蜀都赋》就是其中的一篇。

左思写赋要求本实，就是要真实，这是对诗歌传统的继承，他认为只有这样才能让读者知道文字背后的地方文化。为此，他还在《三都赋序》中对司马相如、扬雄等大咖开炮，认为他们写赋都有虚假的成分，让人不能信服。

因为有这样的认识，所以左思写《三都赋》时做了一般人做不了的功课，先"诣著作郎张载，访岷邛之事"，再"求为秘书郎"以博其见闻，力求做到"其山川城邑则稽之地图，其鸟兽草木则验之方志。风谣歌舞，各附其俗；魁梧长者，莫非其旧"，也就是尽可能实地考察，考察不了的要么采访了解情况的人，要么去查阅让人信服的资料。总之，《三都赋》写得很严谨。

《蜀都赋》详细地描述了巴蜀的物产、山川、风俗以及四川豪门的宴饮生活，既宣传了四川美食，也为研究中国烹饪史提供了宝贵的资料。我们可以设身处地想一想，看着文章，想着那些琳琅满目的美食直咽口水，注意力早跟着美味跑了。纵然你有意志力不跑神，那些索然无味的辞藻呢？我们还是引用一段看看吧：

> 于西则右挟岷山，涌渎发川。陪以白狼，夷歌成章。堋野草昧，林麓黝倏。交让所植，蹲鸱所伏。百药灌丛，寒卉冬馥。异类众伙，于何不育？其中则有青珠黄环，碧砮芒消。或丰

---

① 魏征等：《隋书》，北京：中华书局，1973年8月，第1193页。

绿黄，或蕃丹椒。麋芜布濩于中阿，风连菇蔓于兰皋。红葩紫饰，柯叶渐苞。敷蕊葳蕤，落英飘飖。神农是尝，卢跗是料。芳追气邪，味蠲疠痟。①

读这一段《蜀都赋》感觉怎么样？朗朗上口，但是头蒙。可是，李德林竟然能够"十余日便度"，这脑瓜子一般人可比不了，自带人肉扫描和翻译功能。

聪明的李德林引起了当时的大人物，北齐开国元勋、东魏四贵之一的高隆之的注意。高隆之到处对人讲："若假其年，必为天下伟器。"这孩子长大了了不得。

到了十五岁，李德林学业更加精进，遍读"五经"和古今文集，每天都要背诵几千字，读书学习成了他的生活常态。有这样的坚持，成效出来了，"该博坟典，阴阳纬候无不通涉。善属文，辞核而理畅"②，没有他不懂的，而且善于写文章。一天，魏收当着高隆之的面对李德林的父亲说："贤子文笔终当继温子昇。"你这个孩子将来是要赶上温子昇的。温子昇又是谁呢？他是北魏著名的文学家，以文笔俊拔著称，与魏收、邢邵并称为"北地三才"。可见，魏收对李德林的评价相当高了。

任城王高湝做定州刺史时，非常器重李德林，不仅主动与他交朋友，而且把他推荐给杨遵彦，杨遵彦是当时的尚书令。任城王高湝在书信中评价李德林是栋梁之材，"至如经国大体，是贾生、晁错之俦；雕虫小技，殆相如、子云之辈"③，在治理国家方面有贾谊、晁错一样的才能，在文章写作方面又不亚于司马相如和扬雄。杨遵彦见任城王如此器重李德林，也想看看他的真实水平，就让李德林写《让尚书令表》，李德林非常给力，"援笔立成，不加治点"，不仅很快完成，而且文

---

① 李善注：《文选》，北京：中华书局，1977年11月，第77页。
② 魏征等：《隋书》，北京：中华书局，1973年8月，第1193页。
③ 魏征等：《隋书》，北京：中华书局，1973年8月，第1194页。

不加点，没有任何修改的地方。

杨遵彦惊呆了，把这篇文章拿给吏部郎中陆卬看，结果陆卬也被瞬间圈粉，他这样评价："已大见其文笔，浩浩如长河东注。比来所见，后生制作，乃涓浍之流耳。"这文笔气势磅礴，浩浩荡荡如同黄河奔向大海。以前所见到的别的年轻人所写的文章，当时感觉很不错，现在再想想，简直就是潺潺的小溪了。陆卬自己被圈粉还不算，还命令儿子陆乂多多向李德林学习，要把李德林当成老师，当成楷模。所以，才能是一个人最大的竞争力，有才能的人走到哪里都不缺朋友。

李德林有这样扎实雄厚的基础，那科举考试自然就不是事儿。《隋书·李德林传》记载："时遵彦铨衡，深慎选举，秀才擢第，罕有甲科。德林射策五条，考皆为上，授殿中将军。"[1] 李德林参加秀才科考试，五道策论题全是优秀。这太不容易了，秀才科是非常难考的，马端临在《文献通考》中说"隋世天下举秀才不十人"[2]，整个隋朝考上秀才的不到十个人，而李德林就是其中之一。当时有个叫杜正玄的人参加秀才科考试，被尚书令杨素直接刁难说："周孔更生，尚不得为秀才。"[3] 即便是周公、孔子复生，也不一定能考上秀才。可见当年的秀才科有多么难考！在当时，如果考生考不上，不仅自己要受处分，推荐该考生的官员也要跟着受牵连。再加上主考官杨遵彦"深慎选举"，工作认真，所以以前"秀才擢第，罕有甲科"，就没有出现过让人眼前一亮的考生。但是李德林的出现，刷新了以往的纪录。不过我们在这里必须说明一下，马端临在《文献通考》中搞错了，李德林考的是前朝的秀才，不是隋朝的，因为主考官杨遵彦在乾明元年（560）的政变中被杀了，这个时候离隋朝建国还有21年。这么一分析，我们越发

---

[1] 魏征等：《隋书》，北京：中华书局，1973年8月，第1194页。
[2] 马端临：《文献通考》，北京：中华书局，1986年9月，第269页。
[3] 李延寿：《北史》，北京：中华书局，1974年10月，第961页。

觉得秀才科是隋朝考生们的噩梦了。

李德林曾经写过一篇"代称典丽"的《春思赋》，这篇文章是在李德林辞职后朝廷又"下诏搜扬人物，复追赴晋阳"的情况下创作的。遗憾的是这篇文章已经找不到了，我们不能根据具体文章来见证他让那么多牛人叹服的文才了。

博涉多才号奇童

听评书经常会听到"父亲英雄儿好汉"，这用来评价李德林的家庭情况也很贴切。李德林的父亲是大学问家，"父敬族，历太学博士、镇远将军。魏孝静帝时，命当世通人正定文籍，以为内校书，别在直阁省"[1]。李德林从小受其父熏陶和培养，成长为人所共识的大才子。那么李德林的儿子李百药又怎样呢？

李百药小时候身体弱，三天两头需要看大夫，奶奶为了孩子健康活泼少生病，就给孩子取名"李百药"。李百药虽然身子弱，但没耽误读书，"七岁能属文"[2]，七岁就会写文章了。李百药的儿子也是"七岁属文"[3]。

写文章是需要有内在积累的。怎么证明李百药有内在积累呢？用个故事来证明吧。这个故事在《旧唐书·李百药传》《新唐书·李百药传》中都有记载。一次，李德林和陆乂、马元熙在读徐陵的文章，其中有一句"既取成周之禾，将刈琅邪之稻"，大家都不理解是什么意思。当时李百药就在旁边站着，小朋友发言了："《春秋》'鄅人借稻'，

---

[1] 魏征等：《隋书》，北京：中华书局，1973年8月，第1193页。
[2] 欧阳修等：《新唐书》，北京：中华书局，1975年2月，第3973页。
[3] 欧阳修等：《新唐书》，北京：中华书局，1975年2月，第3975页。

杜预谓在琅邪。"①翻译过来就是，《春秋公羊传》中有一句"郮人借稻"，杜预注解说"郮国在琅邪"。就这一句话不打紧，在场的人目瞪口呆。《春秋公羊传》那可是专门之学，这里有很多治国的大智慧，有的人一辈子就学这么一本书。这本书在唐代属于大经，是需要学三四年的。这么一个小朋友竟然读过《春秋公羊传》，而且不仅仅是读过而已，还能记住里面的句子和用典，太了不得了！我们实话实说，就这一句，现在如果您去问专门研究儒经的博士生导师，他恐怕都要先查阅资料才能告诉你答案！因为这一件事，李百药被大家送了一个"奇童"的雅号。因为突出的才能，李百药在隋朝开皇年间曾被左仆射杨素、吏部尚书牛弘特别关照，提拔为礼部员外郎。

唐太宗即位后，十分看重李百药的才能。贞观二年（628），朝廷讨论封建诸侯的事，就是给皇子和有功之臣都弄块地，像周朝那样，成立很多小国。李百药向李世民献了一篇《封建论》，"理据详切"，指出这样做可能会导致"数世之后，王室浸微，始自藩屏，化为仇敌。家殊俗，国异政，强凌弱，众暴寡，疆场彼此，干戈日寻"②的弊端，李世民意识到了问题的严重性，于是不再继续讨论。贞观四年（630），作为太子右庶子的李百药，发现太子"嬉戏过度"，于是写了一篇《赞道赋》，李世民阅后，称赞"甚是典要"，夸李百药做得对。但是太子不明白李百药的良苦用心，后来被废了，这就是玩物丧志。

李世民写过一组《帝京篇》，并要李百药唱和。李百药写完后，李世民评价说："卿何身之老而才之壮，何齿之宿而意之新乎！"意思是老先生年龄越大，文章写得越好。《全唐诗》中有李世民的《帝京篇十首》和王勃的《帝京篇》，看来李百药这篇被李世民赞叹的《帝

---

① 欧阳修等：《新唐书》，北京：中华书局，1975年2月，第3973页。
② 刘昫等：《旧唐书》，北京：中华书局，1975年5月，第2574页。

京篇》未能保留下来。好在《全唐诗》中收录有李百药的其他诗歌，既然经常陪在皇帝身边，必然少不了唱和，我们可以选两首稍作分析，从中感受一下李百药的才情。

　　化历昭唐典，承天顺夏正。
　　百灵警朝禁，三辰扬旆旌。
　　充庭富礼乐，高宴齿簪缨。
　　献寿符万岁，移风韵九成。

（《全唐诗》，第536页）

这是一首唱和诗，前两句讲明了唐时的历法传统，"化历"就是改变旧历法制定新历法。夏朝以农历正月初一为新年第一天，把夏历正月叫"夏正"，从汉武帝采用夏正之后，历代沿用。唐朝认为自己是承汉而来，对汉朝文化满怀景仰之情，所以自然也采用夏正。新年第一天，诗人把"百灵"请来站岗，真够神通广大的。旌旗上绣着日月星，昭示着盛世光明；朝廷上礼乐齐鸣，大臣们按部就班地排列，齐声向皇帝祝贺新年。诗歌显得富丽典雅，但却少了灵气，这就是唱和。我们再来看一首李百药自由创作的作品《咏萤火示情人》：

　　窗里怜灯暗，阶前畏月明。
　　不辞逢露湿，只为重宵行。

（《全唐诗》，第538页）

萤火虫的光亮虽很微弱，但曾经有人把它装在白色的丝袋里，用来照明读书。这么微弱的光如果在月光下，几乎是很难被发现的。尽管如此，它们还是愿意被露水打湿，为的只是在深夜能够发出亮光。这让我想起了虞世南的"恐畏无人识，独自暗中明"，两首诗都抒发了作者渴望自我价值的实现。这首诗我们还可以这样去理解：诗人陪着自己的心上人，从屋里走到屋外，原本是偎依在一起欣赏明月，可是心上人却想看萤火虫，于是两个人就静静地等待着，忍受着被露水打湿衣服的烦恼，只为等待萤火虫（别名"宵行"）的出现。这是对爱的执着。这首小诗具有一语双关的意义。

李百药的仕途不太顺畅。早年因为被人"上眼药"主动辞职过，后来因为得罪杨广被贬为桂州司马，不走运的是桂州被罢州置郡，李百药连桂州司马也被免去，只能回归乡里。李百药生性疏散，爱喝酒，官场对他的吸引力也不是太大。这在他的《春眺》诗中有所体现：

> 疲疴荷拙患，沦踬合幽襟。
> 栖息在何处，丘中鸣素琴。

（《全唐诗》，第538页）

古人有春台晴望的习惯，这是受道家文化的影响。《道德经》中说："众人熙熙，若享太牢，若登春台。"[①]那是对自然的享受。诗人说自己原本就多病的身体还在承受着官场的压力，"拙患"指的就是不善于当官。的确，李百药在官场上挺没有眼色的，特别是不该得罪隋炀帝。诗人认为自己应该"沦踬合幽襟"，不再沉沦坎坷去过幽隐生活。前两句诗让人想到了陶渊明的"少无适俗韵，性本爱丘山。误落尘网中，一去三十年"[②]。或许，李百药向往的正是陶渊明的生活。所以他在后两句自问自答，告诉了读者他的生活理想，喜欢待在山林中，鸣琴相伴，逍遥自在，就像左思在《招隐诗》中说的"岩穴无结构，丘中有鸣琴"[③]。心中有梦想，就有努力的方向，后来李百药"以年老固请致仕"，"致仕"就是退休。李世民见他态度坚决，也就答应了他，于是他真的过起了"悬车告老，怡然自得，穿池筑山，文酒谈赏，以舒平生之志"[④]的生活，悠然自得。

---

① 魏源：《老子本义》，上海：上海书店，1987年1月，第15页。
② 袁行霈：《陶渊明集笺注》，北京：中华书局，2003年4月，第76页。
③ 逯钦立：《先秦汉魏晋南北朝诗》，北京：中华书局，1983年9月，第734页。
④ 刘昫等：《旧唐书》，北京：中华书局，1975年5月，第2577页。

代掌制诰修国史

李德林进入仕途后没多久就"参掌诏诰",升任中书舍人,主要负责起草诏令。李百药在贞观元年(627),被李世民"拜中书舍人,封安平县男"[①];李百药的儿子李安期,被高宗皇帝"迁中书舍人、司列少常伯,数豫决国事"[②]。这爷儿仨是"三世掌制诰"。其实还不止这祖孙三代,李安期的孙子李羲仲"又为中书舍人"。

从文献记载来看,李德林写的诏书有大象二年(580)八月写的《为周静帝诛尉迟迥大赦诏》、大象二年十二月写的《赐姓复旧诏》、大定元年(581)正月写的《改元诏》、大定元年二月写的《禅位诏》、开皇元年(581)七月写的《为文帝襄阳等四郡立佛寺诏》……不再一一列举。凡有诏书,基本都是国家有大事发生,比如《禅位诏》,那是杨坚登基当皇帝的见证。

李德林除撰写诏书外,还负责史书的修撰工作,原本他是奉旨编修《齐书》的。在编修的过程中,魏收与阳休之就《齐书》牵涉的一些问题展开了讨论,还专门向李德林请教过。比如关于"摄"和"相"的运用问题,这两个字的意义到底有什么区别。李德林回复称:

> 摄之与相,其义一也。故周公摄政,孔子曰"周公相成王";魏武相汉,曹植曰"如虞翼唐"。或云高祖身未居摄,灼然非理。摄者专赏罚之名,古今事殊,不可以体为断。陆机见舜肆类上帝,班瑞群后,便云舜有天下,须格于文祖也,欲使晋之三主异于舜摄。窃以为舜若尧死狱讼不归,便是夏朝之益,何得不须格于文祖也?若使用王者之礼,便曰即真,则周公负扆朝诸侯,霍光行周公之事,皆真帝乎?斯不然矣。

---

① 欧阳修等:《新唐书》,北京:中华书局,1975年2月,第3974页。
② 欧阳修等:《新唐书》,北京:中华书局,1975年2月,第3975页。

必知高祖与舜摄不殊，不得从士衡之谬。①

李德林观点鲜明：两个字是一个意思。然后举例子说周公摄政就被孔子说成"周公相成王"。有人说北齐高祖皇帝没有居相位，所以不能用摄，这是没有道理的，因为"摄者专赏罚之名，古今事殊，不可以一体为断"，事情都是发展变化的，不能一成不变过于拘泥。不能因为周公和霍光都能"负扆朝诸侯"，就认为他们都真皇帝。所以，"必知高祖与舜摄不殊"。但是很遗憾，"敕撰《齐史》未成"②，这个任务就留给了儿子李百药。

《北齐书》是"二十四史"之一，由"李百药撰"，但这个任务一开始并不是李百药的。从中华书局《北齐书》的"出版说明"可知，从北齐到隋朝的五十年间，曾先后有人编写几种不同体例的北齐史，其中李德林的纪传体《齐书》和王劭的编年体《齐志》比较出名。但李德林没有完成。武德五年（622），唐高祖李渊派裴矩、祖孝孙、魏征等重写北齐史，但是因为种种原因一直没有结果。到了贞观三年（629），唐太宗专设梁、陈、齐、周、隋五朝史的编写机构，其中李百药负责《北齐书》的撰写。李百药在父亲李德林所编《齐书》的基础上，参照王劭的《齐志》进行扩充改写，终于在贞观十年（636）完成任务。李百药的《北齐书》与房玄龄、魏征等人完成的其他诸史被李世民一起"诏藏于秘阁"③。李百药因此被"加散骑常侍，行太子左庶子，赐物四百段。俄除宗正卿"④。

李安期也参与了史书的编写，《旧唐书·李百药传》中有"贞观初，

---

① 魏征等：《隋书》，北京：中华书局，1973年8月，第1196页。
② 魏征等：《隋书》，北京：中华书局，1973年8月，第1208页。
③ 刘昫等：《旧唐书》，北京：中华书局，1975年5月，第45页。
④ 刘昫等：《旧唐书》，北京：中华书局，1975年5月，第2577页。

累转符玺郎，预修《晋书》成，除主客员外郎"①。我们都知道《晋书》是房玄龄、褚遂良、许敬宗主持编写的，但是具体编写团队还有十八个人，分别是令狐德棻、敬播、来济、陆元仕、刘子翼、卢承基、李淳风、李义府、薛元超、上官仪、崔行功、辛丘驭、刘胤之、杨仁卿、李延寿、张文恭、李安期和李怀俨。当然，他们从事的修书工作并非只有这些，比如李德林编有《霸朝杂集》，李百药编有《五礼》及相关律令，李安期"与李义府等于武德殿内修书"。从这个方面，我们能更清晰地感受到他们的家学传承。

李百药还有一个美德，那就是"好奖荐后进，得俸禄与亲党共之"②，不仅喜欢提拔年轻人，而且有分享精神，自己的工资都能拿出来分给大家。这个美德被儿子李安期学到了。唐高宗时，李安期有一次关于进贤的发言。原来，高宗皇帝埋怨大臣们不能推荐贤才，大家都不敢对答，只有李安期说："我们国家这么大，不缺贤能之人。以前大家推荐，多被指责为朋党，弄得那些沉沦在下的人得不到展示才能的机会，推荐的人又被指责，所以大家为了避免麻烦也就装聋作哑了。"这在官场上确实是存在的，由于牵涉到利益分割，总会出现互相打击的情况，所以朝廷得不到想要的人才。怎样解决这个问题呢？李安期说了："若陛下忘其亲仇，旷然受之，惟才是用，塞谗毁路，其谁敢不竭忠以闻上乎？"③皇帝你首先要改变态度，不要一上来就打棒子、扣帽子，推荐的只要是人才就行，你管他和推荐者是什么关系呢！只有这样，那些没事老盯着干事者找事的人就闭嘴了，大家也就敢放心大胆地推荐人才了。唐高宗觉得李安期说的句句在理，不仅采纳了他的建议，而且升任他为检校东台侍郎、同东西台三品。

---

① 刘昫等：《旧唐书》，北京：中华书局，1975年5月，第2577页。
② 欧阳修等：《新唐书》，北京：中华书局，1975年2月，第3974页。
③ 欧阳修等：《新唐书》，北京：中华书局，1975年2月，第3975页。

孝由天性代代传

孝文化是中国的传统美德，这种美德在李百药家里就是典范性的存在，而且代代相传，让人在感动的同时接受着心灵的洗礼。李德林十六岁的时候，父亲李敬族去世了，李德林就自己驾着灵车回老家博陵安平下葬。当时正好是寒冬季节，李德林穿着单衣，光着脚。这是当地的丧葬风俗，表示对父母去世的哀痛之情。我们可以想一下，在冬天，保暖要是做不好，脚冻了，既疼又痒，钻心难挨。李德林从京城驾着灵车回老家，路途遥远，路上非止一天，双脚必然会红肿不堪，每走一步都会钻心地疼痛。李德林的孝行感动着每一个人，"州里人物由是敬慕之"[①]。

安葬好父亲后，除了守孝和照顾母亲，李德林整天以书为伴。母亲身体不好需要药食调理，李德林又没有别的营生，加上为父亲办丧事的开销，导致日子过得很拮据。可是即便这样，李德林也没有出去当官的念头。在李德林的精心照料下，母亲身体有所好转。古人非常讲究学而优则仕，何况李德林又生长在官宦世家，祖父和父亲都是官身，如果李德林不进入官场，那就等于辱没了门风，于是母亲"逼令仕进"，逼着他去当官。

在任职中书舍人兼通直散骑侍郎时，李德林的母亲去世了，李德林连着五天水米不沾牙。这个时候，偏偏又赶上生了一场热病，李德林"遍体生疮"，可是在自己一身病痛的情况下，依旧对母亲的去世哀泣不绝。他的好朋友陆骞、宋士素以及名医张子彦等人为他准备了汤药，可是李德林不肯喝一口，身体肿得更厉害了。说来也怪，就在大家束手无策的时候，李德林的身体忽然消肿了，身体力气平复如初，

[①] 魏征等：《隋书》，北京：中华书局，1973年8月，第1193页。

很神奇，大家都觉得这是李德林的孝心感动了上天。于是，太常博士就把李德林的孝行和不治自愈的传奇上奏给了朝廷。按照规定，父母去世守孝三年，但朝廷在李德林母亲去世刚过百天，就想让李德林出来工作，李德林以"羸病属疾"身体太弱为由，再次请求回家守孝调养。

受李德林的影响，儿子李百药也是一个至孝之人。《旧唐书·李百药传》有这样的记载："至性过人，初侍父母丧还乡，徒跣单衣，行数千里，服阕数年，容貌毁悴，为当时所称。"[1]他也像其父一样，在父母去世回家安葬的时候，穿着单衣光着脚，一路走回去。按照当时的礼制，守孝期间饮食上是有规定的，不能大鱼大肉，所以营养自然就会跟不上，李百药连着守孝几年，形容消瘦，看上去就像大病初愈的样子。李百药的孝行被当时人们传为楷模！

李安期也是一个孝子，甚至愿意替父亲去死。隋文帝开皇初年的时候，李百药在皇太子杨勇身边任职太子通事舍人，因为被人谗毁，就以身体有病为由辞职了。当时杨广还在扬州做晋王，想拉拢李百药为己所用，可是李百药没有搭理杨广，这让杨广很恼怒。杨广是个记仇的人，就给李百药记了一笔，"及即位，夺爵，为桂州司马"[2]。李德林被封安平公，李百药于开皇十九年(599)在仁寿宫被召见的时候"袭父爵安平公"。杨广一当上皇帝，马上开始清算，对那些曾经不恭敬自己的人打击报复。李百药不仅被削除了爵位，而且被贬为桂州司马。

李安期陪着父亲一起到贬地去，毕竟李百药原本身体就比较弱，再加上为父母守孝期间的折磨，身体就更不堪了。从长安到桂州那么远的路，如果就李百药一个人，能不能活着到达都两说呢。当父子二人走到太湖的时候，遇到了逆贼，这些人是杀人不眨眼的。逆贼要杀

---

[1] 刘昫等：《旧唐书》，北京：中华书局，1975年5月，第2577页。
[2] 欧阳修等：《新唐书》，北京：中华书局，1975年2月，第3973页。

李百药,李安期跪到逆贼面前,苦苦哀求,愿用自己的命换父亲一条命。人心都是肉长的,逆贼被感动了,就放了李百药。这就是《旧唐书·李百药传》中所记载的"初,百药大业末出为桂州司马,行至太湖,遇逆贼,将加白刃,安期跪泣请代父命,贼哀而释之"①。

家风并不是简单地写在纸上挂在墙上的东西,而是融化到血液里的文化传承。李德林、李百药、李安期祖孙三代,让我们看到了文化传承的魅力。反观我们今天的家庭文化建设,总是渴望孩子们能成为自己的骄傲,可是做家长的有没有为孩子营造良好的成长环境呢？我们不能对自己的长辈置若罔闻,反过来又希望孩子对自己嘘寒问暖、恭敬有加,因为你的行为就是孩子最好的教科书。

---

① 刘昫等：《旧唐书》,北京：中华书局,1975年5月,第2577页。

恭慎恒惭恩遇崇
——薛曜家族

古往今来，无数的人渴望能够在官场上"占据要路津"，最好能出将入相，有享不尽的荣华富贵。为了实现这样的人生愿望，有的人皓首穷经发奋苦读，有的人投笔从戎立功边塞。当然，也有人因为祖上积累的功德，直接过上了别人无论怎么奋斗也不可能达到的巅峰幸福生活。我们今天要讲的这个家族便是如此。先来看一首诗，题目《正夜侍宴应诏》：

重关钟漏通，夕敞凤皇宫。
双阙祥烟里，千门明月中。
酒杯浮湛露，歌曲唱流风。
侍臣咸醉止，恒惭恩遇崇。

（《全唐诗》，第 870 页）

这首诗的作者叫薛曜，家世显赫，了不得。在这首诗里的最后一句，他说"恒惭恩遇崇"，这话算是低调的炫耀吧。不过我们必须说，他说的是事实，没有丝毫夸张的成分，而且你看他写的是自己"恩遇崇"，实际上他们家至少有五代过着超越普通人想象的富贵生活。

原与皇家结姻亲

上面这首诗还有个题目《正月望夜上阳宫侍宴应制》。从题目中三个关键词"上阳宫""侍宴""应制"就可以感受到薛曜这个人不简单。上阳宫在洛阳,也就是在今天的洛水北岸,洛浦公园里,那是高宗皇帝李治让当时的司农卿韦弘机建的。据徐松《唐两京城坊考》中记载:"上阳宫在禁苑之东,东接皇城之西南隅,南临洛水,西距谷水,东面即皇城西掖门之南,北连禁苑。"从这段话里,我们既能判断出上阳宫的位置属于风水宝地,又能猜测出来这里不是游人能随意出入的公共场所。

上阳宫面临的洛水,美不胜收,据《唐会要》中说,就是因为高宗皇帝李治"游于洛水之北,乘高临下,有登眺之美"[1],这才让韦弘机动工修建的。洛水到底有多美?我们可以通过几句诗来感受一下,"诗豪"刘禹锡在《浪淘沙》中说"洛水桥边春日斜,碧流清浅见琼砂"(《全唐诗》,第4113页),春天的洛水清澈见底,岸边花草相映;再看罗邺的《洛水》"桥畔月来清见底,柳边风紧绿生波"(《全唐诗》,第7513页),也展现了洛水明月朗照垂柳拂波的生态美。

再说说上阳宫里边吧,还是通过一首诗来想象感受,王建的《上阳宫》:

> 上阳花木不曾秋,洛水穿宫处处流。
> 画阁红楼宫女笑,玉箫金管路人愁。
> 幔城入涧橙花发,玉辇登山桂叶稠。
> 曾读列仙王母传,九天未胜此中游。

(《全唐诗》,第3416页)

---

[1] 王溥:《唐会要》,上海:上海古籍出版社,2006年12月,第643页。

宫苑内洛水蜿蜒，花木葱茏，四季常青，楼台精巧，雅乐飘扬，宫女们自得其乐。在王建看来这里简直就是人间仙境，甚至西王母生活的地方也比不过上阳宫。这里是高宗李治和武则天经常来办公的地方，武则天后来把帝位还给儿子之后，主要生活在这里，儿子定期到这里汇报工作。这样的地方不可能对外开放！今天可以，在当时想都不敢想！那可是皇家禁地！

薛曜能进到上阳宫来，可见不是一般人。他来上阳宫是"侍宴"的，所谓"侍宴"，就是古代臣子参加皇帝举行的宴会。这个人到底是什么样的背景呢？竟然能够参加这么高级别的饭局！《全唐诗》卷八十"薛曜"小传有这么几句话："薛曜，元超子，以文学知名，尚城阳公主，子绍尚太平公主。"（《全唐诗》，第869页）别小看这几句话，虽然字不多，但够分量。薛曜的父亲叫薛元超，薛曜的老婆是城阳公主，又是太平公主的老公爹，名副其实的皇亲国戚。

我们暂且撇开薛元超不谈，先来说说城阳公主和太平公主两个人。城阳公主是唐太宗李世民和长孙皇后的女儿，是唐高宗李治的同母妹妹。这个城阳公主先嫁给了莱国公杜如晦的次子杜荷，后来这个杜荷因为参与太子李承乾谋反一案，被杀了。杜荷死后，作为皇帝的女儿不可能就这么守寡，城阳公主就又嫁给了薛曜。

太平公主更厉害，那是高宗李治和武则天的小女儿，是老两口的掌上明珠，唐中宗和唐睿宗的同母妹妹。仗着父母的宠爱，太平公主权倾朝野。据说薛曜的儿子薛绍和太平公主结婚的时候，照明的火把愣是把路边的树木都给烤焦了；因为婚车过于宽大，不得不拆除了万年县馆的围墙。可见当时婚礼有多么隆重！所以薛曜既是唐高宗的妹夫，又是高宗的亲家翁，那是打断骨头连着筋的实实在在的亲戚！

家世原来多贵胄

再来说说薛曜的父亲薛元超以及他的祖上。据刘悚《隋唐嘉话》中记载，薛元超曾经感慨自己"吾不才，富贵过分"[1]。薛元超为什么说这样的话呢？这就要从薛元超的祖父薛道衡说起了。薛道衡是隋朝的大诗人，也是出身官僚家庭，薛道衡的祖父薛聪是济州刺史，父亲薛孝通是常山太守。不过，薛道衡六岁的时候父母双亡，成了孤儿。薛道衡很好学，十三岁的时候，读《春秋左氏传》，有感于郑国子产的历史功绩，写了一篇《国侨赞》，辞藻华美，受到很多人的关注，大家都觉得薛道衡这孩子将来了不得。

成人之后，薛道衡果然出入官场。最初他在北齐的文林馆任职，同时兼任主客郎，负责国内外的一些应酬。北齐灭亡后，又担任了北周的官职。再后来杨坚建立了隋朝，薛道衡的政治才华得到了施展，他因为多次出使陈朝，所以对陈朝有很深的了解，于是建议杨坚不要和陈平起平坐，干脆灭了它。开皇八年（588），杨坚派出灭陈大军，杨广亲自挂帅，薛道衡被任命为淮南道行台尚书吏部郎，专门负责军中文翰。当然，陈朝被灭亡之后，薛道衡更成了隋文帝杨坚身边的红人。隋文帝很欣赏薛道衡的文才，经常说："薛道衡作文书称我意。"[2]这对于下属来说，是个很高的评价，有点像今天的领导表扬秘书："文章写得很到位，简直钻到我心里去了。"

薛道衡经常受到隋文帝的赏赐。一次，杨坚对杨素和牛弘说："薛道衡年龄大了，忠心操劳这么多年，应该让他朱门陈戟。"隋文帝的意思是，不仅要给薛道衡荣誉，而且要给他相应的待遇。"于是进位上开府，赐物百段。"当薛道衡提出自己无功受之有愧时，杨坚肯定

---

[1] 刘悚：《隋唐嘉话》，北京：中华书局，1979年10月，第28页。
[2] 魏征等：《隋书》，北京：中华书局，1973年8月，第1408页。

地说:"尔久劳阶陛,国家大事,皆尔宣行,岂非尔功也?"你一直跟着我鞍前马后的,大事你都参与其中,怎么能说没有功劳呢?作为一个臣子,能听到皇帝说出这样的话,心里边肯定是暖洋洋的。有皇帝罩着,我们就可以想见薛道衡的地位了。《隋书》中是这样说的:"道衡久当枢要,才名益显,太子诸王争相与交,高颎、杨素雅相推重,声名籍甚,无竞一时。"[1] 太子、王爷,还有像高颎、杨素这样的当朝重臣,都争先恐后与他交往,声名显赫,没有人能赶得上。

仁寿年间,隋文帝考虑到薛道衡年龄大了,想让他过两天相对清闲的日子,于是就把他从原来的重要岗位上调到襄州总管的岗位上。没想到,这还让薛道衡误解了,以为皇帝要疏远他,临上任的时候,"不胜悲恋,言之哽咽"。隋文帝赶紧解释说:"薛爱卿啊,你年岁大了,一直在朝中尽忠职守,我想让你到地方上去过几天轻松的日子。其实我也舍不得你走,你这一去,就像断了我一条胳膊啊!"于是又送给他三百段布帛、九环金带、时服一袭、马十匹。可见薛道衡多么受隋文帝的爱重。

但是一朝天子一朝臣,隋文帝喜欢薛道衡,并不代表隋炀帝也一定喜欢他。隋炀帝在扬州做晋王时,一心想结交薛道衡,还派人去向薛道衡表明心意,其实就是希望薛道衡能加入自己的"战队"。薛道衡被人弹劾在朝中结党营私,被流放岭南。杨广听说这件事之后,秘密派人到长安告诉薛道衡,让他经过扬州。那意思是,等他到了扬州,就上奏皇帝,把他留在扬州幕府中。结果薛道衡很讨厌杨广的为人,没有搭理杨广这茬儿,而是过江陵到了岭南。这让杨广很恼火,从此就与薛道衡结下怨了。

杨广登基之后,把薛道衡从襄州总管转为番州刺史。一年多后,

---

[1] 魏征等:《隋书》,北京:中华书局,1973年8月,第1408页。

薛道衡提出退休，杨广打算给他安排个秘书监，这已经是相当给面子了。可是，薛道衡回到朝中，呈进了一篇《高祖文皇帝颂》。这让杨广心里很不爽，他敏感地认为，不遗余力地去夸他父亲就是对他本人有意见。于是，杨广任命薛道衡当了司隶大夫，但薛道衡的政治敏锐性不行，他没有察觉出来杨广要对他不利。司隶刺史房彦谦素来与薛道衡交好，看出来他要出事，就好心好意提醒他：行事低调一点，没事最好闭门不出，不要和太多的人来往。哪承想薛道衡听不进去。

朝中讨论新法令，一直定不下来，薛道衡就说："如果高颎还活着，这个事情早就有结果了。"这话被有心人报告给了皇帝，隋炀帝大怒。高颎是前朝反对废除太子杨勇的，那就是说，高颎和杨广不是一个阵营的人。隋炀帝把薛道衡交给司法部门问罪。薛道衡觉得，不就是一句话的事儿吗？不算个大事儿，他还催促着赶紧给个结论。到了向皇帝汇报的日子，也就是要有最终结论了，薛道衡觉得皇帝会赦免了他，于是就让家人张罗酒宴，准备为自己压惊。可是他等到的结果是"帝令自尽"[1]，这是薛道衡完全没有想到的。再说了，他也不想死，大家也觉得这个处罚重了，于是又向隋炀帝打了报告，希望皇帝能够收回成命。无奈隋炀帝心意已决，薛道衡被"缢而杀之"。

另外还有一种说法，隋炀帝是因为嫉妒薛道衡的文才杀了他。据一些野史笔记中说，有一次朝廷聚会，大家互相唱和，要求是韵脚得有"泥"字。隋炀帝写好的文章大家都称赞，接着假装苦思冥想，就是写不出来。这就是游戏潜规则，当大臣的得让着皇帝！可是，薛道衡太迂腐了，一点儿也不给皇帝面子，他写出两句"暗牖悬蛛网，空梁落燕泥"[2]。大家都说这两句写得有水准，薛道衡此举等于让隋炀帝

---

[1] 魏征等：《隋书》，北京：中华书局，1973年8月，第1413页。
[2] 逯钦立：《先秦汉魏晋南北朝诗》，北京：中华书局，1983年9月，第2681页。

当众出丑下不了台。隋炀帝对这件事一直怀恨在心，据说薛道衡临行刑之前，隋炀帝还问他："你还能作'空梁落燕泥'吗？"这就是个故事，大家姑且听之。但是不管怎么说，薛道衡死得冤。

薛道衡总共有五个儿子，其中薛收最出名，薛收也就是薛元超的父亲。薛收像薛道衡一样，也是个学霸。薛道衡十三岁写了《国侨赞》，《新唐书·薛收传》中说薛收"年十二，能属文"[①]，说明一代更比一代强，硬是把老一辈拍到了沙滩上。薛收很有个性，因为父亲死得冤枉，所以不肯当隋朝的官。

薛收听说李渊起兵，于是隐居首阳山，等待机会。结果被通守尧君素发现了，用薛收的母亲留住了薛收。等尧君素投靠王世充之后，薛收才得以成为李世民的重要谋士，这得益于房玄龄的极力引荐。有一回，李世民出去打猎，娱乐一下，结果薛收不愿意了，说你作为一个王爷，不应该去打猎娱乐，应该考虑将来更长远的那个帝王之位啊！换一般人肯定生气了，我工作这么累，你都不让我玩儿一会儿啊。可是人家李世民没有生气，反而评价了薛收两句话："明珠兼乘，未若一言。"[②]"兼乘"就是两辆车的意思，你就是给我两车的珍珠，都比不上薛收一句话珍贵。李世民肯定了薛收的价值，成就了一段佳话。

从此以后，李世民把薛收当成了宝贝，经常把薛收带在身边。薛收文才敏捷，攻打洛阳王世充所写的文书几乎都出自薛收之手。《新唐书》中说他"或马上占辞，该敏如素构"，在马背上就口授文辞，好像提前构思好了一样。攻打刘黑闼后，薛收被封为汾阴县男，爵位世袭。

但是很遗憾，薛收死得早，死于武德七年（624）。后来李世民登

[①] 欧阳修等：《新唐书》，北京：中华书局，1975年2月，第3890页。
[②] 欧阳修等：《新唐书》，北京：中华书局，1975年2月，第3891页。

基当皇帝之后，非常怀念这个臣子，就对当年推荐他的房玄龄说："如果薛收还活着，我让他当中书令。"中书令是中书省的最高长官，正三品，那是宰相衔。夜里做梦，李世民多次梦见薛收，梦见一次追赠一次，梦见一次追赠一次。最后李世民直接下令："薛收陪葬昭陵。"

薛元超不仅其父亲、祖父厉害，本人也挺厉害的。因为父亲死得早，所以，薛元超九岁就继承了汾阴县男的爵位。长大之后，薛元超非常有才，李世民喜欢他，就把和静县主嫁给了薛元超。和静县主是唐太宗李世民的亲兄弟李元吉的女儿。薛元超是李世民的侄女婿，地位不一般。可能细心的人已经发现问题了，薛元超娶的是李世民的侄女，薛元超的儿子薛曜娶的是李世民的女儿，关系真够乱的！行了，咱就不替他们操心了！高宗皇帝登基之后，对薛元超更是照顾，他的官位一路飙升：先是升为给事中，正五品；然后转为中书舍人，还是正五品；后升为中书侍郎，正四品上；五年之后，升为中书令，而且兼太子左庶子。这是当年唐太宗李世民想让薛收干的差事。薛收死得早，没赶上，那就给他儿子当，这官就是给他们家留着的。

我们可以从三件事上感受到高宗皇帝对薛元超的重视，这三件事分别是：预私宴，重其才，委重任。什么叫预私宴？就是和皇帝一块儿吃饭。和皇帝一块儿吃饭，一般大臣想都不敢想。可是，《旧唐书·薛元超传》中却说："常召入与诸王同预私宴。"[1]"常召入"，还不是一次。经常享受和诸王同等的待遇，到皇宫里边陪皇帝一块儿吃便饭，这吃的不单单是饭，吃的是信任，吃的是倚重，吃的更是皇恩。薛元超并不是单靠父亲那点儿威望走到这一步的，他主要靠的是自己的才能。《旧唐书·薛元超传》记载，高宗皇帝曾经说过这么一句话："长

---

[1] 刘昫等：《旧唐书》，北京：中华书局，1975年5月，第2590页。

得卿在中书，固不借多人也。"① 有你一个人在中书省给我扛着，我就不需要那么多人了。这足以说明薛元超政治才能非常突出，一个人可以顶几个人用。

永隆二年（681），薛元超当上了中书令。永淳元年（682）四月，高宗皇帝要到洛阳去，留下太子监国。这个太子是新立的，对这摊事儿不是太熟悉。为了辅佐新太子，高宗皇帝就留下了薛元超。高宗皇帝临走时，语重心长地对薛元超说："朕之留卿，如去一臂。但吾子未闲庶务，关西之事，悉以委卿。"② 我把你留下来就像自己少了一条胳膊啊，意思是说，我不想把你留下来，但是因为新立这个太子缺乏历练，我不得不把你留下来，把京城所有的事情都托付给你了。这担子够重的，说明高宗皇帝对薛元超的信任。可见薛元超无论是家世背景还是政治才能、权势，都是让很多人难以企及的，别人只能羡慕嫉妒恨，根本没招儿啊。

善文博雅留佳作

这么一路说来，我们再去品味薛曜的"恒惭恩遇崇"，就有了说服力。也正是因为如此显赫的地位，薛曜的儿子薛颛就有些担心了，毕竟物忌太盛啊，就此事，他问堂兄薛克。薛克回答说："帝甥尚主，由来故事。但以恭慎行之，何惧也？"（《全唐诗》，第869页）皇帝的外甥又娶了皇帝家的姑娘，这在历史上是有先例的，咱们行事谦恭谨慎就行了，没有什么需要害怕的。薛克的话是很有见地的！

讲到这里，薛家的家风到底是什么？文献中并没有说老薛家墙上挂着哪几个字是薛家的家风。我在读文献的时候发现，薛曜之所以说"恒

---

① 刘昫等：《旧唐书》，北京：中华书局，1975年5月，第2590页。
② 刘昫等：《旧唐书》，北京：中华书局，1975年5月，第2590—2591页。

惭恩遇崇",不仅是因为祖上的政治积累,还有另外两个原因,一是好学,二是才能,这两点才是薛家人受到皇帝器重的主要原因。

薛道衡很好学,专精《春秋左氏传》,十三岁写出的《国侨赞》轰动一时,隋文帝称赞薛道衡写的文章符合自己的心意。薛道衡是学术界公认的隋朝艺术成就最高的诗人。"暗牖悬蛛网,空梁落燕泥"是他《昔昔盐》中的名句。整首诗写的是思妇念征人的传统主题,而这两句则透过对环境细节的描写,委婉细腻地刻画出思妇孤独寂寞的心境。据北齐刘昼《刘子》卷三《鄙名》中说:"今野人昼见蟢子者,以为有喜乐之瑞。""蟢子"是蜘蛛的一种,可结合古代乡野间"蛛丝卜"的行为理解诗句。诗句描写的便是女主人公坐在窗前,渴盼着能够出现"蛛丝卜"的喜兆,但她从早等到晚,等到的只是窗户渐渐暗淡下来,表现了其由希望到失望的心境。燕子双飞,呢喃蜜语,恰似绸缪的情侣,但现在空废的屋梁上只有剥落的一块一块的燕巢泥。这一切都极易引起闺人的幽怨情绪。

薛道衡还有一首《人日思归》:

入春才七日,离家已二年。
人归落雁后,思发在花前。[①]

这首诗是诗人开皇五年(585)春出使陈朝时写的。"人日"指农历正月初七。第一句非常直白地告诉读者,入春才刚刚七天,这是客观时间,给人的直观印象是时间很短暂。但是这对于远离家乡的诗人来说,已经是非常漫长了,因此接下来就是一句"离家已二年",一个"已"字,再普通不过,但是用在这里,是完成时态,却是那么恰切,与上句的"才"形成鲜明的对照,不仅生动表达出了诗人渴望还乡的急切心情,而且还不显得险拗。

[①] 逯钦立:《先秦汉魏晋南北朝诗》,北京:中华书局,1983年9月,第2686页。

诗人并没有就此打住,而是把中国文学史中大家非常熟悉的意象"雁"引进诗歌。大雁是候鸟,它随着季节的变化而迁徙,常被用来表达时间的流逝,以衬托抒情主人公思归的心情。雁都已经回去了,而"我"却仍然羁留在南国异乡,落到了雁的后面,想通过大雁向家里人捎去思念之情也不可能了!春天的到来,预示着万物的萌生和群芳的争艳,但此时此刻群芳尚未吐艳,而我们抒情主人公的思归之情却是早已按捺不住了,因此用了一个"发"字。整首诗歌非常简单,但思归之情却溢于言表,可以说情词清丽,委婉动人。据刘悚《隋唐嘉话》中讲,当时薛道衡开始写作这首诗时,刚写出前两句,还被陈朝的人嘲笑:"是底言?谁谓此虏解作诗?"可是等到写出后两句,大家都佩服得五体投地:"名下固无虚士。"[1]

受家风影响,薛收也是个好学之人,十二岁就会写文章了。跟在李世民身边的时候,"为书檄露布,或马上占辞,该敏如素构,初步窜定"[2],文章张口就来。《全唐诗》中没有收录薛收的作品,《全唐文》中收有他的《琵琶赋》《上秦王书》《隋故征君文中子碣铭》。这或许与当时的政治局势有关系,整天东奔西跑地到处打仗,应用性文体就写不完了,再加上薛收死得早,哪里会有时间去写文学作品啊。不过,即便就这三篇作品也已经可以看出薛收的文学才能了。首先,写赋是需要大才的,《北齐书》中记载,魏收说过"会须作赋,始成大才士"[3]。薛收写有《琵琶赋》,所以至少是有作"大才士"的潜质的。另外,能为文中子写碣铭的人肯定不一般。文中子叫王通,是"初唐四杰"王勃的祖父,王通有个弟弟叫王绩,也是大文学家,这是个文学世家。

---

[1] 袁行霈等:《中国文学作品选注》(第二卷),北京:中华书局,2007年6月,第204页。
[2] 欧阳修等:《新唐书》,北京:中华书局,1975年2月,第3891页。
[3] 李百药:《北齐书》,北京:中华书局,1972年11月,第492页。

他们要想找一个写碑铭的人应该是很简单的一件事，而最后这件事落到了薛收的头上，这足以说明薛收具有能担起这个重任的才能。

薛元超的好学和文学才能也是见于正史记载的，《新唐书》中说他"及长，好学，善属文"①。《旧唐书》卷四十七"经籍志"下有"薛元超集三十卷"②的字样，足以说明问题了。永淳元年（682），唐高宗有到嵩山封禅的打算，就让薛元超起草封禅碑文。薛元超被杨炯称为"朝右文宗"，是唐高宗朝的文坛领袖。薛元超死后，崔融写有墓志铭，其中讲到，太宗于玄武内殿夜宴，曾命薛元超咏烛，后又命他赋《泛鹢金塘》诗，遗憾的是这些诗没有流传下来。在当时同辈诗人中，最厉害的是上官仪和李义府，薛元超与他们"词瀚往复"，关系密切。《全唐诗》中收录有他的一首《奉和同太子监守违恋》：

　　储禁铜扉启，宸行玉轪遥。
　　空怀寿街吏，尚隔寝门朝。
　　北首瞻龙戟，尘外想鸾镳。
　　飞文映仙榜，沥思叶神飙。
　　帝念纡苍璧，干文焕紫霄。
　　归塘横笔海，平圃振词条。
　　欲应重轮曲，锵洋韵九韶。

（《全唐诗》，第502页）

这是薛元超仅存的一首诗，其中多处遣词可以见到他广博的读书量。比如："玉轪"出自《楚辞·离骚》"屯余车其千乘兮，齐玉轪而并驰"，这里用来指代天子的车；"鸾镳"是系鸾铃的马衔，出自《诗·秦风·驷驖》"辎车鸾镳，载猃歇骄"，这里借指銮驾；等等。

---

① 欧阳修等：《新唐书》，北京：中华书局，1975年2月，第3892页。
② 刘昫等：《旧唐书》，北京：中华书局，1975年5月，第3074页。

薛元超不仅文学成就突出，还精通史学和《周易》，他曾经在贞观年间以太子舍人的身份参与编写《晋书》；受父亲薛收的影响，薛元超"耽味《易》象"，甚至死后以《周易》一书陪葬，可见对《周易》情有独钟。

据《全唐诗》薛曜小传可知，薛曜"以文学知名"，参与修撰《三教珠英》，《新唐书·艺文志》中著录其文集二十卷，《全唐诗》中收录其诗歌五首。就以开头引的《正夜侍宴应诏》为例，这首诗很能体现薛曜的文学才华。"重关钟漏通，夕敞凤皇宫。双阙祥烟里，千门明月中"意思是天渐渐暗下来了，银蟾升空，上阳宫里祥烟缭绕，用词简洁明了。薛曜用"凤皇宫"（"皇"是"凰"的本字）指代上阳宫，很妙！一来汉宣帝曾在长安建有凤凰宫，二来《新唐书》卷七十六中讲，御史傅游艺为了讨好武则天，为武则天称帝寻找理由，曾经"妄言凤集上阳宫"，这样一来上阳宫就充满了故事性。接下来写宴会的高雅，"酒杯浮湛露，歌曲唱流风"，"湛露"是《诗经·小雅》的篇名，是天子用来宴请诸侯所唱的诗，宴会上的歌声随风飘向远方。如此豪华的场地，如此高雅的宴会，如此高涨的情绪，结果"侍臣咸醉止"，大家都喝醉了。虽然是应诏诗，但让读者觉得身临其境，这样的宴会就应该是这样。他还曾经陪着武则天游过石淙山，写的《奉和圣制夏日游石淙山》也是文采飞扬。薛曜已经是这样的家庭环境了，就是什么都不会，也不至于没有工作，可是他依然热爱学习，可见坚持学习是薛家血脉中流淌的动力。

显赫尊崇须恭慎

家庭环境对一个人的成长至关重要。就薛家来说，从薛聪开始，已经为薛道衡积累入仕的资本了，所以一直到薛绍，家世显赫，代代为官。不同的平台决定了人对问题的思考维度，自然也会培养出不一样的看问题的能力。像薛家这样的官宦世家，培养出的孩子的政治才能肯定比较突出。

薛道衡与薛收自是不用说了，如果政治才能不突出，不会一个深受隋文帝爱重，一个被唐太宗念念不忘。到了薛元超，政治才能也很突出，否则唐高宗不会对他那么倚重。薛元超是个直言敢谏的人，一次，唐高宗到温泉宫打猎，原本是答应诸蕃酋长带着弓箭一块儿玩耍的，可是薛元超极力劝阻，他认为："这些人野心勃勃，不一定是真心向化，万一有什么不利于皇帝的想法和举动，那就后悔莫及了。"高宗觉得薛元超考虑问题很周全，就采纳了他的意见，没有让那些酋长跟着去。

高宗和武则天一去东都洛阳，就留下薛元超在西都长安辅佐太子。太子李显喜欢打猎，甚至有时候还会把政务抛在脑后，薛元超看不惯，说话了："猎场草木茂盛，山高林密，万一遇到点危险怎么办？您身边跟的那些人要么是反贼余孽，要么是夷狄出身，如果他们心怀不轨，您怎么应对？您是一个国家的太子，不要整天把自己置于危险的境地，有时间多看书不更美？"高宗皇帝知道后，很感激薛元超。

不过我们必须实话实说，到了薛曜这一代，政治眼光出问题了。《新唐书》记载："圣历中，附会张易之。"[①]虽然张易之是武则天身边的红人，但以你薛家的家世，完全可以走中正之道。特别是当薛绍娶了太平公主时，薛曜的长子薛颤竟然参与了唐宗室李冲的谋反案，结果把薛绍也牵连进去了。不过，即便是没有这件事，太平公主那么爱折腾，薛绍后边也好不到哪里去。

从老薛家的经历，我们似乎能看出点什么：坚持学习应该成为一个家庭的基本风气，那是事业成功的基础；渴望在官场有所作为并不

---

① 欧阳修等：《新唐书》，北京：中华书局，1975年2月，第3893页。

是一件难为情的事情，但要为国为民，一旦刻意去拉帮结派甚至欲壑难填，那基本要走下坡路了；无论家世多么显赫，地位多么尊崇，恭慎行事永远是有修养的表现。

诗书礼乐为家宝
——王勃家族

"初唐四杰"是我们非常熟悉的天才式诗人,其中王勃最为引人瞩目。他有一首《倬彼我系》,从家族"出自有周"的起源开始一直到自己"薄宦卑位",讲述了家族的荣光。王勃很为自己的家族感到骄傲,因为他们与周朝同出一脉,也就是说他是周文王的后代。

如果您到过太原晋祠,会发现其中有一处景观——王氏宗祠,里面供奉着王氏初祖王子乔。王子乔本是周灵王太子,曾经有过一段神奇的经历:王子乔在伊洛河间游玩的时候,遇到一个修道之人浮丘公,王子乔就随浮丘公上了嵩山。周灵王丢失了太子,派人到处寻找。三十多年后总算有了结果,桓良在山上遇见了王子乔。王子乔对桓良说:"告我家,七月七日待我于缑氏山巅。"① 意思是,对我的家人说,我会在七月七日在缑山上和家人见面。果然,到了约定的时间,王子乔"乘白鹤驻山头",但大家只能远远看着,没有办法近距离交流。王子乔在山顶停留了几天,便乘白鹤飞去,人们在缑山下建有王子乔庙。这就是宋之问在《王子乔》诗中说的:

---

① 刘向:《列仙传》,影印《四库全书》本第1058册,台北:台湾"商务印书馆",1986年3月,第495页。

>王子乔,爱神仙,七月七日上宾天。
>
>白虎摇瑟凤吹笙,乘骑云气吸日精。
>
>吸日精,长不归,遗庙今在而人非。

(《全唐诗》,第 628 页)

祖上不仅是"修德以倾商政"[①]的周天子,而且还是能够"白虎摇瑟凤吹笙,乘骑云气吸日精"的神仙,这确实是值得骄傲的事情,怪不得王勃在《倬彼我系》中上来就说"倬彼我系","倬"是高大、显著的意思。

有这样的家世渊源,家里有"居卫仕宋,臣嬴相刘"的功业和"乃武乃文,或公或侯"的荣耀也就不难想象了。这种有历史背景的家族很容易慢慢形成规范家族后世行为的家族文化,也就是家风家训。那么,王氏家族的家风家训是什么呢?我觉得在王勃的《倬彼我系》中有几句是值得关注的:

>伊我祖德,思济九埏。
>
>不常厥所,于兹五迁。
>
>欲及时也,夫岂愿焉。
>
>其位虽屈,其言则传。
>
>爰述帝制,大搜王道。
>
>曰天曰人,是祖是考。
>
>礼乐咸若,诗书具草。
>
>贻厥孙谋,永为家宝。

(《全唐诗》,第 669—670 页)

在这段文字中,王勃突出了祖父王通的贡献,"礼乐咸若,诗书具草",而且这些被子孙们永远奉为"家宝"了。如此说来,对诗书礼乐的传

[①] 司马迁:《史记》,北京:中华书局,1959年9月,第1478页。

承自然就是他们的家风了。如果我们结合王子乔、王通、王勃及王勃的叔祖王绩一起看的话，会感觉更有意思。因为你会发现王氏家风不再是单一的、平面的，可以从几个方面来概括：一、对儒家文化的传承；二、对建功立业的渴望；三、对自由生活的向往。我们结合文献，慢慢来说。

奉儒视作传家宝

说到对儒家文化的传承，我们必须再把"礼乐咸若，诗书具草"两句拎出来。因为"礼乐""诗书"都是文化的正统。这和王氏家族又有什么关系呢？王勃说"倬彼我系，出自有周"，这就是根儿。当年，西伯侯姬昌被纣王囚禁在羑里城，姬昌就是周文王，姬昌根据伏羲的先天八卦推演出文王六十四卦，著《周易》。太史公司马迁记有"文王拘而演《周易》"，说的就是这件事。《周易》是儒家文化的核心著作，被称为儒家的首经，王氏远祖姬昌就成了儒家文化的早期创立者。诗句中的"礼乐"既可以是制度，也可以是儒家典籍。礼乐制度为姬昌的儿子周公所创立；儒家典籍"礼"包括《周礼》《仪礼》《礼记》。虽然"礼乐"中的"乐"后来没有流传下来，但"礼"中有关于"乐"的部分，比如《礼记》中就有"乐记"。"诗书"就更简单了，"诗"指《诗经》，"书"指《尚书》，都是儒家典籍中的重点。王家将儒家典籍"贻厥孙谋，永为家宝"是理所当然的。

我们一般说儒家思想是从孔子开始的，实际上儒家所提倡的一些精神要更早于孔子。据《王子安集注》所收录的《王氏世系》来看，明确以儒家典籍教育子孙最晚是从王殷开始的，杜淹在《文中子世家》中说："十八代祖殷，云中太守，家于祁，以《春秋》《周易》训乡里，为子孙资。"① 文中"子"叫王通，是王勃的亲祖父，王殷是王勃的二十世祖。王殷用《春秋》和《周易》作为教育乡里和子孙的"教科书"。

王通被人们尊为大儒，甚至在孔庙中都能见到他的影子。王通受父亲王隆的影响，从小受到儒学的熏染。王隆在隋朝开皇初年，以国子博士待诏云龙门，其间向隋文帝杨坚提交过七篇《兴衰要论》，受到隋文帝的重视。父亲自然会对儿子有所影响，王通确实也很争气，杨炯在《王勃集序》中说王通"隋秀才高第"②。我们前文说过隋代考秀才是很难的，考试题目无一例外都围绕儒家的学问设置。

王通在大业末年辞官后，"以著书讲学为业。依《春秋》体例，自获麟后，历秦、汉至于后魏，著纪年之书，谓之《元经》。又依《孔子家语》、扬雄《法言》例，为客主对答之说，号曰《中说》。皆为儒士所称"③。另外《文中子世家》中说王通"续《诗》《书》，正《礼》《乐》，修《元经》，赞《易》道，九年而六经大就"④。从这两段史料中，我们足以看到王通的儒学功底了，这就是他能够在《中说·王道篇》中大力提倡"服先人之义，稽仲尼之心"的理论依据。

到了王勃这一代，很给老王家争脸，他和两个哥哥王勔、王勮都是学霸级人物，三个人文采都很好，曾经被杜易简称为"王氏三珠树"⑤。什么是"三珠树"呢？就是三个都是人才。据说，王勃六岁就会写文章了，九岁的时候读到颜师古注的《汉书》，发现其中有不少问题，于是写了《指瑕》十卷，这就等于初出茅庐的郭靖和早就成名于江湖的黄药师过招，

---

① 蒋清翊：《王子安集注》，上海：上海古籍出版社，1995年11月，第9页。
② 蒋清翊：《王子安集注》，上海：上海古籍出版社，1995年11月，第64页。
③ 刘昫等：《旧唐书》，北京：中华书局，1975年5月，第5004页。
④ 蒋清翊：《王子安集注》，上海：上海古籍出版社，1995年11月，第66页。
⑤ 刘昫等：《旧唐书》，北京：中华书局，1975年5月，第5005页。

简直是让人惊掉下巴的一件事。到了十岁的时候，六经已经烂熟于胸了。所以，称王勃是神童一点问题都没有。《旧唐书》说"勃年未及冠，应幽素举及第"[①]，不到二十岁就进入官场了。王勃写文章，每次都是先把墨研好，然后喝个酩酊大醉，再蒙头大睡，睡醒之后"援笔成篇，不易一字"[②]，醒过来之后拿起笔就写，一气呵成，一个字都不用改。这就叫水平！

他的哥哥王勮是进士出身，当时的进士科考试考的是儒经。《旧唐书》记载了这么一件事：王勮任凤阁舍人的时候，一次赶上寿春王李成器、衡阳王李成义等五个王子同天受封，负责这件事的相关部门其实已经写好册封的诏书了，但稀里糊涂到现场忘带了。这下子把宰相给急得"相顾失色"。"勮立召书吏五人，各令执笔，口占分写，一时俱毕，词理典赡"[③]，王勮马上找来五个专门书写的人，同时交代他们每个人的书写内容，不大会儿就搞定了，愣是没有影响册封的进程，"立马可待"说的就是这种情况。王勃那种潇洒的创作被人指责"不甚精思"，而王勮的"口占分写"则赢得了"人皆叹服"的美誉。

虽然正史中说王勔也很厉害，但没有讲具体事例，只是说他"累官至泾州刺史"，因为受綦连耀造反案牵连被杀。《全唐诗》中有王勔的《晦日宴高氏林亭同用华字》，这是他仅存的一首诗：

上序披林馆，中京视物华。

竹窗低露叶，梅径起风花。

景落春台雾，池侵旧渚沙。

绮筵歌吹晚，暮雨泛香车。

（《全唐诗》，第685页）

[①] 刘昫等：《旧唐书》，北京：中华书局，1975年5月，第5005页。
[②] 傅璇琮：《唐才子传校笺》（一），北京：中华书局，1987年5月，第32页。
[③] 刘昫等：《旧唐书》，北京：中华书局，1975年5月，第5005页。

这首诗描写的是一次宴集活动，由高正臣组织，《全唐诗》中有他的《晦日置酒林亭》。高正臣在唐高宗时曾任润、湖、申、邵等州刺史，能诗工书，在洛阳有园林。当时参与这个活动的总共21人，还有陈子昂，陈子昂还为大家写的诗作了序。这件事在《唐诗纪事》中有记载："《晦日宴高氏林亭》，凡二十一人，皆以华字为韵。子昂为之序。"[1] 单就王勔这首诗来说，写得还是很工稳的，用词也很典雅，如把学校称为"上序"，把洛阳称为"中京"，把自然景物称为"物华"，用"绮筵"称宴席，这也从一定程度上印证了"三珠树"不是虚誉之词。

我们再说说王勃的经学根基，王勃曾经"撰《周易发挥》五卷及《次论》等书数部"[2]，可见他在《周易》和《论语》方面造诣很深，只是这些书在王勃死后"并多遗失"。扎实的经学功底，在王勃写诗的时候会不自觉地体现出来。王勃的《倬彼我系》中就有很多句子是对儒经的模仿和化用，比如首句"倬彼我系"是对《诗经·大雅·云汉》中"倬彼云汉"[3]的模仿，"分疆锡社"是对《尚书·周书·武成》中"列爵惟五，分土惟三"的化用。据我统计，这首《倬彼我系》有24处与儒经有关，甚至有的地方是直接用了儒经原句，如"乃武乃文""高山仰止"。"乃武乃文"出自《尚书·虞夏书·大禹谟》"帝德广运，乃圣乃神，乃武乃文"[4]，"高山仰止"出自《诗经·小雅·车辖》"高山仰止，景行行止"[5]。这说明，引经据典已经融入王勃的创作之中。

---

[1] 王仲镛：《唐诗纪事校笺》，北京：中华书局，2007年11月，第202页。
[2] 刘昫等：《旧唐书》，北京：中华书局，1975年5月，第5006页。
[3] 程俊英：《诗经译注》，上海：上海古籍出版社，2004年7月，第481页。
[4] 李民等：《尚书译注》，上海：上海古籍出版社，2004年7月，第215页。
[5] 程俊英：《诗经译注》，上海：上海古籍出版社，2004年7月，第377页。

事君勤勉做公侯

儒家文化要求学而优则仕，为社会多做贡献。在王勃的《倬彼我系》中，他把"居卫仕宋，臣嬴相刘。乃武乃文，或公或侯"当成了自己家族的文化积淀。据《王氏世系》，王氏家族确实如此，九世祖王错为魏将军，十一世祖王渝为上将军，十六世祖王翦为秦大将军，十七世祖王贲被封武陵侯，十八世祖王离被封武城侯。王翦和白起、李牧、廉颇并称"战国四大名将"。杨巨源在《赠张将军》诗中说"知爱鲁连归海上，肯令王翦在频阳"（《全唐诗》，第3723页）也突出了王翦的重要。《史记·白起王翦列传》中关于王翦的第一段就记载了他的赫赫功勋：

> 王翦者，频阳东乡人也。少而好兵，事秦始皇。始皇十一年，翦将攻赵阏与，破之，拔九城。十八年，翦将攻赵。岁余，遂拔赵，赵王降，尽定赵地为郡。明年，燕使荆轲为贼于秦，秦王使王翦攻燕。燕王喜走辽东，翦遂定燕蓟而还。[1]

这些功劳，随便一件都让秦始皇感激涕零。秦始皇十一年（前236），王翦领兵攻打赵国的阏与，当时王翦让军中不满百石的校尉回家，留下的都是以一当十的精锐。王翦不仅用这支部队攻下了阏与，而且一鼓作气拿下了赵国九座城池。到了秦始皇十八年（前229），王翦从上郡发兵，与杨端和军呼应，准备一举灭掉赵国。但是这次遇到了赵国名将李牧，双方进入僵持。王翦采用反间计，除掉李牧。李牧死后，王翦势如破竹，大败赵军，赵王被俘。从此，赵国从地图上消失，成了秦国的地盘。秦始皇二十年（前227），历史上发生了著名的荆轲刺秦王，结果以荆轲的失败告终。燕国这下子捅了马蜂窝，嬴政找到了

---

[1] 司马迁：《史记》，北京：中华书局，1959年9月，第2338页。

灭燕国最好的借口，于是派王翦率兵攻打。结果可想而知，燕王喜逃到了辽东，王翦乘势攻取了燕都城蓟，燕国名存实亡。

后来，在灭楚时嬴政对王翦曾一度失去信任，认为"王将军老矣"，惹得王翦回老家养病去了。嬴政派李信和蒙恬率兵攻打楚国，没想到中了楚军的圈套，七个都尉丢了性命。嬴政这才意识到王翦的价值，马上亲自乘快车奔往频阳，向王翦致歉，请求他出山攻打楚国。秦始皇二十二年（前225），王翦领兵伐楚，大军抵达楚国国境之后整整一年坚壁不出，六十万士兵都囤积起来休养生息，甚至每天比赛投石以作娱乐。楚军多次向秦军发起挑战，秦军都不应，一年后楚军终于按捺不住往东调动。就在此时，王翦率兵出击大破楚军，杀项燕于蕲。一年多后又把楚王俘虏，楚国也从版图上消失。

王翦深知"秦王怚而不信人"[①]，所以他在处理问题时很讲究策略。比如我们看《史记·白起王翦列传》时会发现，在攻占燕都城蓟后，王翦好像一下子消失了，击荆定魏都是由王翦的儿子王贲完成的。为什么？当嬴政让他去灭楚时，王翦说了一句话"为大王将，有功终不得封侯"，这可能是一句有情绪的话，可能是因为前面那么多功劳却"不得封侯"才隐于频阳。所以，当王翦率兵出征前，向秦王"请美田园池甚众"，当秦王问他是不是担心家里会贫困时，他说"请园池为子孙业耳"，给子孙们留点产业。这是说给嬴政听的，事实上是这么回事吗？王翦对有疑问的将军们说了实话："秦王生性粗暴多疑，如今把全国的士兵都交到我的手中，这个时候只有向秦王提出种种要求，尽可能让秦王觉得我就是个爱财如命的人，他才会消除对我的猜测，也只有这样，我的家人才会安全，我在前线也才能安稳。"不能不说王翦是一个有勇有谋之人。

[①] 司马迁：《史记》，北京：中华书局，1959年9月，第2340页。

王勠之后，从政成了王氏家族主业，王殷做过云中太守；王宏做过河东太守、绵竹侯、新兴、雁门太守；王牢做过上谷太守；王一做过济州刺史；王勃的父亲做过齐州长史、泽州长史。王勃顶着"臣嬴相刘""或公或侯"的家族光环，必然会为此拼搏。所以，他在《倬彼我系》中有"薄求卑位"的愿望。

　　按说，王勃有一个非常好的仕途开端，据杨炯《王子安集序》中说："年十有四，时誉斯归。太常伯刘公巡行风俗，见而异之，曰：'此神童也。'因加表荐。对策高第，拜为朝散郎。"[①]王勃十四岁那年，刘道祥奉旨巡行关内，王勃前去拜访，递上一篇《上刘右相书》，受到刘道祥的夸赞，于是把他推荐到朝廷参加幽素科考试，王勃没有让人失望，对策高第，被任命为朝散郎。这就进入官场了！这样的年龄进入官场，无论是谁都是值得炫耀的。

　　接下来，王勃更是迅速"蹿红"。高宗皇帝到泰山封禅，王勃写了一篇《宸游东岳颂》；东都洛阳建造乾元殿，他又向皇帝提交了一篇《乾元殿颂》。两篇很合时宜的文章自然会给高宗皇帝留下不错的印象，同时王勃的名字也传入了沛王李贤的耳朵里。李贤很喜欢他，将他召为沛王府修撰。可是，也正是进了沛王府，王勃的命运发生了不可逆转的改变。当时流行斗鸡，王府中也比较盛行。一次，各位王爷在斗鸡，各有胜负，为了助兴，王勃就写了一篇《檄周王鸡》[②]。本来就是逗个乐子，没想到这篇文章被高宗皇帝看到了，高宗觉得这是没事找事，有可能会造成周王与沛王之间的矛盾，于是就把王勃赶出了沛王府。王勃凭着自己的才情和苦心经营刚刚打通的仕途，就这样毁于一旦。

---

① 蒋清翊：《王子安集注》，上海：上海古籍出版社，1995年11月，第66—67页。
② 多作《檄英王鸡》，英王与周王本一人，即后来之中宗李显。先被封周王，仪凤二年（677）改封英王，此时王勃已死，故当"周王"。

丢了王府的工作之后，王勃很长时间无所事事。过了很久，朝廷才任命他去担任虢州参军。可是王勃又恃才傲物，把同僚们全得罪一遍，搞得连个能一起聊天的朋友也没有。也是该着王勃倒霉，他又摊上事了，而且是二罪并罚：官奴曹达犯罪，王勃先是把曹达藏了起来，后来又怕走漏风声，于是自己就动手把曹达给宰了。这可是知法犯法，先是窝藏罪，接着是故意杀人罪，罪名都不轻，按说应处死的，好在遇到了大赦，这才保住一条命。但是经过这么一折腾，他的仕途也就完了。他父亲也因为这一件事受到了牵连，从雍州司功参军贬为交趾令。《旧唐书》中裴行俭已经预测过王勃的仕途命运。裴行俭看人很准，曾经对李敬玄说："勃等虽有文才，而浮躁浅露，岂享爵禄之器耶。"①在裴行俭看来，一个人文才再好，太浮躁浅露就不好，在官场上混，应该把胸襟视野放在第一位，文才是器识的辅助，但王勃文才太露，显得轻浮了。

我们再来说说王勃的哥哥王勔、王勮。前面说到王勮"救急"之事，确实体现了他的应急才能和卓越的文才，帮了宰相的忙，没有让宰相和相关人员因为遗忘册封五王的诏书受处分。也是因为这一件事，王勮很快被提拔为弘文馆学士，兼知天官侍郎。这应该说是一个好兆头！因此曾经受到王勃牵累的父亲也时来运转，"天后朝以子贵，累转泽州长史"②。但是王勮为了当官，眼睛一个劲儿地往上看，交结了非类。当时有个叫刘思礼的人，从小学习相术，他的相师说他将来能够做到太师，刘思礼信以为真。为了实现愿望，他就说洛州录事参军綦连耀有天子相。而綦连耀也是一个自命不凡、不知天高地厚的人，他还真相信了刘思礼的鬼话，两人密谋造反，綦连耀承诺推翻武则天之后让

---

① 刘昫等：《旧唐书》，北京：中华书局，1975年5月，第5006页。
② 刘昫等：《旧唐书》，北京：中华书局，1975年5月，第5006页。

刘思礼做太师。刘思礼继续通过相面蛊惑一些朝中的官员壮大队伍，但是不久他就暴露了，朝廷给他们来了个一窝端。王勔因为和綦连耀关系好，被砍了脑袋，还连累王勖一起被杀。虽然在做官方面王家后代不如前辈，但他们都努力了。

樊笼屡入思田园

民间流传"当官不自由，自由不当官"，虽然有些消极，但有一定的道理。王氏家族有努力当官的，也有不想在官场上混的。《王氏世系》中所列王氏第十四世祖叫王元，当朝廷征召他去做中大夫时，他就没有赴任，到了他儿子王颐时也是如此。再比如三十三世祖王述，也是对公府征辟不理不睬。王勃的祖父王通不也是主动辞职的吗？其实，这些人对自由生活的向往还是有历史渊源的，那就是当年王翦向秦王要池园的行为。

王勃写《滕王阁序》表现出了他不习惯束缚，向往自由。在去交趾看望父亲的途中，王勃经过江西南昌，正好赶上阎公为自己的女婿孟学士在滕王阁张罗的局。阎公想让女婿孟学士写一篇《滕王阁序》，实际上这篇文章已经提前写好了，到时候装模作样背写一遍就行了。让女婿动笔之前，阎公假模假式谦让："大家谁来写？"大家都知道是怎么回事，所以都很配合阎公，一再主张由"才富五车"的孟学士来写。结果让到王勃这里，王勃很不客气地接过笔墨纸砚，这完全出乎阎公的意料，等于打乱了他的节奏。阎公心里直埋怨王勃不按套路出牌，但又没有办法生气，毕竟是主动让的嘛！好在王勃没有让阎公"失望"，写出来了让他觉得"当垂不朽"的佳作。尤其是其中的"落霞与孤鹜齐飞，秋水共长天一色"流传千古，这两句不仅是对眼前真情实景的描写，也是对自由渴望的抒发。这篇序后面还有一首《滕王阁》

诗，其中有"画栋朝飞南浦云"和"闲云潭影日悠悠"（《全唐诗》，第673页），白云无心，也体现了王勃对自由的向往。

在王氏家族中，生活最自由自在的一个人要数王勃的叔祖王绩了。《旧唐书》《新唐书》《唐才子传》等文献中都有王绩的事迹，这是一个很有传奇色彩的人物。王绩从小就很聪明，博闻强记，八岁的时候就开始读《春秋左氏传》了，每天能读十页。王绩的涉猎面很广，阴阳历数无不精通。《唐才子传》中说他"年十五，游长安，谒杨素，一坐服其英敏，目为'神仙童子'"[1]。十五岁，今天的孩子也就是个初中生，可是王绩竟然已经开始闯荡"江湖"了，而且是到京城长安去拜访杨素。

杨素是谁呢？隋朝的开国功臣，楚国公，隋朝三大诗人之一，还是当时的尚书令，无论是从政治地位还是文学地位来讲，杨素都是高不可攀的。王绩主动去拜访，一点都不胆怯，现场应对自如，被大家称为"神仙童子"。这简直是太意外了，杨素眼光是很高的。当年杜正玄考秀才，被杨素难为得七荤八素的，不是把卷子丢到地上，就是临时加试，这次竟然会对王绩如此抬举，只能说王绩水平高。其实，刚开始杨素也没有给王绩好脸色，"素览刺引入，待之甚倨"，这让王绩很不满意，于是现场开怼："绩闻周公接贤，吐餐握发。明公若欲保崇荣贵，不宜倨见天下之士！"[2] 意思是我原把您当周公，没想到您竟然这么傲慢，周公接见贤才，一饭三吐哺。当时贺若弼也在座，贺若弼和王绩的大哥王度关系好，赶紧向杨素解释，杨素这才"与谈文章，遂及时务"，没想到王绩发挥得很好，"赡对闲雅，辩论精新"，让包括杨素在内的人刮目相看。

---

[1] 傅璇琮：《唐才子传校笺》（一），北京：中华书局，1987年5月，第6页。
[2] 傅璇琮：《唐才子传校笺》（一），北京：中华书局，1987年5月，第7页。

一般游京师的目的是推介自己,为将来在官场上"占据要路津"做准备,可是王绩却不按照套路出牌。隋炀帝大业年间,王绩考上了孝廉科,可是不喜欢在京城当官,于是主动申请到扬州六合县做县丞。后来干脆"轻舟夜遁"回故乡了。王绩回故乡后隐居在东皋,皋就是水边的意思,他还给自己取了个雅号"东皋子",悠游山水间,倒是挺自在的。这段时间,王绩写出了著名的《野望》诗:

东皋薄暮望,徙倚欲何依。

树树皆秋色,山山唯落晖。

牧人驱犊返,猎马带禽归。

相顾无相识,长歌怀采薇。

(《全唐诗》,第482页)

秋天的傍晚,诗人站在水边欣赏眼前如画的景色,满树都是金黄的秋色,山峰也在夕阳的笼罩下柔和了起来。牛羊在主人的驱赶下踏上了回家的路,猎人也是满载而归。完全是一幅质朴无华的田园风景图,到处洋溢着收获与温馨。

王绩曾经三次到东皋归隐,说明东皋景色确实不错,他对东皋的山水美景情有独钟。不过,客观地说,王绩归隐东皋还有别的原因。从这首诗的字里行间我们可以看出来,王绩的心不静,要不然就不会"徙倚欲何依""长歌怀采薇"了。"徙倚"是徘徊、彷徨的意思,有点百无聊赖,不知道干什么好;"采薇"这个词来自《诗经·召南·草虫》:"陟彼南山,言采其薇。未见君子,我心伤悲。"[①]"采薇"常用来比喻孤独,没有朋友,没人做伴。如果王绩心静,没人认识不更好吗?归隐都归隐了,还在乎有没有伙伴干什么,再说了,山间的清泉明月、葱郁的草木,不都是伴儿吗?其实,这是王绩的纠结,想学

---

① 孔颖达:《毛诗注疏》,北京:中华书局,1998年11月,第35页。

陶渊明放下世俗中的牵绊，可是毕竟自己不是陶渊明，所以又不能完全放下。

因为心不静，所以武德八年（625），王绩又走出山林去当官了。"武德"是唐高祖李渊的年号，初唐时期也确实需要有人从政，所以李渊才对这位前朝官员来者不拒。但王绩改不了他的老毛病，爱喝酒。当时有个规定，当官的每天饮酒定量三升。弟弟王静问他："哥，什么事能让您高兴？待诏这个职位值得高兴吗？"王绩说："待诏工资微薄，勉强度日，只有每天三升美酒还值得留恋。"这个话就传到侍中陈叔达耳朵里了，陈叔达说："既然三升不足以留住你，那就加量。"于是给王绩追加到每天一斗，一斗是十升，为此王绩还被人称为"斗酒学士"。可是没过多久，到了贞观初年，王绩又因为身体原因归隐东皋。

到了贞观十一年（637），王绩穷得有点受不了了，再次出来当官，这回当太乐丞。按说，王绩是没有资格做太乐丞的，但架不住他软磨硬泡，最终还是成功了。之所以坚持要当这个官，是因为太乐署史焦革善酿酒。看来王绩的酒瘾真够大的！焦革死后，他的妻子还一直给王绩送酒。一年多以后，焦革的妻子也去世了。王绩感叹："天不使我酣美酒邪！"这是苍天要断我的酒瘾啊！于是再次弃官，归隐东皋，这回算是真的归隐了。在没有归隐之前，王绩已经开始想家了，为此还写了一首《在京思故园见乡人问》，拉着老乡问这问那：

> 旅泊多年岁，老去不知回。
> 忽逢门前客，道发故乡来。
> 敛眉俱握手，破涕共衔杯。
> 殷勤访朋旧，屈曲问童孩。
> 衰宗多弟侄，若个赏池台。
> 旧园今在否，新树也应栽。

柳行疏密布，茅斋宽窄裁。

经移何处竹，别种几株梅。

渠当无绝水，石计总生苔。

院果谁先熟，林花那后开。

羁心只欲问，为报不须猜。

行当驱下泽，去剪故园莱。

(《全唐诗》，第481页)

从人问到物，能想起来的，全问了一遍。不过从诗中他问的旧园情景来看，他的故乡确实算得上世外桃源了。

你看，王绩反反复复入世为官，不是为了实现天下大定，而是为了酒。王绩不仅酒瘾大，而且酒量也特别大，《新唐书·王绩传》称"其饮至五斗不乱"[1]，不仅如此，还"人有以酒邀者，无贵贱辄往，著《五斗先生传》"，只要有人邀他喝酒，不问出身都去，为此写了《五斗先生传》。其实，他和酒有关系的文章并非仅此一篇，还有《醉乡记》《酒赋》《独酌》《醉后》等。他的诗歌中也有很多和酒相关的，如《过酒家五首》《醉后》《题酒店壁》《尝春酒》《独酌》《看酿酒》。酒在他心目中比什么都重要，《过酒家五首》其四说：

对酒但知饮，逢人莫强牵。

倚炉便得睡，横瓮足堪眠。

(《全唐诗》，第484页)

这种潇洒自在恐怕只有阮籍、刘伶等人才能理解吧。

《唐才子传》中还有两件事可以证明王绩爱酒爱自由。其一是有一个叫仲长子光的隐士，没有娶妻生子，王绩很喜欢这个人，于是就在他的住所附近盖了个草房，没事两个人就约着喝两杯。王绩的《策

---

[1] 欧阳修等：《新唐书》，北京：中华书局，1975年2月，第5595页。

杖寻隐士》写的应该就是去拜访此人：

  策杖寻隐士，行行路渐赊。
  石梁横涧断，土室映山斜。
  孝然纵有舍，威辇遂无家。
  置酒烧枯叶，披书坐落花。
  新垂滋水钓，旧结茂陵罝。
  岁岁长如此，方知轻世华。

（《全唐诗》，第483页）

曲径通幽，生活低碳，眼前只有书和酒。书是《周易》《庄子》《老子》，酒是自己酿的，那才是潇洒自在。

  其二王绩毕竟曾经是大户，所以家里是有奴婢有田产的。王绩让这些人多种黍，因为黍是主要的酿酒材料，这样好"春秋酿酒"。王绩有《看酿酒》：

  六月调神曲，正朝汲美泉。
  从来作春酒，未省不经年。

（《全唐诗》，第485页）

王绩渴望"岁岁长如此"，其他事都是过眼云烟，至于有人来访，"皆不答"[1]。据说，在贞观年间，京兆杜松之、清河崔公善都去拜访过王绩，结果都被挡在了门外。这么看来，王绩还真有点陶渊明的神韵了。

  从这些王氏家族的故事来看，诗书礼乐是他们家族的核心文化，所以王勃在他的《倬彼我系》中称"永为家宝"。有这样的文化底蕴，他们家族中有人在官场上留名青史，有人在文坛上绿树长青，皆是情理之中。

---

[1] 傅璇琮：《唐才子传校笺》（一），北京：中华书局，1987年5月，第13页。

向佛忠孝以诗名
——王维家族

大凡讲唐代文化都绕不开王维,他是一个巅峰级的存在。他不仅诗歌成就突出,以至于有"唐无李杜,摩诘便应首推"的说法;而且,擅长草书隶书,能够自己谱曲;甚至他的画作被时人视为珍宝,言而总之,王维是一个典型的复合型人才。当时的王维因为名气大,颇受追捧,苑咸就写了一首《酬王维》:

莲花梵字本从天,华省仙郎早悟禅。

三点成伊犹有想,一观如幻自忘筌。

为文已变当时体,入用还推间气贤。

应同罗汉无名欲,故作冯唐老岁年。

(《全唐诗》,第7422页)

这首诗的信息很丰富。一来告诉我们王维的身份是"华省仙郎","华省"就是尚书省,当时王维任尚书郎。王维有才,在苑咸看来应该更得重用,即"入用还推间气贤"。二来告诉我们王维诗文成就算得上宗师级,"为文已变当时体"。三来告诉我们王维精通禅理,这就是诗中的"早悟禅"和"一观如幻"。四来告诉我们王维的书法不错,可能这一点不好理解。《全唐诗》这首诗下有几句注释:"佛书'伊'字,如草书'下'字。"王维擅长草书。这首诗还有个小序:"王员外兄以予尝学天竺书,有戏题见赠。然王兄当代诗匠,又精禅理,枉采知音,形于雅作,辄走笔以酬焉。且久未迁，因而嘲及。"这段序文也向读者透露了王维的特长。

入用还推间气贤

《太平御览》卷三六〇引《春秋演孔图》中说："正气为君，间气为臣，宫商为姓，秀气为人。"[①]说得通俗点，"间气"就是有当官的才气和运气。我们看《旧唐书》或《新唐书》王维本传，只能看到他父亲叫王处廉，做过汾州司马，其他再具体的情况就不清楚了。王处廉的父亲叫王胄，从陈朝入隋，官至朝散大夫。再往上推就更了不得了，东晋政治家、书法家王导是王胄的八世祖，是东晋政权的奠基人之一。有这样的家族基因，王维进入官场是命运安排好的。

在王维那个时代，要想进入官场，参加科举考试是常规途径，所以王维和他的弟弟王缙都是通过科举入仕的。王维是"开元九年进士擢第"[②]；王缙是开元十五年（727）应"高才沉沦、草泽自举科"及第[③]，后来又在开元二十六年（738）中了文词雅丽科[④]。《唐才子传》和《集异记》中说到王维参加科举考试这件事，是极富趣味性的，突显了王维的才情。

考试之前，王维交了个好朋友——岐王李隆范。岐王喜欢游终南山，王维就为他画了一幅山石，这幅画神了，竟然能够让岐王有神游终南山的感觉。更神奇的是，后来这幅画上的石头不翼而飞。这幅画让岐王见识了王维的绘画水平，自然也欠了王维一个人情。

[①] 李昉等：《太平御览》，北京：中华书局，1960年2月，第1656页。
[②] 欧阳修等：《新唐书》，北京：中华书局，1975年2月，第5051页。
[③] 孟二冬：《登科记考补正》，北京：北京燕山出版社，2003年7月，第292页。
[④] 孟二冬：《登科记考补正》，北京：北京燕山出版社，2003年7月，第332页。

到了要报名考试的时候，王维向岐王说明情况，希望能得到他的举荐。岐王给王维出主意说："子诗清越者，可录数篇，琵琶新声，能度一曲，同诣九公主第。"①意思是，你把自己写得不错的作品选出来一些带在身边，你会谱曲，再谱个琵琶曲，跟我一起去拜见九公主。言外之意就是，让九公主来举荐你。九公主是谁呢？就是玄宗皇帝的妹妹玉真公主，这个人喜欢与文化界人士打交道，为人很热情。如果能被九公主看上眼，那王维离成功就不远了。

王维知道岐王是为自己好，自然他说什么自己就听什么。到了约定的日子，两个人到了九公主的府上，玉真公主一眼就发现了王维"妙年洁白，风姿都美"，王维年轻帅气，很吸引人的眼球。原来啊，这个岐王真动了心思了，为了引起玉真公主的注意，达到出其不意的效果，把王维打扮成伶人的样子。但王维胸中自有锦绣，那一举手一投足必然跟一般的伶人不一样，有不同流俗的气质。玉真公主就问岐王："斯何人哉？"这是谁啊？岐王漫不经心地回答："知音者也。"就是一个弹曲子的。既然是乐人，就弹一新曲吧。岐王让王维开始弹奏，王维弹得太感人了，"声调哀切，满座动容"，玉真公主就问王维所弹是什么曲子。王维回答说："《郁轮袍》。"

弹完曲子，当玉真公主还沉浸在琵琶声中时，岐王说："此生非止音律，至于词学，无出其右。"王维不仅精通音律，而且还是个写诗高手，他写的诗歌在我看来没有人能超过他。玉真公主本来就喜欢附庸风雅，听岐王这么一说，兴致上来了，就问王维："带你的大作了吗？"岐王有交代，王维肯定早有准备，于是王维从怀中拿出早就准备好的作品，递了过去。玉真公主打开诗歌一看，惊呆了，她惊讶地说："皆我习讽，谓是古作，乃子之佳制乎？"这些诗歌我经常读啊，

---

① 傅璇琮：《唐才子传校笺》（一），北京：中华书局，1987年5月，第287页。

我一直以为是古人写的呢，原来是你的大作！玉真公主马上派人给王维安排座位，而且是"上座"，一下子由一个下人变成座上客。

事情进展到这儿，玉真公主似乎也琢磨出点味道了，这是无事不登三宝殿啊，又是弹琵琶又是献诗歌，必然有事求我。这个时候，岐王一看差不多了，特别是玉真公主把王维"延于上座"，就开口说："京兆得此生为解头，荣哉！"[①]如果京兆府能把王维推荐为第一名，那对朝廷来说可是一件好事啊。玉真公主明白了。因为已经见识了王维的真实本领，玉真公主慨然应允："子诚取解，当为子力致焉。"你如果真的想参加科举考试，我尽力来帮你搞定。有这么一个关键人物帮忙，那事情就简单了。所以，开元九年（721），王维以第一名的成绩考上了进士。

也有笔记文献上说，岐王之所以没有很爽快地答应推荐王维而是带着他去找玉真公主，是因为听说玉真公主已经答应了宰相张九龄要推荐他的弟弟张九皋，如果自己再答应就等于两个人冲突了，没有必要因此闹矛盾。让玉真公主见王维就是为了让她真正对比一下再决定最后到底推荐谁，这是典型的矛盾转移。玉真公主虽然答应了张九龄，但是又没有见过张九皋，所以当她被王维的真才实学折服的时候，张九皋早就被忘到九霄云外了。但是，陈铁民先生经过认真考证，认为这件事属于小说家言，当不得真的。

不管如何，王维考上状元是真的，岐王和玉真公主帮忙也是真的。这件事告诉我们求人帮忙也得自身素质过关，自己要什么没什么，别人纵然有通天的本领，愿意帮，恐怕也会时时处处受阻。王维能力全面，言谈举止又那么得体，"风流蕴藉，语言谐戏，大为诸贵之钦瞩"，这就是素质。王缙参加科举考试没有那么多的资料记载，但是能考两

[①] 傅璇琮：《唐才子传校笺》（一），北京：中华书局，1987年5月，第288页。

个科目,也是人才。

虽然王维在安史之乱中受到牵连,但因为他那首"万户伤心生野烟,百僚何日更朝天"(《全唐诗》,第1308页)以及弟弟的极力帮忙,最终有惊无险,还官至尚书右丞,因此大家习惯称他为"王右丞"。王缙比王维在官场上混得好,要不怎么当哥哥的还得弟弟援手相救呢?王缙从基层一步步干起,后来做到门下侍郎、同平章事,也就是宰相,是代宗皇帝很信任的人。

为文已变当时体

《旧唐书·王维传》中说:"维以诗名盛于开元、天宝间……维尤长五言诗。"[1] 王维不仅让人看到了"大漠孤烟直,长河落日圆"(《全唐诗》,第1279页)的塞外风光,还让人感受到了"桃红复含宿雨,柳绿更带朝烟"(《全唐诗》,第1306页)的乡间景色,更让人体会到了"独在异乡为异客,每逢佳节倍思亲"(《全唐诗》,第1306页)的情真意切。东坡先生在《书摩诘蓝田烟雨图》中赞叹"味摩诘之诗,诗中有画。观摩诘之画,画中有诗"[2],辛文房在《唐才子传》中也说"维诗入妙品上上,画思亦然。至山水平远,云势石色,皆天机所到,非学而能"[3],这都是对王维诗歌水平的高度肯定。

我们讲家族文化传承,那么王维的先人中有值得说道的吗?这就不得不说说王胄的那些事了。王胄受到隋炀帝的重视,主要是因为文词,《隋书·王胄传》是这样说的,"以文词为炀帝所重"[4]。《隋书》中

---

[1] 刘昫等:《旧唐书》,北京:中华书局,1975年5月,第5052页。
[2] 苏轼:《苏轼文集》,北京:中华书局,1986年3月,第2209页。
[3] 傅璇琮:《唐才子传校笺》(一),北京:中华书局,1987年5月,第298页。
[4] 魏征等:《隋书》,北京:中华书局,1973年8月,第1741页。

记载了这么一件事：隋炀帝从东都洛阳回到京城长安，特许天下百姓大饮四天，不仅自己写诗纪念，还让王胄唱和。于是王胄写了一首《奉和赐酺诗》：

> 河洛称朝市，崤函实奥区。
> 周营曲阜作，汉建奉春谟。
> 大君苞二代，皇居盛两都。
> 招摇正东指，天驷乃西驱。
> 展軨齐玉軑，式道耀金吾。
> 千门驻罕毕，四达俨车徒。
> 是节春之暮，神皋华实敷。
> 皇情感时物，睿思属枌榆。
> 诏问百年老，恩隆五日酺。
> 小人荷熔铸，何由答大炉。[1]

这首诗浓墨重彩地歌颂了隋炀帝的功绩以及这次宴饮活动的盛况，隋炀帝看了很满意，高度评价说："气高致远，归之于胄。"杨广的很多诗篇都让王胄唱和，这足以说明王胄在炀帝心中的分量。

不过也是因为仗着皇帝喜欢，加上自己有才，所以王胄经常"负气陵傲，忽略时人"[2]。这样的人往往会招人忌恨，有不少人就很讨厌王胄，比如诸葛颖多次在杨广面前告他的小状，但是"帝爱其才而不罪"。不过王胄应该明白，凡事得有个度。我们就以与隋炀帝唱和来说，皇帝让你唱和是因为看重你的文才，但你得知道那是杨广，一个很自负的人。杨广曾经对侍臣说："天下当谓朕承藉余绪而有四海耶？设令朕与士大夫高选，亦当为天子矣。"[3]他觉得皇帝若需通过考试选

---

[1] 逯钦立：《先秦汉魏晋南北朝诗》，北京：中华书局，1983年9月，第2699页。
[2] 魏征等：《隋书》，北京：中华书局，1973年8月，第1742页。
[3] 魏征等：《隋书》，北京：中华书局，1973年8月，第625页。

拔，也非他莫属，就是这么自信。所以，大凡聪明的人都清楚，不能每次都超过他，否则文字游戏可能会变成坎儿。

唐人刘餗在《隋唐嘉话》中记载了一个故事，隋炀帝曾经写过一首《燕歌行》，让大臣们唱和。大家都明白游戏规则，不能超过皇帝，自己表现得越糟糕，越能显现出皇帝有才。就这样，大家表现得都很低调，写出来的诗歌都很一般，有的甚至抓耳挠腮写不出来。王胄的"疏率不伦"劲头上来了，作品完成后"独不下帝"。大家都在争"最恶心人奖"的时候，只有他超过了皇帝，特别是其中有一句"庭草无人随意绿"，显得那么有境界，不仅让人看到了庭草的生机，而且让人感受到了一种人生境界。有人欣赏没人欣赏都无所谓，我都在通过自己的绿证明着自己，有点"我就是我"的任性与率真。

隋炀帝也觉得王胄写得好，可是你写得好了不就证明我水平次了吗？隋炀帝心里很不爽，一直耿耿于怀。后来机会终于来了，王胄和杨玄感的私交不错，杨玄感因为造反失败，王胄也受到了株连。《隋书》中记载这件事说："礼部尚书杨玄感虚襟与交，数游其第。及玄感败，与虞绰俱徙边。胄遂亡匿，潜还江左，为吏所捕，坐诛，时年五十六。"据说王胄被杀的时候，隋炀帝还有点幸灾乐祸，"诵其警句曰：'庭草无人随意绿'，复能作此语耶"，杨广问王胄，你还能作"庭草无人随意绿"吗？我们不去管这个故事的真实性，至少可以从中得出一个结论，王胄的确是有文才的。

王维就更厉害了，储嗣宗在《过王右丞书堂二首》其一中说他"章句世为宗"（《全唐诗》，第6885页），是大家学习的典范。王维不仅活着的时候让"诸王驸马豪右贵势之门，无不拂席迎之，宁王、薛王待之如师友"[1]，而且死后能够让代宗皇帝念念不忘。代宗曾经对王

---

[1] 刘昫等：《旧唐书》，北京：中华书局，1975年5月，第5052页。

维的弟弟王缙说:"卿之伯氏,天宝中诗名冠代,朕尝于诸王座闻其乐章。今有多少文集,卿可进来。"[1]帝王主动向王缙索要王维的诗作,这是多么大的面子!开元年间王维的诗歌有上千篇,但经过安史之乱,留下来的不到十分之一,好在亲朋好友留存了一部分,大家互相打听收集,勉强有四百余篇。王缙把王维的作品进献给了代宗,"帝优诏褒赏"。

  王维早期进入官场的时候,得到了直言敢谏选贤任能的贤相张九龄的提携。王维觉得自己在政治上应该有所作为,所以表现得热血沸腾,比如他在《少年行四首(其三)》中说:

  出身仕汉羽林郎,初随骠骑战渔阳。
  孰知不向边庭苦,纵死犹闻侠骨香。

(《全唐诗》,第324页)

《少年行》中王维写了一群少年英雄。他们是一批能够急人之难、豪侠任气的年轻人。当我们读着文字,眼前不自觉会浮现出江湖侠客的形象。王维这组诗看似写别人,实则是通过对游侠的礼赞表现自己的政治抱负和理想,特别是"孰知不向边庭苦,纵死犹闻侠骨香"两句,让人感受到了王维视死如归的英雄主义精神。也正是在这种精神的支撑下,王维有了难忘的边塞经历。他曾以监察御史的身份出使过凉州,写有《出塞》:

  居延城外猎天骄,白草连山野火烧。
  暮云空碛时驱马,秋日平原好射雕。
  护羌校尉朝乘障,破虏将军夜渡辽。
  玉靶角弓珠勒马,汉家将赐霍嫖姚。

(《全唐诗》,第184页)

这是一首讴歌国力强盛充满自豪感的诗歌。前半首写将士们打猎的场

---

[1] 刘昫等:《旧唐书》,北京:中华书局,1975年5月,第5053页。

景，原野上火势凶猛，猎物四散奔逃，将士们以战胜匈奴的姿态剿杀着猎物。这看似是将士们在玩乐，实则是大家为了国家的太平而练兵，只有"暮云空碛时驱马，秋日平原好射雕"，才能在关键的时候取得"猎天骄"的胜利。或许是突然接到了紧急任务，将士们紧急集合，进入了"朝乘障""夜渡辽"的战斗状态。这些文字非常有镜头感，像极了电影中常见的由演习状态进入作战状态的片段。有这样能打硬仗的队伍，结果当然是令人振奋的，于是就有了末尾两句赏赐的场面。这首诗通过对将士们练兵、出战、凯旋赏功的描写，歌颂了将士们的精神风貌和由此表现出来的国力。带着这种自豪感，诗人在让读者欣赏"回看射雕处，千里暮云平"（《全唐诗》，第1278页）的镜头时，找到了作为大唐子民的喜悦心情。

后来，因为张九龄被贬，王维怀着不遇的心情走向田园。虽然官场失落，但田园的宁静与生机为他带来了恬淡的艺术享受。"漠漠水田飞白鹭，阴阴夏木啭黄鹂"（《全唐诗》，第1298页），这是怎样的画面感？诗人完全可以在视觉享受和听觉享受中忘记朝中的污浊；"南园露葵朝折，东谷黄粱夜舂"（《全唐诗》，第1306页），这是怎样的生活日常？诗人自食其力，吃着自己院子里种的葵和东谷长的黄粱，新鲜甜美，一个是早上刚采的，一个是昨晚才舂的，悠然自得，简直是神仙一般的生活。

或许您的脑海中已经浮现出一幅画面，诗人早上醒来，小鸟正在窗畔的枝头鸣叫，抬眼看一下院子里，已经是满树繁花，春光大好。对，这就是我们烂熟于心的《春晓》中的生活场景。但是我觉得这首诗还没有美到极致，我来自农村，对他的《田园乐》很有共情感：

桃红复含宿雨，柳绿更带朝烟。

花落家童未扫，莺啼山客犹眠。

（《全唐诗》，第1306页）

091

真正的农家美是不需要雕琢刻画的，你只要有发现美的眼睛，就会被美笼罩。田园景象是什么？是"桃红""柳绿""花落"的色彩点缀，是"宿雨""朝烟""莺啼"的勃勃生机，是诗人对静美生活的追求。粉红的桃花、碧绿的柳丝在夜露的滋润下越发亮泽，花香在空气中弥漫。莺啼声声，炊烟袅袅，完全是一幅美丽和谐的田园风光图。院子里满是落花，哦，原来是家童未扫，还在睡梦中呢，怪只怪王维起得早。不过，没有被清扫的落花反而更加衬托出清晨春景的清幽，这是春天应有的景象，诗人已经沉浸在美中了。

再来说说王维的弟弟王缙，据《旧唐书·王缙传》中讲，王缙也很优秀，"少好学，与兄维早以文翰著名"[1]，开元二十六年（738）还参加了文辞清丽科考试并高中，这说明王缙的文学修养也不错。《全唐诗》中收录有他为数不多的几首诗。既然"以文翰著名"，我们就来欣赏一下他的诗歌，下面这首诗是《九日作》：

莫将边地比京都，八月严霜草已枯。
今日登高樽酒里，不知能有菊花无。

（《全唐诗》，第1311页）

当年王维的一首《九月九日忆山东兄弟》写出了游子的思乡之情，王缙写这首诗的时候也是远在他乡。《旧唐书·王缙传》记载："大历三年，幽州节度使李怀仙死，以缙领幽州、卢龙节度。"也就是在这个时候，他写下了这首诗，所以王缙开篇就说边地比京城条件艰苦得多。"八月严霜草已枯"，王缙不是在渲染夸张以博取别人的同情，岑参不是也说过"胡天八月即飞雪"吗？在这样的环境里，重阳节到来了，按照传统习俗，这天要头插茱萸登高望远，与亲朋好友一起品尝菊花酒。以往都是如此，可是今年呢？短短的二十八个字，表现了他对京城文

---

[1] 刘昫等：《旧唐书》，北京：中华书局，1975年5月，第3416页。

化的向往和对家庭团圆的期待。

弟恭兄友事忠孝

《旧唐书·王维传》中说王维"事母崔氏以孝闻",王维的母亲是博陵崔氏,出自大族,喜看佛经,对王维影响很大。王维从小接受的主体教育是儒家正统,又在母亲的影响下受佛家如《地藏菩萨本愿经》《佛说盂兰盆经》《无量寿经》《佛说父母恩重难报经》等浸润,孝亲自然会成为至情至性。另外,玄宗时代非常重视孝文化,原因是他深知"孝之可以教人也"[1],他把孝当成了教化天下百姓的手段。玄宗皇帝曾经亲注《孝经》,颁行天下,也就是说,推行孝文化是有政治高度的。母亲去世后,王维"柴毁骨立,殆不胜丧"[2],吃不下睡不着,形神憔悴,而且还向朝廷请求,以"辋川第为寺,终葬其西"[3],把自己在辋川的宅子施舍为寺院,然后把母亲葬在西边。

"夫孝,始于事亲,中于事君,终于立身"[4]。王维的"事君"是如何体现的呢?张九龄为相时,王维以积极的精神面貌投入生活,渴望得到张九龄的汲引,为此还写了一首《上张令公》,其中说"贾生非不遇,汲黯自堪疏。学易思求我,言诗或起予"(《全唐诗》,第1288页),渴望被重用的心情表现得一览无余。他也确实得到了张九龄的青睐,开元二十三年(735)被任命为右拾遗,王维仿佛看到了广阔的政治舞台。

可是风云突起,好景不长,张九龄被李林甫排挤,王维变得消极

---

[1] 邢昺:《孝经注疏》,上海:上海古籍出版社,2009年4月,第6页。
[2] 刘昫等:《旧唐书》,北京:中华书局,1975年5月,第5051页。
[3] 欧阳修等:《新唐书》,北京:中华书局,1975年2月,第5765页。
[4] 邢昺:《孝经注疏》,上海:上海古籍出版社,2009年4月,第5页。

起来。李林甫是有名的奸相,口蜜腹剑说的就是他。李林甫倒是相中了王维的才能,还让自己的亲信苑咸写了一首《酬王维》向王维示好,希望王维能够识时务。王维很快回了一首《重酬苑郎中》,其中说:"仙郎有意怜同舍,丞相无私断扫门。扬子解嘲徒自遣,冯唐已老复何论。"(《全唐诗》,第1296页)王维感谢了苑咸的好意,但表示愿成为扬雄和冯唐,不愿意与李林甫同流合污。这无疑是对李林甫的讽刺,在那个时候能够保持自身的洁净,本身便是对国家的忠诚。

安史之乱爆发之后,王维想去投奔玄宗皇帝,可是没有来得及走,长安就沦陷了,王维成了安禄山的俘虏。有的人有奶便是娘,墙头草随风倒,当谁家的官不是当啊。就拿玄宗的宠臣张说来说吧,他家有俩宝贝儿子,分别叫张均、张垍,而且张垍还是玄宗的驸马。按说食君之禄担君之忧吧,可是等他老丈人出事时,张垍马上投降了安禄山。安禄山想着王维就是一介书生,给点好处应该就能摇尾乞怜,于是想对王维委以重任。但孝子多忠臣,安禄山想错了,王维对他给的职位没兴趣,想着办法拒绝。人家是有病吃药治病,王维是没病吃药装病,这就是王维对李唐王朝的忠诚。安禄山派人把王维押送到了洛阳,拘禁在普施寺,强行给他安排了伪职。

这天,安禄山在凝碧宫与叛军将领大吃大喝,此间当然少不了歌舞助兴,那些弹奏乐曲的人都是曾经的梨园弟子、教坊乐人。王维看着这些人有说有笑,陶醉其中,真是看在眼里痛在心里,于是偷偷写了一首诗,题作《菩提寺禁裴迪来相看说逆贼等凝碧池上作音乐供奉人等举声便一时泪下私成口号诵示裴迪》:

万户伤心生野烟,百僚何日再朝天。

秋槐叶落空宫里,凝碧池头奏管弦。

(《全唐诗》,第1296页)

这首诗为王维带来了生机。这首诗传到了肃宗的耳朵里,肃宗觉得王维是有爱国心的。所以当安史之乱平定后，大凡接受安禄山职务安排的人都被定罪了，而王维获得了特赦，"责授太子中允"。在这件事上，王维的弟弟王缙用实际行动证明了"闺门友悌"的真实性。王缙当时担任刑部侍郎，向朝廷提出来，要"削己刑部侍郎以赎兄罪"[①]。王缙能做到这一步很不容易，有人为了能往上升一级，人性都不要了，所以在动乱年代才会出现惹人恨的卖国贼。王缙情愿不要刑部侍郎这个职位，也要保住哥哥，这让肃宗感到意外和感动。王维兄弟之间的这份情谊，颇受世人称赞。

弟弟为了哥哥安然无恙，情愿申请降职，当哥哥的肯定会记住的，也肯定会找机会报答。《新唐书·王维传》中记载了一件事，很让人感动："缙为蜀州刺史未还，维自表'己有五短，缙五长，臣在省户，缙远方，愿归所任官，放田里，使缙得还京师。'"[②] 为了能够让弟弟从蜀州刺史的岗位上回京城任职，王维自愿让出自己的职位，退休归田。王维专门给皇帝写了一份《责躬荐弟表》：

> 臣维稽首言：臣年老力衰，心昏眼暗。自料涯分，其能几何？久窃天官，每惭尸素。顷又没于逆贼，不能杀身，负国偷生，以至今日。陛下矜其愚弱，托病被囚，不赐疵瑕，累迁省阁，昭洗罪累，免负恶名，在于微臣，百生万足。昔在贼地，泣血自思：一日得见圣朝，即愿出家修道。及奉明主，伏恋仁恩，贪冒官荣，荏苒岁月，不知止足，尚忝簪裾，始愿屡违，私心自咎。臣又闻用不才之士，才臣不来。赏无功之人，功臣不劝，有国大体，为政本源。非敢议论他人，窃以兄弟自比。

---

① 刘昫等：《旧唐书》，北京：中华书局，1975年5月，第5052页。
② 欧阳修等：《新唐书》，北京：中华书局，1975年2月，第5765页。

>臣弟蜀州刺史缙，太原五年，抚养百姓，尽心为国，竭力守城，臣即陷在贼中，苟且延命，臣忠不如弟，一也。缙前后历任，所在著声，臣忝职甚多，曾无裨益，臣政不如弟，二也。臣顷负累，系在三司，缙上表祈哀，请代臣罪，臣之于缙，一无忧怜，臣义不如弟，三也。缙之判策，屡登甲科，众推才名，素在臣上，臣小言浅学，不足谓文，臣才不如弟，四也。缙言不忤物，行不上人，植性谦和，执心平直，臣无度量，实自空疏，臣德不如弟，五也。臣之五短，弟之五长，加以有功，又能为政，顾臣谬官华省，而弟远守方州，外愧妨贤，内惭比义，痛心疾首，以日为年。臣又逼近悬车，朝暮入地。阒然孤独，迥无子孙，弟之与臣，更相为命，两人又俱白首，一别恐隔黄泉，倘得同居，相视而没，泯灭之际，魂魄有依。伏乞尽削臣官，放归田里，赐弟散职，令在朝廷。臣当苦行斋心，弟自竭诚尽节，并愿肝脑涂地，陨越为期。葵藿之心，庶知向日；犬马之意，何足动天！不胜私情恳迫之至。①

为了弟弟能够回京，王维也是拼了，把自己说得一无是处，把弟弟说得完美无瑕。文章写得伤心泣血，王维想让皇帝觉得，如果不让王缙回来，那就不只是对不住王缙的问题，而是原则性的大问题，"用不才之士，才臣不来。赏无功之人，功臣不劝，有国大体，为政本源"，有才之人远离朝廷，有功之臣也伤了心，这会影响国家发展的。王维的奏请感动了皇帝，王缙被召回京城，任职左散骑常侍。王维马上又向皇帝写了一封《谢弟缙新授左散骑常侍状》以表达对朝廷的感谢，王维在文章中说"涂地之心，难酬圣造"②，意思是肝脑涂地难报

---
① 陈铁民：《王维集校注》，北京：中华书局，1997年8月，第1126—1129页。
② 陈铁民：《王维集校注》，北京：中华书局，1997年8月，第1134页。

万一。这就是哥哥对弟弟的爱护和帮助。

笃志奉佛随母亲

王维和王缙都是虔诚的佛教信徒。《旧唐书·王维传》中说:"维弟兄俱奉佛,居常蔬食,不茹荤血,晚年长斋,不衣文采。"[1]兄弟俩不仅用素斋代替荤腥,而且穿衣服都很朴素。《旧唐书·王缙传》又说:"缙弟兄奉佛,不茹荤血,缙晚年尤甚。"[2]弟兄二人之所以信佛教,是因为受到了母亲崔氏的影响。

早期佛教中有一个叫维摩诘的居士,又被人称为在家菩萨。王维,字摩诘,名和字都和这位维摩诘居士有关。可见他对佛教的倾心向往。《旧唐书·王维传》中说:"在京师日饭十数名僧,以玄谈为乐……退朝之后,焚香独坐,以禅诵为事。"王维不仅每天供养十多个名僧吃饭,和他们交谈,而且下班回到家之后,还要专心致志念经。

在王维诗集中,我们能看到与王维交往的僧人不少,比如瓦官寺的璇禅师、青龙寺的操禅师、感化寺的昙兴上人。关于璇禅师,王维写有《谒璇上人》:

少年不足言,识道年已长。

事往安可悔,余生幸能养。

誓从断臂血,不复婴世网。

浮名寄缨珮,空性无羁鞅。

夙承大导师,焚香此瞻仰。

(《全唐诗》,第1249页)

在王维看来,璇上人是个智者,"外人内天,不定不乱,舍法而渊泊,

---

[1] 刘昫等:《旧唐书》,北京:中华书局,1975年5月,第5052页。
[2] 刘昫等:《旧唐书》,北京:中华书局,1975年5月,第3417页。

无心而云动。色空无碍，不物物也；默语无际，不言言也"，璇上人已经在佛法修行上达到了极高的境界，参透色空，不为外物束缚。如果能够与璇上人神交，一定能够"玄关大启"，有意想不到的收获。王维带着崇敬之心去拜访璇上人，表明自己修佛已经很多年了，"识道年已长"，过去的事情不再提了，余生想通过修佛修身养性，要学慧可断臂求法，断绝世俗妄念。这是要拜璇上人为师的节奏。

在王维的诗歌里，还有一类主题是对佛教场所的游赏。王维到过不少寺庙，并且都留下了诗歌，比如《登辨觉寺》《过香积寺》《资圣寺送甘二》等。这里以《过香积寺》为例：

不知香积寺，数里入云峰。
古木无人径，深山何处钟。
泉声咽危石，日色冷青松。
薄暮空潭曲，安禅制毒龙。

（《全唐诗》，第1274页）

也有一种说法认为这首诗是王昌龄写的。香积寺在哪里呢？我有一次去汝州风穴寺访友，发现山门的背面写着几个字"古香积寺"。接待我的延悟法师说，这里就是王维诗中的香积寺。法师很客观，他说西安也有一个香积寺，但是根据他对王维材料的研究，发现王维这段时间应该是在嵩山隐居，所以来这里的香积寺完全是顺理成章的。

风穴寺又叫白云禅寺，因为特殊的地理位置，周围群山环抱，树木葱茏，白云飘飞。一路走来，路边有竹子，有古木，显得很是清幽。山高水长，一条小溪从山间奔腾而下，水声潺潺。我在游玩的时候，延悟法师告诉我，寺里有一个瀑布很有意思，没断过水，当年李连杰拍电影《少林寺》时就有镜头取自这里。我切身感受了香积寺，再去读王维的作品，诗句便活了起来，总有与王维偶遇的感觉。这首诗里以大量的笔墨描写古寺的清幽，当然这是王维沉湎修行所表现出来的恬淡心境。最后两句讲深潭已空,毒龙已伏,其实就是告诉人们要做到心外无物,才能领略到高深的禅理和宁静的幽趣。

王维有一首《山中示弟》,其中说:"缘合妄相有,性空无所亲。安知广成子,不是老夫身。"(《全唐诗》,第1290页)这是他对色空的思考,他甚至觉得自己可以和广成子一样修得永恒。慢慢地他在《叹白发》中找到了答案:"宿昔朱颜成暮齿,须臾白发变垂髫。一生几许伤心事,不向空门何处销。"(《全唐诗》,第1308页)这首诗通过诗人对自己渐渐老去的观察,慨叹人生苦短,怎样解决这个矛盾呢?唯一的办法就是走向空门。当然,走向空门不一定都是因为"几许伤心事",有时就是他与自然的对话:

独坐幽篁里,弹琴复长啸。
深林人不知,明月来相照。

(《全唐诗》,第1301页)

这是王维的《竹里馆》。这首诗充满了禅意,诗人在竹林里、月光下,在琴鸣长啸中,仿佛一下子忘记了自己。虽然只有他一人,看似孤独,但有明月、竹林、鸣琴为伴,万物皆与诗人心心相印。所以诗人在欣赏美景的过程中,放下了世俗中的自己,又在与自然融为一体的同时找到了一个全新的自己。这就是王维与佛教的缘分,有着相的交往,更有精神的升华。

王缙对佛教的钟情让人咂舌,甚至到了疯狂的程度。《旧唐书·王缙传》记载:"与杜鸿渐舍财造寺无限极。妻李氏卒,舍道政里第为寺,为之追福,奏其额曰宝应,度僧三十人住持。每节度观察使入朝,必延至宝应寺,讽令施财,助己修缮。"[①] 王缙与杜鸿渐不仅修了很多寺院,还把道政里的住宅改为宝应寺,为亡妻李氏祈福。更让人吃惊的是,

---

① 刘昫等:《旧唐书》,北京:中华书局,1975年5月,第3417页。

每次有节度使进京办事,他都会拉着人家到宝应寺捐钱捐物,相当于拉赞助。

王缙在经营方面很有一套。五台山有一座金阁寺,"铸铜为瓦,涂金于上,照耀山谷"①。瓦上全涂金粉,这可是极奢侈的,钱从哪里来呢?王缙以宰相的身份干预此事,"给中书符牒,令台山僧数十人分行郡县,聚徒讲说,以求货利",与其说是化缘,不如说是强行征收香火钱,哪个地方官不想借机巴结王缙啊。王维信佛重在修己,王缙则有敛财的嫌疑。王缙在信佛方面最奇葩的事是生生把一个不太重视佛教的代宗皇帝发展成了虔诚的佛教徒。代宗原来喜欢儒家文化,"未甚重佛",但是王缙等人喜欢供养僧人,对代宗产生了影响。一次,代宗问佛家的福报是怎么回事,王缙、元载等人为他大讲特讲,于是代宗皇帝沉迷其中,经常召集大批僧人在后宫设道场。代宗皇帝甚至把佛教文化当成雄兵猛将了:"每西蕃入寇,必令群僧讲诵《仁王经》,以攘虏寇。"代宗皇帝简直是着了魔,"故大历刑政,日以陵迟"。王缙信佛因其身份影响了国家政治建设。

王维是唐代的文化标杆,无论是政治追求、诗歌成就、孝友忠君,还是宗教信仰,都体现出了家教对他的影响。王缙虽然文学成就不及王维,在政治上也有被人指摘的地方,但他对哥哥的恭敬确实让人感动。

---

① 刘昫等:《旧唐书》,北京:中华书局,1975年5月,第3418页。

奉儒守官缀诗笔
——杜甫家族

杜甫是"诗圣",是一个时代的精神文化标志。杜甫用他如椽的大笔,写出了李唐王朝的兴衰战乱,写出了战争给老百姓带来的灾难。他的诗歌不仅是那个时代真实的书写,而且会对历史起到补正作用,所以他的诗歌被誉为"诗史"。"诗圣"杜甫曾经在写给玄宗皇帝的《进雕赋表》中说:

> 自先君恕预以降,奉儒守官,未坠素业矣。亡祖故尚书膳部员外郎先臣审言,修文于中宗之朝,高视于藏书之府,故天下学士,到于今而师之。臣幸赖先臣绪业,自七岁所缀诗笔,向四十载矣,约千有余篇。①

谈杜甫的家风,从这段话里进行总结是最合适不过了。"奉儒"是思想传承,"守官"是事业追求,"缀诗笔"是志业追求。他还曾经在《宗武生日》诗中讲"诗是吾家事,人传世上情"(《全唐诗》,第2535页),可见杜甫是把诗歌创作当成志业从事的。

---

① 杜甫:《杜甫全集》,上海:上海古籍出版社,1996年11月,第303页。

奉儒自元凯

1962年，在斯德哥尔摩世界和平理事会上，杜甫被评为世界文化名人，主要原因便是他具有超越自我的伟大的人文情怀，而这一情怀的思想基础便是忧国忧民的儒家思想。杜甫对儒家思想的传承，要从他的十三世祖杜预说起。如果大家喜欢儒家十三经的话，可以打开《左传注疏》看一下，上面很清晰地写着"杜氏注"。"杜氏"就是杜预，字元凯，晋当阳县侯，所以也写作"晋杜预元凯撰"。杨凭在《送客往荆州》中称"若爱春秋繁露学，正逢元凯镇南荆"（《全唐诗》，第3296页），徐夤更在《送刘常侍》中说"杜预注通三十卷"（《全唐诗》，第8165页）。这些诗句都讲到了杜预在《春秋》学领域的贡献。他所撰写的《春秋左氏经传集解》三十卷是《左传》注解流传至今最早的一种，被收入《十三经注疏》中。另外，据《隋书·经籍志》记载，杜预在《春秋》方面的著述还有《春秋左氏传音》三卷、《春秋左氏传评》二卷、《春秋释例》十五卷及《春秋长历》等，所以元稹在《哭吕衡州六首（其六）》中说"杜预春秋癖"（《全唐诗》，第4505页）。

大史学家司马迁在《太史公自序》中这样评价《春秋》："夫《春秋》，上明三王之道，下辨人事之纪，别嫌疑，明是非，定犹豫，善善恶恶，贤贤贱不肖，存亡国，继绝世，补敝起废，王道之大者也。"[1]以《春秋》为代表的儒家典籍是教化世人、构建和谐社会的重要理论，所以扬雄在《法言·吾子》篇称"舍五经而济乎道者，末矣"[2]。也正是因为如此，儒家学问在社会上受到足够的尊重。唐太宗甚至说过这样的话："朕今所好者，惟在尧、舜之道，周、孔之教，以为如鸟有翼，

---

[1] 司马迁：《史记》，北京：中华书局，1959年9月，第3297页。
[2] 汪荣宝：《法言义疏》，北京：中华书局，1987年3月，第67页。

如鱼依水,失之必死,不可暂无耳。"①李世民在具体治理国家中是把儒术作为指导思想的。贞元十七年(801),杜佑在《进通典表》中说:"夫《孝经》、《尚书》、《毛诗》、《周易》、《三传》,皆父子君臣之要道,十伦五教之宏纲。如日月之下临,天地之大德,百王是式,终古攸遵。"②这也体现了儒家思想对于社会建设的重要性。所以,我们可以说,杜甫的家学传统是和国家需要紧密结合在一起的。

杜甫就是在这种家庭氛围和社会氛围中慢慢成长起来的,并养成了以民为本、以仁义为核心,关心他人关心社会超越对自身的关切的伟大人格。关于这一儒家品格的表现,我们可以通过几首耳熟能详的诗歌进行印证。先来看大家非常熟悉的《春望》:

> 国破山河在,城春草木深。
> 感时花溅泪,恨别鸟惊心。
> 烽火连三月,家书抵万金。
> 白头搔更短,浑欲不胜簪。

(《全唐诗》,第2404页)

这首诗是杜甫被安史叛军困在京城时写的。别人都在想着怎么逃命,他却在冒着生命危险观察战争带给人们的灾难,深刻揭露战争的破坏性。繁华的都城在安史叛军的蹂躏下残破不堪,杂草丛生,林木荒芜。在诗人的记忆中,京城是什么样子呢?鸟语花香,烟柳满皇都,到处都是游人,可是这样的景象已经随着安史之乱荡然无存,所以看到花开,听到鸟叫,想到的都是过去的明媚风光。一个"破"字,已经足以让人触目惊心了,接着诗人又用了一个"深"字,更是让人觉得满目凄然,这就是《诗经》中的黍离之悲。因为安史之乱,杜甫与家人失去了联系,

---

① 谢保成:《贞观政要集校》,北京:中华书局,2003年11月,第331页。
② 刘昫等:《旧唐书》,北京:中华书局,1975年5月,第3983页。

当时与家人失去联系的并非只有杜甫一人，但是诗人写自己的感受是最贴切的，这也是以少见多的艺术手法。战乱中，亲人之间彼此牵挂，如果这个时候能够和家里通上信，那无疑是最幸福的一件事情，所以"家书抵万金"一句包含着无限的期盼与无穷的煎熬。这句诗看着是对家书的期盼，可是造成"家书抵万金"的原因是什么呢？是战争。明白了这个问题，也就明白了这句诗的真正含意，是对战争的控诉，是对和平的渴望。

杜甫对战争控诉的作品莫过于"三吏""三别"。《石壕吏》中因为"老翁逾墙走"，最后老太太只能跟随石壕吏"急应河阳役，犹得备晨炊"去了，老太太也希望通过诉苦能换来石壕吏的一丝同情。可是，她想错了，哪怕她家里已经"三男邺城戍"，甚至出现"一男附书至，二男新战死"（《全唐诗》，第2283页）这样的悲剧，照样躲不过石壕吏的催逼。新婚是人生喜事，杜甫却通过新婚表达了对战争的痛恨，这就是《新婚别》。"暮婚晨告别，无乃太匆忙"，刚刚完婚，丈夫就告别妻子要到河阳战场上去，妻子知道丈夫这一去很有可能就是永诀，所以"沉痛迫中肠"。为了不让丈夫有所牵挂，"努力事戎行"，新娘"罗襦不复施，对君洗红妆"，甚至表示"人事多错迕，与君永相望"，自己会一直等着丈夫回来。这个原本身份就没有得到传统认可的新娘子通情达理到了让人心疼的地步！什么是悲剧？就是把美好的东西撕碎给别人看。新娘子每一句鼓励与承诺，又何尝不是在把美好的东西撕碎给我们看呢？"仰视百鸟飞，大小必双翔"（《全唐诗》，第2284页），从这两句诗里，我们能够感受到新娘子对婚姻幸福的渴望，她的坚强是用内心煎熬做代价的。

杜甫总是对老百姓心怀同情，希望大家能够过上好日子。他在《蚕谷行》中说"焉得铸甲作农器，一寸荒田牛得耕"（《全唐诗》，第2334页），少打仗，多种田，只有"牛尽耕，蚕亦成"才是老百姓的幸福日子。但是在那个时代，战争是一个近乎永恒的存在，要不王昌龄就不会写出《出塞》"秦时明月汉时关，万里长征人未还"（《全唐诗》，第1444页）这样的句子了。"车辚辚，马萧萧，行人弓箭各在腰"（《兵车行》，《全唐诗》，第2254页），士兵们又踏上了征途，"耶娘妻子走相送，尘埃不见咸阳桥。牵衣顿足拦道哭，哭声直上干云霄"，到处都是一片哀声。家里没有了劳动力，导致"汉家山东二百州，千村万落生荆杞"，老百姓的生活陷入极度贫困，"纵有健妇把锄犁，禾生陇亩无东西"两句把讽刺与同情融为了一体。

"达则兼济天下，穷则独善其身。"杜甫一辈子没有达过，他过得非常艰难，可是他一直没有忘记还不如他的人，因为他是一个真儒者。所谓真儒，不管你是穷还是达，都一直心系天下。换句话说，别人都是在力所能及的情况下帮助别人、关心别人，杜甫是在力不能及的情况下心系天下苍生，这就是伟大。杜甫在四川时曾经帮过一个老太太，故事见《又呈吴郎》：

　　堂前扑枣任西邻，无食无儿一妇人。
　　不为困穷宁有此？只缘恐惧转须亲。
　　即防远客虽多事，便插疏篱却任真。
　　已诉征求贫到骨，正思戎马泪盈巾。[①]

杜甫原本有一个邻居老太太，孤苦无依，靠打杜甫家中的枣子吃维持生计。后来杜甫把房子借给姓吴的亲戚居住，吴郎来到后，在院子周围插了一圈篱笆，老太太知道用意，就捎信给杜甫，说明情况。于是，杜甫特意写了这首诗歌，嘱咐吴郎不要阻止贫苦的老太太打枣，表现了杜甫悲世悯人的情怀。这些情怀都是儒家文化精神的具体外化。

[①] 仇兆鳌：《杜诗详注》，北京：中华书局，1979年10月，第1762页。

愿登要路津

根据《杜诗详注》中"杜氏世系"来看，杜甫祖上除第三代、第四代、第五代以及第十四代、第十五代没有详细信息之外，其他都是官身。第一代杜预被封当阳侯，第六代乾光任齐司徒右长史，第七代渐任梁边城太守，第八代叔毗任周硖州刺史，第九代某即杜依艺的父亲任隋河内郡司功参军、获嘉县令，第十代杜依艺任监察御史、巩县县令，第十一代杜审言任修文馆学士、尚书膳部员外郎，到了第十二代也就是杜甫的父亲杜闲，任兖州司马、奉天县令。[①] 所以，杜甫觉得做官就是他的"素业"，因为祖上就是这么走过来的。在这样的家庭氛围中长大，整天耳濡目染，有这样的追求不足为怪。

杜甫好好学习，很大程度上是为了实现入朝为官这一诉求的。杜甫相信自己有这个能力，他在《奉赠韦左丞丈二十二韵》中评价自己"自谓颇挺出，立登要路津"，他说自己很优秀，很容易就能在朝中获得重要岗位，从而实现"致君尧舜上，再使风俗淳"（《全唐诗》，第2252页）的高远政治目标。为了实现梦想，杜甫先后两次走进了考场。

开元二十三年（735），二十四岁的杜甫暂时结束了吴越之游，到京城长安参加进士科考试。这一年正月，唐玄宗曾经下了一道圣旨："每渴贤良，无忘鉴昧，顷虽虚伫，未副旁求。"（《开元二十三年籍田敕》）[②] 说明朝廷是极其渴望搜罗人才的。但是，杜甫考试的结果是"忤下考功第，独辞京兆堂"（《壮游》，《全唐诗》，第2358页）。"考功"指考功员外郎，归属吏部，当时由考功员外郎主持科举考试。开元二十四年（736），考功员外郎李昂与考生李权发生矛盾，朝廷这才改由礼部侍郎负责科举考试事宜。由此诗也可以感受到杜甫早期诗歌

---

① 仇兆鳌：《杜诗详注》，北京：中华书局，1979年10月，第9页。
② 宋敏求：《唐大诏令集》，北京：中华书局，2008年4月，第416页。

已经具备了写实的诗史精神。但是第一次科举考试，杜甫以失败告终。

如果说杜甫第一次考试落榜是因为准备不足，那么第二次落选则纯粹是悲剧了。杜甫第二次参加科举考试是在天宝六载（747），距离上一次考试已经过去十多年了。据《册府元龟》记载，这一年朝廷明确规定：

> 今承平日久，仕进多端，必欲远贲弓旌，载空岩穴，片善必录，末技无遗。天下诸色人中，通明一艺已上，各任荐举。仍委所在郡县长官，精加试练，灼然超绝流辈，远近所推者，具名送省。仍委尚书及左右丞诸司，委御史中丞更加对试。务取名实相副者，一时奏闻。①

杜甫自然不会放过这个机会，因为他对自己的才能还是非常自信的，正如《奉赠韦左丞丈二十二韵》中所说"赋料扬雄敌，诗看子建亲"，无论诗还是赋杜甫均有极高造诣，又如在《进雕赋表》中称："臣之述作，虽不足以鼓吹《六经》，先鸣数子，至于沉郁顿挫，随时敏捷，而扬雄、枚皋之流，庶可跂及也。"②

当时的相国是李林甫。他表面上担心这些参加考试的人"多卑贱愚聩，不识礼度，恐有俚言，污浊圣听"（元结《喻友》）③，担心这些人的粗言俚语造成皇帝难堪，实际上是害怕应试举子对自己有非议。因为李林甫在当时名声极坏，经常当面一套背后一套。此外，李林甫本身"自无学术"，所以对"有才名于时者尤忌之"④。

但皇帝已经下旨求贤，作为宰相的李林甫肯定不能置之不理，于是如元结《喻友》中所说，"悉令尚书长官考试，御史中丞监之，试

---

① 王钦若等：《册府元龟》，北京：中华书局，1960年6月，第1021页。
② 杜甫：《杜甫全集》，上海：上海古籍出版社，1996年11月，第303页。
③ 董诰：《全唐文》，北京：中华书局，1983年11月，第3887页。
④ 刘昫等：《旧唐书》，北京：中华书局，1975年5月，第3240页。

如常吏",就像考察在任官员那样考试杜甫这些应试举子。这种考试表面上看规格很高,朝廷很重视,可最终的结果却是"布衣之士无有第者,遂表贺人主,以为野无遗贤"。李林甫不仅一个都没录取,而且向玄宗皇帝祝贺,民间根本就没有遗漏人才,这就意味着君子在朝,天下康宁,"末技无遗"了。李林甫用了合法的形式办了不合法的勾当,导致杜甫又落选了。李林甫之所以敢如此肆无忌惮,其实是与玄宗的日渐昏聩分不开的,《旧唐书·李林甫传》中有这样的记载:

> 上在位多载,倦于万机,恒以大臣接对拘检,难徇私欲,自得林甫,一以委成。故杜绝逆耳之言,恣行宴乐,衽席无别,不以为耻,由林甫之赞成也。[①]

玄宗李隆基对李林甫的信任是其日渐昏聩的表现,而这种信任必然会造成李林甫的独断和政治上的腐败。就这样,杜甫躺着中枪了,入仕的愿望再次落空,"此意竟萧条",这是任何一个考生都没有想到的。

杜甫虽然两次科举考试失败,但他并没有气馁,为了实现自己的政治抱负,他"朝扣富儿门,暮随肥马尘",到处干谒整天看人脸色,只求有人帮自己实现入仕的夙愿。多年的奔走,让杜甫尝尽了辛酸,"残杯与冷炙,到处潜悲辛",得到的是"青冥却垂翅,蹭蹬无纵鳞"。这让杜甫认识到了"肉食者鄙",加深了他对社会现实的感受,他的诗歌开始慢慢走向民间。在京城的种种碰壁滋长了杜甫的现实主义精神。

天宝十载(751),玄宗行三大礼,也就是到太清宫、太庙、南郊举行祭祀活动。杜甫写了《进三大礼赋表》进献给玄宗,"帝奇之,使待制集贤院,命宰相试文章"[②],玄宗给了杜甫一个在中书省单独考

[①] 刘昫等:《旧唐书》,北京:中华书局,1975年5月,第3238页。
[②] 欧阳修等:《新唐书》,北京:中华书局,1975年2月,第5736页。按,本传作"天宝十三载",实误,据《旧唐书·玄宗本纪》载,大宝十载正月乙酉朔,壬辰,朝献太清宫;癸巳,朝飨太庙;甲午,有事于南郊。

试的机会。进献文章是当时除正常的科举考试之外的又一种进入仕途的方式。杜甫在中书省奉命考试文章,场面火爆,他在《莫相疑行》中回忆当时的考试情形:

忆献三赋蓬莱宫,自怪一日声辉赫。
集贤学士如堵墙,观我落笔中书堂。

(《全唐诗》,第2330页)

但直到四年之后,也就是到了天宝十四载(755)十月,杜甫才当了一个右卫率府胄曹参军,其职责是看守兵器、管理门禁。即便是这么个小官,杜甫当得也不是那么顺利。据《唐才子传》"杜甫传"中说,中书省考试完之后,最初给杜甫的任命是河西尉,但杜甫没有接受,"不拜",朝廷这才"改右卫率府胄曹参军"[1]。这显然与杜甫所追求的"致君尧舜上,再使风俗淳"的政治宏愿是远远不相符的。更无奈的是,即便是这个八品官职杜甫也没能够当几天,因为就在同年十一月安史之乱爆发,杜甫被困京城。

后来,杜甫总算从长安逃了出去,来到凤翔向唐肃宗报到,唐肃宗见杜甫"麻鞋见天子,衣袖露两肘",一副狼狈的样子,还对朝廷如此忠心耿耿,于是封他为右拾遗。为此,杜甫写了一首《述怀》:

去年潼关破,妻子隔绝久。
今夏草木长,脱身得西走。
麻鞋见天子,衣袖露两肘。
朝廷愍生还,亲故伤老丑。
涕泪授拾遗,流离主恩厚。

(《全唐诗》,第2272页)

在杜甫任右拾遗期间,房琯因为主持平定暴乱损失惨重,加上他的门

---

[1] 傅璇琮:《唐才子传校笺》(一),北京:中华书局,1987年5月,第395页。

客董庭兰收受贿赂,所以就被处理了。杜甫针对这件事谈了自己的意见,没想到惹怒了肃宗皇帝,被贬为华州司空参军。

杜甫并没有到华州上任,而是携家带口去了四川,在朋友的帮助下于浣花溪畔卜居,建了个草堂,过起了这一辈子中最幸福的生活。在成都期间,杜甫最应该感谢的便是好朋友严武。《新唐书·杜甫传》记载:"会严武节度剑南东、西川,往依焉。"[①] 这里说得很明白,杜甫去四川就是投奔严武的。杜甫能在草堂安居,严武也起了关键作用,杜甫曾经在《严中丞枉驾见过》中说"元戎小队出郊坰,问柳寻花到野亭"(《全唐诗》,第2450页),当地的父母官亲自拜访,以后谁还敢欺负老杜?严武想给杜甫谋个差事,虽然距离杜甫高远的政治理想远点,但至少能有个稳定收入。可是经历了风风雨雨的杜甫只想过安生日子,于是以"懒性从来水竹居""幽栖真钓锦江鱼"(《奉酬严公寄题野亭之作》,《全唐诗》,第2456页)为由拒绝了。不过,严武没有死心,继续动员杜甫"试回沧海棹,莫妒敬亭诗"(《酬别杜二》,《全唐诗》,第2907页)。终于,在严武第二次镇蜀的时候,杜甫没有再驳严武的面子,接受了他安排的节度参谋、检校工部员外郎,这是杜甫一辈子混得最好的职位了。杜甫之所以被称为"杜工部"就是从这里来的。

诗是吾家事

杜甫最为人们认可的身份还是诗人,他在《宗武生日》中说"诗是吾家事",写诗就是我们的家事。可是真从《全唐诗》中去搜,会发现除了杜甫的祖父杜审言和杜甫本人有诗,他的曾祖杜依艺、父亲杜闲、儿子杜宗武、孙子杜嗣业,都没有作品传世。所以,杜甫说这

[①] 欧阳修等:《新唐书》,北京:中华书局,1975年2月,第5737页。

个"诗是吾家事"应该也主要是以他祖父杜审言为骄傲的。他曾经在《赠蜀僧闾丘师兄》中说"吾祖诗冠古"（《全唐诗》，第 2304 页），便是对祖父杜审言诗歌成就的高度肯定。

杜审言的诗歌水平确实是相当棒的，初唐时期他和崔融、李峤、苏味道一起被称为"文章四友"。杜审言的诗歌曾经得到过女皇武则天的赞赏。据《旧唐书》《新唐书》和《唐才子传》记载，杜审言曾经被贬为吉州司户参军，武则天把他召回来想用他，问他："爱卿高兴吗？"杜审言手舞足蹈地说："当然高兴了！"武则天又说："既然高兴，那你就写一首《欢喜诗》吧。"杜审言接旨后很快写好了，武则天很满意，于是提拔他为著作佐郎。不过遗憾的是，杜审言写的这首《欢喜诗》没有留存下来。

《全唐诗》中收录有杜审言 41 首诗，其中最有影响力的一首要数被明朝胡应麟称为"初唐五言律第一"（《诗薮》）[①]的《和晋陵陆丞早春游望》了：

　　独有宦游人，偏惊物候新。
　　云霞出海曙，梅柳渡江春。
　　淑气催黄鸟，晴光转绿蘋。
　　忽闻歌古调，归思欲沾巾。

（《全唐诗》，第 734 页）

这首诗抒发了诗人宦游江南的思乡之情。杜审言在早春时节，和一个姓陆的朋友一起游玩，看着眼前的美景，听着朋友的歌声，忽然想起了自己的家乡。因为诗人是个在外乡做官的人，所以对异乡的节物气候感到新奇，每看到眼前的景物，都会想到自己的家乡，会和家乡进

---

① 袁行霈等：《中国文学作品选注》（第二卷），北京：中华书局，2007年6月，第221页。

行对比。所以，诗句看起来是写眼前的春景，实际上是通过眼前优美的景色来表达想家的心情。这就是以乐景写哀情，是类似王粲《登楼赋》中"虽信美而非吾土"的感慨。在这首诗中，我们透过江南如画的风光看到的是诗人满满的乡愁，就像陶渊明《归园田居五首（其一）》中所说的"羁鸟恋旧林，池鱼思故渊"[①]。

杜甫以祖父为榜样，很早便表现出了在诗歌创作方面的才能，他在《壮游》中说自己是"七龄思即壮，开口咏凤皇"。经过努力，到了十四五岁时，杜甫便受到大家的关注，"往昔十四五，出游翰墨场。斯文崔魏徒，以我似班扬"（《全唐诗》，第2358页）。杜甫与祖父杜审言不同的是，杜甫很爱学习，总是学习别人的优点并将其变成自己的长处。这就是他在《戏为六绝句（其五）》中说的：

不薄今人爱古人，清词丽句必为邻。

窃攀屈宋宜方驾，恐与齐梁作后尘。

（《全唐诗》，第2452页）

这一点是值得我们学习的。今天很多人把文人相轻发挥得淋漓尽致，却忘了孔夫子那句"三人行必有我师"的教诲。杜甫又在《戏为六绝句（其六）》中说"别裁伪体亲风雅，转益多师是汝师"（《全唐诗》，第2452页），只有转益多师，才能取得更大的进步，总是觉得别人不如自己，就容易被自满蒙蔽了眼睛。元稹在《唐检校工部员外郎杜君墓系铭并序》中说："上薄风雅，下该沈、宋，古傍苏、李，气吞曹、刘，掩颜、谢之孤高，杂徐、庾之流丽，尽得古今之体势，而兼人人之所独专矣。"[②] 杜甫也正是具有了这样的心胸，才取得了《奉赠韦左丞丈二十二韵》中"读书破万卷，下笔如有神"的卓越成就，而且赢得了"李

[①] 袁行霈：《陶渊明集笺注》，北京：中华书局，2003年4月，第76页。

[②] 元稹：《元稹集》，北京：中华书局，1982年8月，第691页。

邕求识面,王翰愿卜邻"的"江湖"地位。

杜审言在这一方面就有点让人讨厌了,他总是觉得别人不如他,很难发现别人的优点。据《唐才子传》中讲,一次杜审言参加官员调选考试,苏味道是当时的主考官。杜审言交完卷子出来就说"味道必死",大家不解地问到底怎么回事,杜审言笑着说:"彼见吾判,当羞死耳!"[1]苏味道看了我的判词,会羞愧而死的,他的水平和我差远了。杜审言还说过这样的话:"吾文章当得屈、宋作衙官,吾笔当得王羲之北面"。[2]他觉得自己写作文章的水平超过了屈原和宋玉,书法超过了王羲之。还有一回,杜审言生病了,宋之问和武平一起去看望他,没想到杜审言竟然说:"吾在,久压公等,今且死,但恨不见替人也。"[3]杜审言这句话什么意思呢?我活着的时候,一直压着你们,因为我的诗歌才能比你们高,我马上要死了,也看不出来你们谁能接我的班啊!这是一句话能噎死人的节奏!

在诗歌成就上杜甫可以甩他祖父几条街。我们举一首同样是思乡的作品——被称作"古今七言律第一"的《登高》:

风急天高猿啸哀,渚清沙白鸟飞回。
无边落木萧萧下,不尽长江滚滚来。
万里悲秋常作客,百年多病独登台。
艰难苦恨繁霜鬓,潦倒新停浊酒杯。

(《全唐诗》,第2467—2468页)

这首诗紧扣秋天的季节特色,描绘了江边空旷寂寥的景致,同时围绕诗人自己的身世遭遇,抒发了穷困潦倒、年老多病、流寓他乡的悲哀之情。胡应麟在《诗薮·内篇》中评论这首诗说:"通章法、句法、

---

[1] 傅璇琮:《唐才子传校笺》(一),北京:中华书局,1987年5月,第68页。
[2] 傅璇琮:《唐才子传校笺》(一),北京:中华书局,1987年5月,第69页。
[3] 傅璇琮:《唐才子传校笺》(一),北京:中华书局,1987年5月,第73页。

字法，前无昔人，后无来学。"① 为何如此说呢？一般的律诗是中间两联对仗，可是这首诗霸气到每一联都对仗，甚至在第一联中还做到了句内对，比如"风急"与"天高"相对，"渚清"与"沙白"相对。这在中国律诗史上还是不多见的，甚至可以说是绝无仅有的，所以胡应麟说"此诗自当为古今七言律第一，不必为唐人七言律第一也"。

　　杜甫诗作成就如此之高，一来是和他深厚的文学素养有关，二来是因为他对自己的创作有近乎苛刻的要求，"为人性僻耽佳句，语不惊人死不休"（《江上值水如海势，聊短述》，《全唐诗》，第2443页）。杜甫的诗作成了唐诗的高峰，达到了他自己在《桥陵诗三十韵因呈县内诸官》中"遣辞必中律"（《全唐诗》，第2263页）和《敬赠郑谏议十韵》中"律中鬼神惊"（《全唐诗》，第2389页）的艺术高度，后人不可企及。有个叫张籍的唐朝诗人，为了学习杜甫的诗歌，想出了一个很有趣的办法。每天早上起床把杜甫的诗歌抄写到纸上，然后点燃，把纸灰放进碗中，拌上蜜，加上水喝掉。这种情况已经有点类似今天的"脑残粉"了！

　　虽然我们从《全唐诗》中没有发现杜甫儿子和孙子的作品，但是从杜甫的诗中似乎也能感觉到其后代对诗歌的感受力。杜甫有两个儿子，分别叫宗文、宗武。次子宗武多次受到老杜表扬。杜甫《遣兴》中说："骥子好男儿，前年学语时。问知人客姓，诵得老夫诗。"（《全唐诗》，第2404页）骥子就是杜宗武的昵称。杜宗武咿呀学语的时候，就已经会背诵老爸的诗歌了。杜甫还在《宗武生日》中教导儿子"熟精文选理，休觅彩衣轻"（《全唐诗》，第2535页），又在《又示宗武》中讲"应须饱经术，已似爱文章"（《全唐诗》，第2535页）。有杜

---

① 袁行霈等：《中国文学作品选注》（第二卷），北京：中华书局，2007年6月，第376页。

甫这样的老师手把手地教，杜宗武从小就表现出过人的诗歌天赋。唐人冯贽《云仙杂记》中有这样一个故事：杜宗武写了一首诗拿着去找阮兵曹，想让他指点指点，结果阮兵曹给杜宗武一把斧子。杜宗武觉得，这是阮兵曹让他去拿给父亲修改，因为"斧"字不就是"父""斤"吗？于是拿给父亲修改。后来阮兵曹听说了，便对杜宗武说："你理解错了，我是让你把手剁了，你这只手如果还在，将来你们家又要出一个大诗人了！"

如果我们总结一下杜甫的家风的话，应该包括这几个方面：一、守儒，对儒家思想的坚守养成了他忧国忧民的人文情怀；二、奉官，这是渴望实现"致君尧舜上，再使风俗淳"政治理想的途径；三、写诗，这是他记录社会民生、政治事件的手段。这三点相辅相成，成就了杜甫"诗圣"的地位。

颜氏忠烈耀门楣
——颜真卿家族

颜真卿是大书法家，他的楷书端庄雄伟，与欧阳询、柳公权、赵孟頫并称"楷书四大家"，人们习惯称他为"颜鲁公"。但是今天不谈颜真卿的书法造诣，而是从他切入，了解一下颜氏家族的家风。我们从戎昱的一首《闻颜尚书陷贼中》慢慢说起吧。

> 闻说征南没，那堪故吏闻。
> 能持苏武节，不受马超勋。
> 国破无家信，天秋有雁群。
> 同荣不同辱，今日负将军。

（《全唐诗》，第3015页）

这首诗写于贞元元年（785），题目中的"颜尚书"就是颜真卿，他曾经做过刑部尚书和吏部尚书；题目中的"贼"指在淮西叛乱的李希烈。李希烈叛乱，颜真卿奉命去招降，没想到李希烈不仅不投降还软禁了颜真卿并威逼利诱劝他投降，李希烈看到颜真卿软硬不吃，将颜真卿杀害。所以戎昱在诗中开篇便说"闻说征南没"，"没"就是去世的意思。颜真卿被杀是兴元元年（784），消息传到京城长安时大家都不敢相信这件事是真的。戎昱在诗中把颜真卿比作苏武。苏武曾经代表汉朝廷出使匈奴，结果被扣留，匈奴想方设法劝降，把李陵都派出来了。结果，苏武宁肯持节在冰天雪地的北海牧羊，也决不投降，这是苏武的气节。颜真卿宁肯死，也不投降李希烈，表现出和苏武一样的气节。乾元年间，颜真卿担任浙西节度使，戎昱曾经是他的幕宾，所以戎昱说"同荣不同辱，今日负将军"。

可能有的人会有疑问，颜真卿啊颜真卿，到底是什么在支撑着你做这么有气节、这么让人难以置信的事情啊？我在这里想说的是，不仅颜真卿，他的堂兄弟颜杲卿、颜春卿都是这么有气节，这就是家族文化浸润出来的精神。

儒学修养是家风

俗语说，龙生龙凤生凤，家庭环境对一个人品性的养成具有关键性作用。良好家风的形成，并不是一蹴而就的，需要几代人的努力。颜真卿能在关键时候挺身而出，维护国家和平，而且面对着李希烈的威逼利诱毫不动摇视死如归，这无疑是颜氏家族家风的彰显。

颜真卿本身光彩照人，他家族中的人也全是了不起的人物：远祖是孔子整天念叨的最得意的弟子颜回；曾祖一辈有大名鼎鼎的儒学大家颜师古；颜师古的祖父是颜之推，《颜氏家训》的作者；颜师古的父亲是颜思鲁，是儒学大家。

颜氏一家原本是山东琅邪人，后来因为朝代更迭世居江左为官，再后来到了李唐王朝，颜氏家族就成了"京兆万年人"[1]，也有说是"雍州万年人"[2]的，不管怎么说吧，他们成了皇城根儿的人。颜师古父亲的名字有点意思，"思鲁"，鲁就是山东，那里是儒学的故乡，而且他们的远祖颜回本身就是鲁国人。这一来说明走得再远，不忘记祖籍，知道根儿在哪里；二来说明向往鲁国的儒家文化。

---

[1] 欧阳修等：《新唐书》，北京：中华书局，1975年2月，第5641页。
[2] 刘昫等：《旧唐书》，北京：中华书局，1975年5月，第2594页。

先从颜之推说起吧。一说到颜之推就想到了他的《颜氏家训》，这是一部影响普遍而且深远的作品[1]，被奉为"家训之祖"。颜之推生活在南北朝时期的北齐，当时谈玄风气很盛，颜之推跟人学习过《道德经》和《庄子》等道家学问，后来发现路子不对，马上改弦更张学了儒家文化。《北史·颜之推传》中说："之推年十二，遇梁湘东王自讲《庄》、《老》，之推便预门徒。虚谈非其所好，还习《礼》、《传》。"[2]这里的《礼》既可能指《周礼》《仪礼》《礼记》，也可能指其中一种；《传》指《春秋左氏传》《穀梁传》《公羊传》或者其中一种。颜之推之所以学习儒家文化是因为家学传承，"世善《周官》、《左氏》学"。颜之推的哥哥颜之仪三岁就会读《孝经》，颜之推的儿子颜思鲁"以儒学显"[3]。

到了颜思鲁的儿子颜师古，更是"少传家业，博览群书"，取得了突出的经学成就。《旧唐书》《新唐书》中都有关于颜师古考定《五经》的记载，我觉得以下这段话特别能体现颜师古的儒学水准。

> 太宗以经籍去圣久远，文字讹谬，令师古于秘书省考定《五经》，师古多所厘正，既成，奏之。太宗复遣诸儒重加详议，于时诸儒传习已久，皆共非之。师古辄引晋、宋已来古今本，随言晓答，援据详明，皆出其意表，诸儒莫不叹服。于是兼通直郎、散骑常侍，颁其所定之书于天下，令学者习焉。[4]

李唐立国之后，非常重视儒家教化，但是由于这些儒家典籍距离当时已久远，出现了不少"文字讹谬"，于是太宗李世民就命令颜师古领衔完成"考定《五经》"的重大文化工程。颜师古确实不辱使命，更

---

[1] 王利器：《颜氏家训集解》，北京：中华书局，1993年12月，第1页。
[2] 李延寿：《北史》，北京：中华书局，1974年10月，第2794页。
[3] 欧阳修等：《新唐书》，北京：中华书局，1975年2月，第5641页。
[4] 刘昫等：《旧唐书》，北京：中华书局，1975年5月，第2594页。

正了其中不少问题。完工之后，李世民为了保证工程质量，又组织了一批儒家学者共同验收。这些儒家学者是有门户之见的，为了维护自己门户的尊严，对颜师古的工作是横挑鼻子竖挑眼，不谋而合地找刺儿。好在颜师古不怕，有问必答，不是信口雌黄，是以晋、宋以来古今传本为依据，答得有理有据有节，大有"舌战群儒"的风范。最后，颜师古以才情彻底折服了那些鸡蛋里挑骨头的人，他所考定的《五经》被李世民颁行天下，成了当时全国统一指定的教材。

贞观十一年（637），颜师古又奉旨与博士们共同完成了《五礼》的撰写任务，后来又撰写了《封禅仪注书》，到了晚年，颜师古专心完成了《汉书注》。可能有的人说，《汉书》是史，与儒经有什么关系？分得过清是我们今天的概念，当时可不是这样，据《新唐书·选举制》中说"《三史》为书，劝善惩恶，亚于《六经》"[1]，史为亚经，所以当时的史科是被列于明经类别考试的。可见，颜师古的儒学修养在其家族内算高水平了。另外，在《汉书》学方面，也体现了其家族传承。颜师古的叔叔颜游秦是个《汉书》学大家，撰写过《汉书决疑》十二卷，颜师古的《汉书注》对之多有参考。

颜师古有两个弟弟，一个叫颜相时，另一个叫颜勤礼。他们生活在这样的家庭里，从小耳濡目染也受到儒家文化的浸润。颜相时在贞观年间担任谏议大夫时，"有诤臣风"。"诤臣"指那些能直言谏君、规劝君主过失的大臣，是儒家精神的一种表现形式。颜相时身体不够好，"赢瘠多病"，整天一副弱不禁风的样子。哥哥颜师古去世之后，颜相时哀不自胜，一直沉浸在思念的痛苦中，不久也去世了。颜相时表现出了儒家孝悌文化的极致。

颜勤礼是颜师古的二弟，他这一支又把颜氏家族的学问进行了发

---

[1] 欧阳修等：《新唐书》，北京：中华书局，1975年2月，第1166页。

扬。颜勤礼是颜真卿的曾祖父,曾经在隋朝时期干过刊定史籍的工作,儒家学问应该也是没得说。勤礼生昭甫,昭甫有硕儒之称,伯父颜师古尤其器重他,每有著述,必让其参定。昭甫生元孙、惟贞。颜元孙是颜真卿的伯父,颜惟贞是颜真卿的父亲。据颜真卿《正义大夫行国子司业上柱国金乡县开国男颜府君神道碑铭》可知,颜元孙不仅是颜真卿的伯父,而且二人还有师生之谊:"真卿越自婴孩,特蒙奖异,且兼师父之训,岂独犹子之恩。"[①]

颜真卿说伯父颜元孙非常聪明,他讲了一个故事:"年十岁时,伯父吏部郎中敬仲任益府法曹,长史李孝逸闻君少俊,请与相见。座中试《安石榴赋》,君默缀少顷,郎中愕而从之。君授翰立就,不加点窜,孝逸大惊。"[②]这么聪明的颜元孙学习儒家典籍肯定不是一件难事,这不,更奇葩的事情来了。"举进士,素未习《尚书》,六日而兼注必究",准备考进士了还没有读过《尚书》,考前六天之内不仅记住了本经,就连注释也烂熟于胸。这脑袋瓜子简直就是复读机!

颜真卿的父亲死得早,除母亲督促他学习之外,他还跟着伯父学习,"博学"[③]且"事亲以孝闻"[④]。有这样的家庭文化背景,儒家文化积极参与社会建设、舍小我成大我的精神就涵养成为颜真卿的品质,在国家有难的时候又会转化为不屈的气节。

从来板荡识诚臣

高贵的品质在日常生活中并不一定表现得多么明显,往往是在大

---

① 董诰等:《全唐文》,北京:中华书局,1983年11月,第3459页。
② 董诰等:《全唐文》,北京:中华书局,1983年11月,第3457页。
③ 欧阳修等:《新唐书》,北京:中华书局,1975年2月,第4854页。
④ 刘昫等:《旧唐书》,北京:中华书局,1975年5月,第3589页。

是大非面前,甚至是在危难面前让人感动。颜真卿便是这样。

安禄山发动叛乱的时候,颜真卿因为不媚附杨国忠而被贬为平原太守。从行政区划上来说,颜真卿所在的平原郡还在安禄山的管辖范围之内。当时种种迹象表明,安禄山谋反就是个时间问题。颜真卿未雨绸缪,又是加高城墙、疏通护城河,又是招募壮丁、储备粮草。为了不让安禄山觉察,颜真卿找了个理由:阴雨不断,需要提前做些准备。为了麻痹安禄山,颜真卿整天与朋友在小船上喝酒。颜真卿这一系列的操作,还真把安禄山给糊弄住了,安禄山觉得颜真卿就是一个无用的书生。

终于,安禄山按捺不住以讨伐杨国忠为由发动了叛乱。由于河北多数地方没做任何准备,所以被叛军打得落花流水,纷纷失陷。这个时候,颜真卿的远见起效了,因为只有他在的平原郡固若金汤。原本玄宗知道安禄山造反时很懊恼,怎么偌大的河北就没有一个忠臣呢?可是等他见到颜真卿派去的信使时,激动地说:"朕不识颜真卿形状何如,所为得如此!"[1]意思是说,我虽然不认识颜真卿这个人,但他也太优秀了!

平原郡原本有三千兵马,颜真卿又招募了上万人,指派录事参军李择交统领,又任用刁万岁、和琳、徐浩、马相如、高抗朗等人为将领,各领一支军队。在城西门犒劳士兵的时候,颜真卿"慷慨泣下,众感励"。颜真卿并不是孤军作战,"饶阳太守卢全诚、济南太守李随、清河长史王怀忠、景城司马李晸、邺郡太守王焘各以众归,有诏北海太守贺兰进明率精锐五千济河为助",这让颜真卿有了更大的信心。

叛军势如破竹,很快攻占了洛阳,为了震慑颜真卿,安禄山还派段子光送李憕、卢奕、蒋清的头到河北示众。颜真卿为了稳定军心,

---

[1] 刘昫等:《旧唐书》,北京:中华书局,1975年5月,第3590页。

撒谎说："我认识他们三个，这不是他们的头。"于是杀了段子光，把三位殉难者的首级藏了起来，过了一段时间，用草编作人身，接上首级，装殓后祭奠。就在这个时候，颜真卿的堂兄、任常山太守的颜杲卿（颜元孙的儿子）杀了叛军将领李钦凑等人，肃清了土门的敌人，"十七郡同日自归，推真卿为盟主，兵二十万，绝燕、赵"[①]。在这种情况下，朝廷任命颜真卿为户部侍郎，让他辅佐河东节度使李光弼讨伐叛军。

清河太守派郡人李萼向颜真卿求援，李萼说，清河粮草充足，应该是平原郡的三倍，兵马也是平原郡的二倍，所以建议颜真卿"因而抚有，以为腹心，它城运之如臂之指耳"，意思是以清河为根据地来指挥周围，那就容易多了。颜真卿采纳了李萼的建议，派出六千援军。颜真卿见李萼熟知用兵之道，向他请教必胜之法，李萼也不客气，为颜真卿出谋划策。颜真卿按照李萼所说，果然取得重大战果，杀贼一万多人。

史思明围攻饶阳，派游军截断了平原郡的救兵，颜真卿担心打不过敌军，"以书招贺兰进明，以河北招讨使让之"，想通过这种办法激励贺兰进明的斗志。但是，贺兰进明在信都作战时还是失利了。正好在这个时候，平卢将领刘正臣献渔阳归顺颜真卿。颜真卿想利用这个机会激励大家的斗志，同时坚定刘正臣的信心。于是他采取了两个措施：一、派贾载渡海送去十多万军费，二、把自己刚刚十岁的儿子颜颇送过去做人质。第一个措施大家都好理解，第二个措施众人无论如何都接受不了，纵然颜真卿一心为国，也不至于把儿子作为人质吧？众人一再劝说颜真卿将颜颇留下，但是颜真卿不从。

安史之乱的最终结果我们都是知道的，朝廷取得了胜利。有颜真

---

① 欧阳修等：《新唐书》，北京：中华书局，1975年2月，第4855页。

卿这样的忠臣，叛军也不可能成功！在抵抗安史叛军的过程中，颜真卿无疑居功至伟。颜真卿在《赠裴将军》一诗中写道"入阵破骄虏，威名雄震雷"（《全唐诗》，第1583页），这又何尝不是他本人在平定安史之乱中的表现呢？在这首诗的结尾，颜真卿称赞裴将军"功成报天子，可以画麟台"，这一句用在颜真卿身上也是没有问题的。

颜真卿的堂兄颜杲卿性格刚直，在抵抗安史叛军时也有可歌可泣的事迹。安史之乱爆发的时候，颜杲卿代理常山太守，也在安禄山的管辖范围内。叛乱爆发后，颜真卿派人告诉颜杲卿，共同努力分兵牵制叛军，阻断其归路，以减缓叛军西进的步伐。颜杲卿采取了一系列的行动，他与"长史袁履谦谒于道"，安禄山"赐杲卿紫袍，履谦绯袍，令与假子李钦凑以兵七千屯土门"①。颜杲卿本来是要劝阻安禄山的，没想到安禄山不仅不听劝，反而还给自己安排了职务和任务。颜杲卿指着安禄山所赐的衣服对袁履谦说："咱们两个是为了这个吗？"袁履谦一下子明白了，"乃与真定令贾深、内丘令张通幽定谋图贼"。

颜杲卿称病不能工作，暗中派儿子来往联络推进抗敌，但是因为事情泄露导致平卢节度副使贾循被杀。"杲卿阳不事事，委政履谦，潜召处士权涣、郭仲邕定策。"②当时，李钦凑、高邈奉安禄山之命率军五千镇守土门，颜杲卿决定先拔掉他们。颜杲卿假借安禄山之命召李钦凑到郡里议事，因为李钦凑所部隶属于常山郡。当李钦凑夜里赶到时，颜杲卿以城门晚上不能打开为由，将他安置在城外的驿站里，然后"使履谦及参军冯虔、郡豪翟万德等数人饮劳，既醉，斩之"。这是一个不小的喜讯，所以当袁履谦把李钦凑的首级送到颜杲卿面前时，两个人是"喜且泣"。

---

① 欧阳修等：《新唐书》，北京：中华书局，1975年2月，第5529页。
② 欧阳修等：《新唐书》，北京：中华书局，1975年2月，第5530页。

河北是安禄山的老巢，接二连三出现问题。颜杲卿、颜真卿两个人把安禄山搞得焦头烂额，于是他派"史思明等率平卢兵度河攻常山"。颜杲卿陷入困境，"兵少，未及为守计，求救于河东，承业前已攘杀贼功，兵不出。杲卿昼夜战，井竭，粮、矢尽，六日而陷，与履谦同执"[①]。史思明来势凶猛，颜杲卿人单势孤，派人向王承业求救，王承业又见死不救，颜杲卿只能昼夜防守，拼死作战。很快弹尽粮绝，要吃的没吃的，要弹药没弹药，城池陷落，颜杲卿、袁履谦双双被叛军活捉。

史思明想逼颜杲卿投降，就把颜杲卿的小儿子颜季明抓来，用刀架到他脖子上，对颜杲卿说："你只要投降，我就饶你儿子一条性命。"颜杲卿傲然不答，小儿子被杀，颜杲卿被押送到了洛阳。安禄山生气地问颜杲卿："我提拔你作常山太守，你为什么背叛我？"颜杲卿正义凛然地说："汝营州牧羊羯奴耳，窃荷恩宠，天子负汝何事，而乃反乎？"你就是营州一个牧羊的羯族奴隶，不知道走了什么狗屎运得到皇帝恩宠才有了今天，天子有什么事对不起你了？你竟然反叛朝廷！颜杲卿接下来又说："我世唐臣，守忠义，恨不斩汝以谢上，乃从尔反耶？"我家世代为唐朝大臣，永远信守忠义，我恨自己不能杀了你以报答皇上，我能跟着你个叛贼谋反吗？

安禄山知道颜杲卿不可能为自己所用，非常愤怒，让人把他绑到天津桥柱上，"节解以肉啖之"，不仅把颜杲卿进行肢解，而且还生吃他的肉。颜杲卿骂不绝口，叛贼钩断了他的舌头，说："看你还能骂吗？"颜杲卿虽然受尽折磨，依然含糊不清地叫骂。当时一块儿遇难的还有颜杲卿的儿子颜诞、侄子颜诩以及袁履谦，他们都被残忍地截去了手脚。袁履谦见何千年的弟弟在旁边，便含血吐到他的脸上，于是遭受更残忍的折磨，"贼脔之"，被剁碎了，看的人没有一个不

---

① 欧阳修等：《新唐书》，北京：中华书局，1975年2月，第5531页。

流泪。正史记载:"杲卿宗子近属皆被害。"真是够惨的!但这是大义!

颜真卿与颜杲卿这种大义其实可以追溯至他们的七世祖颜见远。《北史·颜之推传》中讲:"祖见远,父协,并以义烈称。"[1]据《梁书》记载,梁武帝登基的时候,颜见远有意见,因为是前朝齐和帝萧宝融重用了他,所以在颜见远心目中齐和帝对他有知遇之恩,齐和帝才是正统,于是"见远乃不食,发愤数日而卒"[2]。这让梁武帝很意外,对朝臣说:"我自应天从人,何预天下士大夫事,而颜见远乃至于此也。"我当皇帝这是顺应天意,颜见远又何必如此呢?当时人们都赞叹颜见远忠烈。

慨然赴死淮西地

颜真卿比堂兄颜杲卿幸运,他不仅没有死于安史之乱,还在安史之乱中立了大功,得到了朝廷的重用,被封为鲁郡公。儒家文化的浸润养成了颜真卿刚正的品质,使他在工作中得罪了不少人,被一些掌权的人排挤。先是被元载"以为诽谤,贬峡州别驾。改吉州司马,迁抚、湖二州刺史"[3]。元载被杀之后,颜真卿还是有诸多不顺,"杨炎当国,以直不容","及卢杞,益不喜"。

卢杞是出了名的奸相,他总是想方设法把颜真卿排挤出长安。颜真卿就去见了卢杞,对他说:"先中丞传首平原,面流血,吾不敢以衣拭,亲舌舐之,公忍不见容乎!"颜真卿说,当年安史之乱的时候,你父亲卢奕被安禄山杀害,脑袋送到了我这里,当时你父亲满脸是血,我不忍心用衣服擦,亲自用舌头舐干净。我是怎么对你父亲的?你就

---

[1] 李延寿:《北史》,北京:中华书局,1974年10月,第2794页。
[2] 姚思廉:《梁书》,北京:中华书局,1973年5月,第727页。
[3] 欧阳修等:《新唐书》,北京:中华书局,1975年2月,第4859页。

忍心这么对我吗？言外之意是，卢奕怎么有你这样的儿子呢，连一点感恩之心都没有！听了颜真卿的话，卢杞表面上惊惶下拜，可是内心却恨之入骨。

建中四年（783），淮西李希烈发动叛乱，攻占了汝州。卢杞向皇帝建议派颜真卿到淮西招降李希烈，说不定就能达到"可不劳师而定"的效果。唐德宗竟然答应了！这让很多人大惊失色，卢杞这是要借刀杀人啊，太坏了！李勉偷偷上奏，对皇帝说："如果派颜鲁公去淮西，朝廷将会失去一位元老，到那个时候朝廷可就颜面无存了，所以请陛下收回成命，坚决不可派颜鲁公去见李希烈。"但是，德宗没有听从李勉的建议。颜真卿到了河南道，河南尹郑叔则说："李希烈造反是肯定的，您不应该去冒险。"颜真卿以君命不可避为由坚持前行。

颜真卿见到李希烈之后，马上宣读了圣旨，希望李希烈能够迷途知返。李希烈为了给颜真卿一个下马威，让"养子千余拔刃争进，诸将皆慢骂，将食之"。李希烈的养子上千人，手拿兵刃冲了上来，恨不得将颜真卿碎尸万段；部将也围住颜真卿谩骂威胁，恨不得把颜真卿给吃了。但是颜真卿"色不变"，面不改色。李希烈见来硬的对颜真卿不起作用，于是用身子护着他，命令众将退下，并安排他住进了驿馆。李希烈逼颜真卿给朝廷写信，为自己洗刷罪行，颜真卿自然不会答应。李希烈又以颜真卿的名义派他的侄子颜岘与几个随从到朝廷继续请求，但没有得到皇帝的答复。被囚期间颜真卿每次给儿子写信，"但戒严奉家庙，恤诸孤，讫无它语"，只告诫孩子们敬奉祖宗，抚养孤儿，没有其他多余的话。

李希烈派李元平去劝颜真卿投降，颜真卿劈头盖脸斥责李元平说："尔受国委任，不能致命，顾吾无兵戮汝，尚说我邪？"国家委派你职位，你不说报效国家，还来这里劝我，你是看我手里没兵器杀不了你是吗？李希烈见一计不成又生一计，这回他召集了不少一起造反的同党，大设宴会并召来颜真卿，席间李希烈指示唱戏的"斥侮朝廷"。颜真卿大怒："你们都是皇帝的臣子，怎么能够这样呢？"起身甩袖离去，李希烈也感觉脸上一阵阵发热。

当时在座的还有朱滔、王武俊、田悦、李纳等藩镇的使者，大家对李希烈说："闻太师名德久矣，公欲建大号而太师至，求宰相孰先太师者？"[①] 意思是说，我们早就听说颜真卿的名望和德行了，如果你李希烈真的想当皇帝，恐怕颜真卿是最好的宰相人选。颜真卿听闻后斥责说："你们听说过颜常山吗？那是我哥哥，安史之乱时，他首先率义兵抵抗，后来即使被安禄山抓住了，也是坚持对叛贼破口大骂。我快八十岁了，官做到太师，我宁肯死也要保护我的名节，怎么会受你们胁迫呢？"

李希烈见颜真卿不肯屈服，"乃拘真卿"，派兵看守着。然后他派人在院子里挖了个一丈见方的坑，说是要把颜真卿活埋。颜真卿对李希烈说："生死有命，搞那些名堂干什么？"张伯仪兵败，李希烈命令把张伯仪的旌节以及首级拿给颜真卿看，颜真卿痛哭扑地。恰逢周曾、康秀林想偷袭杀掉李希烈，奉颜真卿为帅，这两个人原本是李希烈的同伙。但没想到事情泄露，周曾被杀，李希烈就把颜真卿押送到蔡州。颜真卿估计自己必死无疑，于是给皇帝写了遗表，给自己写了墓志、祭文，然后指着寝室西墙下说："这就是我的停尸处。"李希烈称帝时，对相关仪式不懂，就派人向颜真卿咨询，颜真卿回答说："我年龄大了，虽然曾掌管国家礼仪，但是只记得诸侯朝见皇帝时的礼仪！"那意思是，不知道！

后来形势转折，朝廷士气大振，李希烈考虑到好日子不多了，就派部将辛景臻、安华到颜真卿住所，在院子里弄了一堆干柴，威胁说：

[①] 欧阳修等：《新唐书》，北京：中华书局，1975年2月，第4860页。

"再不投降,烧死你!"颜真卿根本不吃那一套,直接起身就要往火里跳,被辛景臻等人给拉住了。这让我想起颜真卿《咏陶渊明》中的几句诗:"张良思报韩,龚胜耻事新。狙击不肯就,舍生悲缙绅。"(《全唐诗》,第1583页)张良我们不陌生,那是锤击秦始皇的人,知名度很高,后来做了刘邦的谋士,成了汉初三杰之一。龚胜是西汉人,在王莽新政时期被强征为官,但龚胜拒不受命,绝食而死。颜真卿面对李希烈,又何尝不是张良和龚胜附体呢?

李希烈在淮西造反,他弟弟李希倩也不是个省油的灯,跟着朱泚叛乱,结果被朝廷杀了。李希烈为此大怒,派宦官前往蔡州杀害颜真卿。宦官说:"有诏书赐你死罪。"颜真卿说:"我没有完成朝廷交付我的任务,确实该死。请问使者您是哪一天从长安来的?"当颜真卿听宦官说是从大梁来的时,开口骂道:"你个叛贼,怎敢称诏书?"于是颜真卿被生生勒死了,享年七十六岁。嗣曹王李皋听到颜真卿死节的消息后,伤心落泪,三军将士无不为之痛哭。

淮西之乱平定后,颜真卿的儿子颜頵、颜硕护送父亲的遗骨回长安,德宗为他废朝五日,追赠司徒,谥号"文忠"。贞元六年(790),朝廷下诏录用颜頵为五品正员官,这样做的目的是表彰忠烈。在《新唐书·颜真卿传》中有这么几句话:"真卿立朝正色,刚而有礼,非公言直道,不萌于心。天下不以姓名称,而独曰'鲁公'。"[①]不仅高度赞扬了颜真卿的品性,而且让我们看到了人们对颜鲁公的敬重。文宗皇帝曾经专门下过一道诏书:

> 朕每览国史,见忠烈之臣,未尝不嗟叹久之,思有以报。如闻从览、弘式,实杲卿、真卿之孙。永惟九原,既不可作,旌其嗣续,谅协典彝。考绩已深于宦途者,命列于中台;官

---

① 欧阳修等:《新唐书》,北京:中华书局,1975年2月,第4861页。

次未齿于搢绅者，俾佐于左辅。庶使天下再新义风。①

总之一句话，要重用曾经对国家做出重大贡献之人的后代，这既是对死者的安慰，也是对生者的激励。

鲁公书法属家学

一说到颜真卿的书法成就，人们马上就会想到他向褚遂良、张旭及怀素和尚的学习。正是因为他广泛学习他人的长处，才增进了自己的书法造诣。但我们不能因此忽略了他的家族在书法上的传承。我在研读颜氏家族史料时，惊奇地发现书法也是他们家族文化中的一大特色。

在《梁书·颜协传》中，我们可以清楚地看到有关颜真卿的六世祖颜协"博涉群书，工于草隶"②的记载，至少从颜协开始，书法已经成为颜氏家族的标志之一了。据说，吴郡人范怀约擅长隶书，颜协便向范怀约学习，临摹得几乎一样。当时会稽谢善勋了解秦朝八体和汉朝六文，能在方寸之内写出上千字，京兆人韦仲善于飞白。颜协和他们二人都在湘东王府任职，有这样的交流学习环境，他的书法必然会日益精进，所以荆楚的很多石碑都是由颜协书写的。

据曲阜市情资料库记载，颜真卿的曾祖父颜勤礼也是个书法家，工于篆籀。"篆"指篆书，有大篆、小篆之分。"籀"特指籀文，这是周宣王时期出现的一种书体，太史籀对当时的文字进行了整理和规范，著大篆15篇，世称《史籀篇》。由此可知，颜勤礼是大篆高手。颜真卿的祖父颜昭甫擅长篆书、隶书、草书，对金文、古鼎之籀文也有很深的造诣，可谓集大成者。据说当时外邦进贡了一个古鼎，上面用篆体刻有二十余字的铭文，大家都读不出来是什么字，只有颜昭甫

---

① 刘昫等：《旧唐书》，北京：中华书局，1975年5月，第3597页。
② 姚思廉：《梁书》，北京：中华书局，1973年5月，第727页。

能全部读出。

颜昭甫生了两个儿子,长子颜元孙工文善书,据颜真卿为伯父所写的墓志铭可知,颜元孙尤其擅长草书和隶书,他还曾经编撰过一本《干禄字书》。次子颜惟贞从小跟着舅舅学习书法,因为家里穷没有纸笔,他就和哥哥颜元孙用黄土在墙上书写,或者在木板上、石头上练习,所以也像哥哥那样擅长草书和隶书。只是颜惟贞在颜真卿三岁的时候就去世了,所以颜真卿对书法的最初接触,应该说主要是从颜元孙那里获益的。不过,颜真卿的哥哥颜允南应该是得了父亲真传的,也善草隶,代表作品有《颜真卿庙碑》。

关于颜真卿的书法成就,《新唐书》中说:"善正、草书,笔力遒婉,世宝传之。"[1] 我在书法方面几无所知,除知道他创造了"颜体"和赢得后世"学书当学颜"之外,也就听说过他的《多宝塔碑》了,所以不敢妄言。

此外,颜氏家族在训诂方面也有传承,几乎家族里的每一代都有训诂大家。因为训诂是专门的学问,并不利于普通读者的理解和接受,同时我也未必能够说清楚,所以就不再赘述了。

总之,颜氏家族儒学风气浓厚,家族成员普遍博涉群书,为人刚直,勇于担当,虽然在平时不为人所容,但是在关键时候能够维护国家尊严,体现国家精神。这一点是我们今天家风建设中值得学习的。

---

[1] 欧阳修等:《新唐书》,北京:中华书局,1975年2月,第4861页。

应念上公留凤沼
——李德裕家族

在唐朝历史上，李德裕的名字是振聋发聩的，他是杰出的政治家、文学家、战略家，牛李党争中李党的领袖人物，被誉为"万古良相"。他的祖父李栖筠、父亲李吉甫，都是朝中重臣，因此我将题目拟为"应念上公留凤沼"。"凤沼"本指凤凰池，经常用来指代朝廷。让我们先简单了解一下这个家族的文化传承，从李德裕的《长安秋夜》说起：

内宫传诏问戎机，载笔金銮夜始归。

万户千门皆寂寂，月中清露点朝衣。

（《全唐诗》，第5389页）

这只是李德裕的一个日常生活片段，从中我们能看到李德裕深得皇帝的信任，要不怎么会"内宫传诏问戎机"呢？什么是"戎机"？就是战事。《木兰诗》中有"万里赴戎机"，看来当时边关不太平。君臣谈话很融洽，这一谈就到了深夜，等到李德裕骑马走在长安的大街上时，已经是"万户千门皆寂寂"了。这首诗也能表现出李德裕的工作态度，兢兢业业，忠心耿耿。

李德裕祖孙三代都是皇帝身边的红人，政治上颇有成就，只是从李吉甫开始，家里就不以考进士为重了，而且就是因为他们对进士的认识，导致了著名的牛李党争。

三代倾心为庙堂

谈李德裕的家族先从他祖父李栖筠说起。李栖筠从小就气度轩昂，与别的孩子不一样，很稳重，话不多，但是爱读书，知识渊博，被族人李华认为有王佐才，将来是干大事的人。不过，李栖筠刚开始并不热心官场，后来在李华的反复劝说下才赶到京城参加进士科考试，而且"俄擢高第"①。这是天宝七载（748）的事情。从此以后，李栖筠走上了仕途。

我们都知道，天宝年间玄宗皇帝满心满眼只有杨玉环，对朝政国事大甩手，先是让口蜜腹剑的李林甫全权处理，搞得鸡飞狗跳；然后又让杨玉环的堂哥杨国忠接手，更是乌烟瘴气，民怨沸腾。在这种情况下，藩镇势力发展迅速，特别是范阳节度使安禄山，在朝中装傻卖萌，认杨玉环为干娘，哄得智商急剧下降的玄宗皇帝哈哈笑。实际上安禄山狼子野心，肚子里一直没憋好屁，最终发动了震惊历史的"安史之乱"。

"安史之乱"爆发的时候，李栖筠正在安西节度使封常清手下任监察御史兼行军司马，他就在封常清被召回的情况下，果断率领七千精锐赶到灵武去救驾，当时肃宗就在灵武。因为护驾有功，李栖筠被肃宗封为殿中侍御史，这也为他此后在政坛上打下了很好的基础。李栖筠因为自身能力强及好友李岘的提携，声望越来越高，多次被提拔。尤其在处理关中水利时，不仅让老百姓有了希望，"民赖其入"，而且使国家"岁得租二百万"，大家都觉得李栖筠有当宰相的才能，"魁然有宰相望"②。

李栖筠的声望让有些人害怕了。谁呢？当时在任的宰相元载。夸李栖筠有宰相的才能，不就是讽刺元载失职吗？就这样，"元载忌之，

---

① 欧阳修等：《新唐书》，北京：中华书局，1975年2月，第4735页。
② 欧阳修等：《新唐书》，北京：中华书局，1975年2月，第4736页。

出为常州刺史",把李栖筠远贬他乡。不过,是金子总会发光的,李栖筠在常州任上,成绩卓著。主要表现在三个方面:一、养民。通过兴修水利工程,开凿沟渠,引长江水灌溉农田,使得农业丰收,避免了"编人死徙踵路"的惨象。二、平乱。宿贼张度一向是官府的一块心病,占据阳羡西山为害州郡,虽然此前官府屡次围剿,但总以失败告终,李栖筠毕竟是经历过"安史之乱"这种大场面的,在他的带领下,张度的党羽被全部消灭,老百姓过上了"里无吠狗"的太平日子。三、兴学。有吃有喝,生活太平了,就得追求进步。李栖筠开始把注意力放在了教育上,在学堂上画《孝友传》,用来教化学子,还举行乡饮酒礼,向百姓展示对读书人的尊重,从而使"人人知劝",起到移风易俗的作用。由于这些功绩,朝廷对李栖筠越发重视,不仅封他为银青光禄大夫,而且还有爵位,封赞皇县子,他的一个儿子也因此当了官。

一来李栖筠有勤王救驾之功和治理地方的才能,二来元载为相期间过于骄横,所以代宗皇帝总想着让李栖筠到身边帮助自己。两个人第一次见面,李栖筠不卑不亢,分析事情头头是道,代宗高兴得不得了,于是直接封他为御史大夫。李栖筠这个人从小就"庄重寡言",为人刚直,"素方挺,无所屈"[1],权贵们拿他没招,于是再干什么事的时候就会有所忌惮。

可是,李栖筠越是这样,元载越讨厌他,想办法给他穿小鞋,在规则之内用合理的办法对他做让人窝火的事情。这样就出现了"帝比比欲召相,惮载辄止"的局面,不过"有进用,皆密访焉",在用人方面,皇帝总是暗中请教,目的是希望"多所补助"。李栖筠也够郁闷的,皇帝给了他希望,但是没有给他预期的结果,心中忧愤不已,五十八岁就死了。李栖筠没有当上宰相,他的儿子李吉甫和孙子李德

---

[1] 欧阳修等:《新唐书》,北京:中华书局,1975年2月,第4737页。

裕实现了他的人生愿望,而且李吉甫被誉为"元和名相",李德裕被誉为"万古良相"。

李吉甫没有走常规的科举道路,因为父亲李栖筠的功绩,李吉甫做了左司御率府仓曹参军,二十七岁那年又当上了太常博士。李吉甫有个特长,"该洽多闻,尤精国朝故实,沿革折衷"①,所以受到上级的器重,比如李泌、窦参,关键是受到了唐德宗的肯定。昭德皇后驾崩,如何处理这件事成了难题,原来自天宝后皇后就是个虚位,所以大家都没有经验。在这种情况下,"该洽多闻"的李吉甫有了施展才能的机会,"吉甫草具其仪",把皇后下葬的礼仪给列了出来,"德宗称善"。

李吉甫受李泌、窦参器重被陆贽误认为是结党营私,于是李吉甫被外放为明州长史。后来李吉甫还做过忠州刺史、柳州刺史、饶州刺史。一直到宪宗皇帝即位,李吉甫才回到了朝中,被招入翰林院,担任中书舍人。在这期间,李吉甫的才能得到了显现。李锜任职浙西的时候,想通过贿赂朝中权贵达到让朝廷把盐铁的开采和专卖权给他,同时把宣州、歙州划归自己管辖的目的。拿人手短,吃人嘴软,得了李锜好处的人就在皇帝跟前游说。宪宗向李吉甫请教该怎么处理这件事。李吉甫回答说:"当年就是因为韦皋不缺钱,所以他死后才导致其心腹刘辟敢发动叛乱。李锜不想听朝廷调度已经表现出来了,如果再批给他盐铁权,为他增加经济实力,只能加快他造反。"宪宗觉得李吉甫说得有理有据,毕竟有刘辟的前车之鉴,于是驳回说客们的请求,"乃以李巽为盐铁使"②。从这件事来看,李吉甫的政治才能已经表现得很突出了。

李吉甫还有极高的军事才能。高崇文在入川平叛攻打鹿头关时,

---

① 刘昫等:《旧唐书》,北京:中华书局,1975年5月,第3992页。
② 欧阳修等:《新唐书》,北京:中华书局,1975年2月,第4738页。

一直拿不下来，严砺希望能从并州调兵攻打鹿头关，自己与高崇文分别从果州、阆州攻打渝州、合州。李吉甫认为，这个方案是错误的，他认为历史上有五次伐蜀，分别是汉伐公孙述，晋伐李势，宋伐谯纵，梁伐刘季连、萧纪，其中四次都是沿江而上。而且宣州、洪州、蕲州、鄂州的军事发达，强弓劲弩，号称天下精兵，"请起其兵捣三峡之虚，则贼势必分，首尾不救"，可以让宣、洪、蕲、鄂军直捣三峡腹心，叛军必会分散兵力，前去救援。这个时候高崇文也会担心水军成功，使他失去建功的机会而斗志高扬。李吉甫的建议得到了宪宗的采纳，果然平乱取得了胜利。取得军事胜利后，李吉甫又建议让高崇文管理西川，严砺管理东川，这样东、西两川可以互相制衡。宪宗皇帝再次采纳了李吉甫的建议。

突出的政治才能是担任要职的重要前提。元和二年（807），李吉甫被任命为中书侍郎、同中书门下平章事，这也就是宰相了。任宰相期间，李吉甫在处理藩镇问题上又取得了突出成绩。他建议加强对藩镇所管辖的州郡的权力，同时禁止州刺史擅自谒见本道节度使，这无疑就在一定程度上架空了藩镇节度使。削弱了节度使的权力，自然也就增强了朝廷的权威性，所以宪宗皇帝对李吉甫越发倚重。

李吉甫因为处理李锜事件还被封为赞皇县侯，比他父亲李栖筠的赞皇县子等级高。李吉甫早就发现镇海节度使李锜有反叛的迹象，为了降低造反所造成的损害，李吉甫"劝帝召之"，把李锜召回京城加以控制。结果没想到，朝廷三次派人对李锜征召，李锜都以有病拒绝了，这就是尾大不掉。不来就不来呗，李锜还以重金贿赂朝中权贵为自己说情，劝皇帝让他留在藩镇。

没过多久，李锜就发动了叛乱，宪宗紧张了。李吉甫说："锜，庸材，而所蓄乃亡命群盗，非有斗志，讨之必克。"[1]李吉甫认为，李锜就是个庸才，他手下的人都是些亡命群盗，不会有什么斗志，只要朝廷的正义之师一到，必然势如破竹。这就给宪宗吃了平叛的定心丸。用哪里的兵执行平叛任务呢？李吉甫又说了："昔徐州乱，尝败吴兵，江南畏之。若起其众为先锋，可以绝徐后患。韩弘在汴州，多惮其威，诚诏弘子弟率兵为掎角，则贼不战而溃。"李吉甫的意思是，派一向为江南藩镇所畏惧的徐州军和汴州军参与平叛，先从心理上震慑叛军。宪宗同意，徐州兵、汴州兵闻令而动。果然如李吉甫所料，李锜的部下一看是徐州兵和汴州兵，知道了朝廷的必胜之心，于是就发生了内讧，主动杀了李锜投降。这就是不战而屈人之兵。

李吉甫的雷厉风行，得罪了不少人，甚至原本关系很好的朋友也有事没事老盯着他，这让李吉甫很被动。李吉甫便主动辞去相位，出镇淮南，唐宪宗亲自为他践行，这也说明皇帝对他的倚重。李吉甫在淮南任职三年，一心为国，不是指陈朝政得失，就是论列军国利害。所以元和六年（811）李吉甫又被宪宗召回朝任宰相，而且进爵赵国公。第二次为相期间，宪宗对李吉甫多少有些不放心了，或许是为了避免以前发生的宰相骄横事件，他又提拔李绛为相，用来制衡李吉甫。比如，在魏博节度使的安排问题上，李吉甫主张薛平继任，李绛则极力反对，最后宪宗采纳了李绛的意见。虽然如此，李吉甫依旧倾心朝廷，处处以国事为重。

元和九年（814），淮西节度使吴少阳因病去世，儿子吴元济请求子承父业，李吉甫认为不可，主张趁机出兵收取淮西。宪宗也是这么想的，就把这个任务交给了李吉甫。但是没想到当年十月，李吉甫突然去世，宪宗很是伤心。太常博士为李吉甫拟的谥号为"敬宪"，但

---

[1] 欧阳修等：《新唐书》，北京：中华书局，1975年2月，第4740页。

是度支郎中张仲方认为不合适，过于美化李吉甫。宪宗一气之下把张仲方训了一顿，然后赐李吉甫"忠懿"的谥号。

李吉甫的儿子李德裕被李商隐称誉为"万古良相"。李德裕和他父亲李吉甫一样，没有走科举入仕的道路，而是通过门荫补任校书郎进入仕途。由于受祖父和父亲的影响，李德裕深谙吏事，从基层一步步干起，做过幕府从事、幕府掌书记、翰林学士、中书舍人、检校礼部尚书、兵部侍郎，就这样一路走来，登上了宰相位。李德裕前期职务变动快和穆宗有关系，《新唐书·李德裕传》说得很明白："帝为太子时，已闻吉甫名，由是顾德裕厚，凡号令大典册，皆更其手。"[1]

看了《旧唐书·李德裕传》和《新唐书·李德裕传》我们不难发现，李德裕是个很务实的人。李德裕任职浙西的时候，遇到了财政困难，上一任的观察使把大量的钱用到了军队上，府库被挥霍光了，结果导致军士骄横，府库拮据。李德裕知道，遇到这样的事情抱怨是没有用的，也不能向朝廷伸手，只能自己克服困难。于是他"自检约，以留州财赡兵，虽俭而均"[2]，从自己做起，勤俭节约，尽量减少开支，把节余的财物用在军队上，虽然不多，但很平均，这样便"士无怨"。

在治理西川的时候，李德裕非常重视军事建设。当时西川刚经历南诏入侵，前一任的节度使郭钊又因为身体原因不能处理公务，导致民不聊生。这些问题是从韦皋就积下的祸端，当时韦皋和南诏关系处得太好了，不仅"倾内资结蛮好"，还"示以战阵文法"。结果到了杜元颖时，矛盾出现且一发不可收拾，南诏"长驱深入，柔剽千里"。李德裕到任之后，马上着手整顿边防："按南道山川险要与蛮相入者图之左，西道与吐蕃接者图之右。"经过考察，李德裕把当地的山川、

---

[1] 欧阳修等：《新唐书》，北京：中华书局，1975年2月，第5327页。
[2] 欧阳修等：《新唐书》，北京：中华书局，1975年2月，第5328页。

城邑、道路、关隘绘制成军事地图。不仅如此，他还摸清了对方部落的人数情况和物资供应情况，然后"召习边事者与之指画商订，凡虏之情伪尽知之"，这样就做到有备无患了。

李德裕也是两次拜相，第一次是太和七年（833）二月到太和八年（834）九月，政绩不是太明显。第二次是开成五年（840）到会昌六年（846），也是这一段时间使他赢得了"万古良相"的美誉。在第二次为相期间，他的主要政治成就有反击回鹘、平定泽潞、加强相权、抑制宦官、裁汰冗官、储备物资等。李德裕认为宰相在位应该有任期，不宜时间过长，否则极易造成不好的政治影响；他还认为"省事不如省官，省官不如省吏，能简冗官，诚治本也"，也就是应该通过精简机构、裁汰冗员提高工作效率。

在李德裕的政绩中，平定泽潞是最闪亮的一笔。会昌三年（843），泽潞节度使刘从谏病逝，他的侄子刘稹向朝廷提出要接班担任节度使。刘稹的这一想法被李德裕否定了，李德裕认为："刘从谏原本就不听朝廷调度，现在死了又把兵权交给侄子，这明显是不把朝廷放在眼里。如果答应了刘稹的要求，以后其他藩镇必然纷纷仿效，那就麻烦了。如果趁机讨伐泽潞，就能为朝廷树威。"但是当时朝中有人担心刘稹趁机造反，李德裕认为："刘稹依仗的无非是河朔三镇，只要保证魏博、成德不出兵帮助他，基本就没有问题。"怎么让魏博、成德不帮助刘稹呢？李德裕建议皇帝调他们出兵攻取山东三州，让他们分身乏术。唐武宗采纳了李德裕的建议。不过，在出兵讨伐泽潞这件事上，李德裕是顶着压力的，因为有不少人劝谏皇帝同意刘稹的要求。李德裕见此情形，表示"如师出无功，臣请自当罪戾"[①]。如果失败了，一切罪责由我一人承担。这话说得够男子汉！

---

① 刘昫等：《旧唐书》，北京：中华书局，1975年5月，第4526页。

在具体攻伐的过程中，李德裕恩威并施，奖罚并重，处理得当。当时晋绛行营节度使李彦佐行动迟缓，并请求朝廷增援，李德裕马上奏请皇帝，直接换人，由石雄取代李彦佐。王元逵进击尧山，击败叛军援兵，李德裕则立即奏请武宗，加授王元逵同平章事，以激励众将。当大家都对投降过来的昭义大将李丕抱怀疑态度时，李德裕则认识到了李丕的战略意义："打了半年仗，李丕是第一个过来投降的，不管真假都要重赏，这样有利于瓦解刘稹，会有更多人过来投降。只是对李丕的安排问题要小心，不安排重要岗位就行了。"

平定刘稹还没有获得全胜，河东又发生了动乱，河东横水戍卒发生哗变，攻占太原，驱逐了节度使李石，并推其都将杨弁为留后行使节度使职权。李德裕决定，为了防止两处用兵国力不支，先把重心放到杨弁身上，结果没想到杨弁很菜，很快就被拿下。这鼓舞了朝廷攻伐刘稹的士气。会昌四年（844）闰七月，李德裕听取降将高文端的建议，筑夹城围困潞州，断绝固镇寨水道，并招降了洺州守将王钊。八月，唐军先后收复邢州、磁州。昭义军将领郭谊、王协看败局已定，于是杀死刘稹投降。不过，李德裕很冷静地分析："泽潞叛乱的罪魁祸首不是刘稹，他年幼无知，真正的罪魁祸首是杀死刘稹的郭谊等人，他们是看势穷力孤了，为了自己的退路，为了赏赐才杀死刘稹的，像这样的人绝不能轻饶。"于是，郭谊、王协等人被石雄押送到了京城，泽潞平乱就此取得最终胜利。在平定泽潞中，"其筹度机宜，选用将帅，军中书诏，奏请云合，起草指踪，皆独决于德裕，诸相无预焉"[1]。李德裕因为平叛的功劳，进封卫国公，食邑三千户。

当李德裕荣极一时的时候，麻烦也正在悄悄靠近他。会昌六年（846），唐武宗驾崩，宦官拥立皇太叔李忱为帝，这就是唐宣宗。唐

---

[1] 刘昫等：《旧唐书》，北京：中华书局，1975年5月，第4527页。

宣宗一向不喜欢李德裕，亲政次日便免去李德裕的宰相之职。从此之后，李德裕的仕途便开始走下坡路，最后竟然在崖州司户参军的任上病死。但是不管如何，李氏三代为国事操劳，当得起"内宫传诏问戎机，载笔金銮夜始归"的荣誉。

位高不忘奖善心

李德裕家族有奖善的传统，《新唐书·李栖筠传》中有这样的记载："栖筠喜奖善，而乐人攻己短，为天下士归重。"[①] 愿意善待有长处的人，喜欢别人提出自己的不足，这样的人放在什么时候都值得尊重。《新唐书·李栖筠传》还有一段记载："又增学庐，表宿儒河南褚冲、吴何员等，超拜学官为之师，身执经问义，远迩趋慕，至徒数百人。"[②] 这是李栖筠在浙西任内的业绩，大力发展教育事业，主要表现在以下几个方面。

一、"增学庐"。什么是学庐？我们既可以理解成学校，也可以理解成学校的房舍。如果理解成学校，那就意味着多了招生点；如果理解成学校房舍，那就意味着增加了招生量，都属于对教育资源的投入。今天我们买房子，很多人首先看是不是学区房，附近有没有学校。现在好了，李栖筠"增学庐"，为更多适龄孩子创造读书条件，这是千秋功业。从古到今，地方的发展，不仅是政治和经济建设，教育建设也是重要方面。

二、"超拜学官"。有了学校就得有教学的老师，我们今天招老师不仅强调学问，还重视师德。李栖筠为了保证这两点，想到了办法，"表宿儒河南褚冲、吴何员等，超拜学官为之师"，把褚冲、吴何员

---

① 欧阳修等：《新唐书》，北京：中华书局，1975年2月，第4737页。
② 欧阳修等：《新唐书》，北京：中华书局，1975年2月，第4736页。

等人越级提升为学官。别小看了"宿儒"二字，这可是长期钻研儒家学问的老学者的称号，他们都是学有专长之人。唐朝实行科举考试，儒家经典是必读书目，《新唐书·选举制》中说：

> 凡《礼记》、《春秋左氏传》为大经，《诗》、《周礼》、《仪礼》为中经，《易》、《尚书》、《春秋公羊传》、《穀梁传》为小经。通二经者，大经、小经各一，若中经二。通三经者，大经、中经、小经各一。通五经者，大经皆通，余经各一，《孝经》、《论语》皆兼通之。[①]

有人皓首穷经却一直没有考试机会，所以沉沦草泽。李栖筠这一举措可谓一箭三雕，解决了教师问题，解决了褚冲、吴何员等人的编制和职称问题，还作了宣传——只要学有专长，就能受到社会的尊重。宝应二年（763），礼部侍郎杨绾曾向朝廷指出，进士科考试越来越重视形式，很多考生没有实际学问，"六经则未尝开卷，三史则皆同挂壁"[②]，希望能引起朝廷的注意。李栖筠马上附议，对杨绾的观点表示认同。李栖筠重视儒家学者，让学有专长的褚冲、吴何员等人有了用武之地。这不就是最直接的奖善行为吗？

三、"执经问义"。李栖筠亲自走进课堂，为学子们授课。李栖筠不只是个行政长官，还是个大学问家，《新唐书·李栖筠传》首段就说他"喜书，多所通晓，为文章劲迅有体要"[③]。李栖筠有在官场多年摸爬滚打的实践经历，对儒经的理解必然更加透彻，对一些问题的分析鞭辟入里。他能够站在讲台上，将理论与实践转化成课程，必然使学生受益匪浅，甚至能够改变其一生。也正是因为这样，才有了"远迩趋慕，至徒数百人"的效果。这对于爱学习的人来说，是更大的赏善，

---

① 欧阳修等：《新唐书》，北京：中华书局，1975年2月，第1160页。
② 刘昫等：《旧唐书》，北京：中华书局，1975年5月，第3430页。
③ 欧阳修等：《新唐书》，北京：中华书局，1975年2月，第4735页。

所以李栖筠"为天下士归重",不是没有原因的。

李吉甫在父亲的影响下也有突出的奖善表现。据《资治通鉴·唐纪五十三》记载,元和二年(807)李吉甫被任命为宰相,感动得眼泪都下来了,他对中书舍人裴垍说:"吉甫流落江、淮,逾十五年,一旦蒙恩至此。思所以报德,惟在进贤,而朝廷后进,罕所接识,君有精鉴,愿悉为我言之。"① 什么意思呢?我李吉甫长时间在江淮漂泊,竟然被皇帝如此看重,我能做的事情也就是向朝廷推举贤能了,但是那些朝廷后进,我接触得少,对他们不太了解,你裴大人在识别人才上比我高明,您得帮帮我。裴垍也不客气,拿起笔来写了三十多个人名。李吉甫真给力,几个月时间,裴垍推荐的这些人基本都得到了重用。这是李吉甫奖善的表现。可能会有人怀疑,李吉甫这样做会不会有点胡来,你又不了解,裴垍一说你就委以重任了,个人情感因素会不会太重了?司马光在《资治通鉴》中有这么一句评价"当时翕然称吉甫为得人",可见裴垍也不是个胡来的人。

李德裕也有赏善的德行,我们来讲一个他和卢肇的故事。卢肇是会昌三年(843)的状元,是一个逆袭成功的典范。卢肇考上状元就是李德裕赏善的结果。

当年和卢肇一起去考试的人有个叫黄颇的,黄颇家里富有,之前州府考试的排名比卢肇靠前。地方官为了巴结黄颇颇费心机,锣鼓喧天,大摆送行宴,弄得阵势挺大的。卢肇家里穷,之前考试成绩也一般,他这种情况去考试一般就是重在参与了,所以送行宴他连蹭饭的机会都没有。他骑着头瘸驴摇头叹息,出城十多里站在路边等候黄颇一起进京考试。结果没有想到,成绩出来后地方官被打脸了,黄颇只考了个十三名(也有的文献上说黄颇压根就没有考上,十三年后才榜上有

---

① 司马光:《资治通鉴》,北京:中华书局,1956年6月,第7639页。

名），而那个被地方官看不到眼里的寒酸卢肇竟然成了状元。

不被人看好的卢肇是怎么逆袭成功的呢？李德裕在牛李党争中一度处于劣势，被贬官到了宜春，也就是卢肇的老家。因为特殊的身份，大家都躲着李德裕，唯恐引火烧身给自己带来诸多不便。卢肇当时作为一介布衣没管那么多，一心想让李德裕帮着自己指点一下文章写作，于是就带着自己的习作请教李德裕。这个看似不起眼的行为让被贬的李德裕感到了人情的温暖，这是眼前这个年轻人对自己的尊重。我们常说"疾风知劲草"，越是处于人生低谷的时候，越是能够发现谁是真朋友。于是李德裕对卢肇另眼相看，真心实意帮他指点文章。这样一来二去，卢肇就成了李德裕的座上客。李德裕非常欣赏卢肇的才华，慢慢两个人就成了好朋友。甚至到后来，卢肇再去李德裕的家里请教，李德裕总是让他脱掉外罩，自由自在交谈。这足以说明李德裕不把卢肇当外人。

后来，李德裕再次入朝为相，正赶上卢肇参加考试，那您想李德裕能不帮忙吗？按照当时的传统，每年向社会公布录取结果之前，主考官都要拿着录取名单去找宰相，让他看看有没有不合适的地方。当年的主考官是王起，宰相是李德裕。当王起向李德裕请示时，李德裕说："这还用问我吗？你像那个卢肇、丁稜，还有姚鹄这三个人是不是该录取了呢？"王起一听明白了，回去按照宰相李德裕说的顺序，录取了这三个人，而且还将卢肇和丁稜定为第一名和第二名。卢肇能考上状元完全得益于宰相李德裕，而李德裕之所以这么做，也是为了赏善。或许您会觉得这么严肃的考试怎么能把人情放在首位呢，其实卢肇是有才能的，当得起这个状元。录取后没几天，卢肇和李德裕的关系就传到社会上了，可是没有一个人指责李德裕做得不对，大家都觉得主考官录取公平。李德裕对卢肇的赏善包括两个层面的意思：一是好人应该有好报，能在那个时候坚持和自己交往，这就是值得信赖一辈子的朋友，是有好人品的，得帮；二是能够把自己的文章拿出来让人指摘，是自信的一种表现，也只有这样才能取得更大的进步，形成自己卓然不群的文品，也得帮。

李德裕也并非只提携了卢肇，他在任上的时候，经常提拔出身贫寒的读书人，因此深受读书人的爱戴。《唐摭言》中有这样一条记载："李太尉德裕颇为寒畯开路，及谪官南去，或有诗曰'八百孤寒齐下泪，一时南望李崖州'。"[①] 李德裕被贬到崖州时，很多读书人为他伤心流泪。李商隐的《锦瑟》诗中有一句"沧海月明珠有泪"，有人解释说这便是李商隐对李德裕的倾仰。

党争之怨指文才

说到李德裕我们就绕不开"牛李党争"，这是唐朝历史上著名的朋党之争，牛党领袖是牛僧孺、李宗闵，李党领袖是李德裕、郑覃。两党之间互相压制，水火难容，以至于唐文宗慨叹"去河北贼易，去朝中朋党难"。"牛李党争"并不是两个人之间的矛盾，而是两个政治利益集团的斗争，或者说是以进士为代表的文学集团和以门第为代表的经学集团之间的交锋，且积怨已久。

李栖筠是进士出身，而且是高第，可是他的儿子李吉甫和孙子李德裕都没有参加进士科考试。李栖筠虽然是进士出身，但他深刻意识到进士科的弊端，所以当礼部侍郎杨绾在《条奏选举疏》中指出进士科"递相党与，用致虚声，六经则未尝开卷，三史则皆同挂壁"时，他马上附议。李栖筠也觉得进士科考生过于注重文章的形式美，没有实际才能，一到具体事务上就露出了短板，这不利于推行先王之道。

---

① 王定保：《唐摭言》，上海：上海古籍出版社，2012年8月，第49页。

李栖筠的这种认识是为国家考虑的，同时也影响到了对家族子弟的教育。家族开始更注重实际才能的培养。

李吉甫和李德裕是凭着门荫入仕的。入仕后，他们确实是依靠自己的真才实学官至极品，这使他们特别重视有实才的人。《新唐书》中记载："自王叔文时选用猥冒，吉甫始薄其员，人得叙进，官无留才。"[1]王叔文是永贞革新运动的领袖人物之一，他起用了如刘禹锡、柳宗元等文学之士，可是李吉甫却认为这些人"猥冒"，就是杂而滥。当然，他的这种言论可能不是指向刘禹锡和柳宗元的，但是必然会让文学之士不舒服。元和三年（808），在贤良方正能直言极谏科考试中，考生牛僧孺、皇甫湜、李宗闵就对朝政进行了批判，当时留存下来的唯一的皇甫湜的策论中有一句"今宰相之进见亦有数，侍从之臣皆失其职"[2]。当时的宰相就是李吉甫，这无疑是对李吉甫执政能力的质疑和否定，所以李吉甫和牛僧孺、皇甫湜、李宗闵等人结下了梁子。

到了李德裕时代，矛盾大爆发。首先李德裕的学问主要侧重实用，《旧唐书》中说李德裕"苦心力学，尤精《西汉书》、《左氏春秋》"[3]，《西汉书》就是《汉书》，其中充满了治国的智慧；《左氏春秋》也是极其注重实用性的。

李德裕强调："臣祖天宝末以仕进无他岐，勉强随计，一举登第。自后家不置《文选》，盖恶其不根艺实。然朝廷显官，须公卿子弟为之。何者？少习其业，目熟朝廷事，台阁之仪，不教而自成。寒士纵有出人之才，固不能闲习也。则子弟未易可轻。"[4]李德裕的态度再明朗不过了，这样必然会让苦战文场的考生们心理不平衡，从内心深处

---

[1] 欧阳修等：《新唐书》，北京：中华书局，1975年2月，第1169页。
[2] 孟二冬：《登科记考补正》，北京：北京燕山出版社，2003年7月，第723页。
[3] 刘昫等：《旧唐书》，北京：中华书局，1975年5月，第4509页。
[4] 欧阳修等：《新唐书》，北京：中华书局，1975年2月，第1169页。

对公卿子弟产生厌恶甚至敌对情绪，所以当这些人掌握权力，必然会想方设法打击那些"少习其业，目熟朝廷事"的公卿子弟。这就是"牛李党争"的矛盾根源。

太和四年（830），李宗闵引荐牛僧孺为宰相，凡是和李德裕关系好的官员，都被排挤出朝廷。太和六年（832），唐文宗召李德裕入朝拜为兵部尚书，同时将牛僧孺罢为淮南节度使，矛盾又有所加深。后来李德裕也曾经有过出镇淮南的经历，而且接替的就是牛僧孺。牛僧孺将军府事务交给副使张鹭，当时淮南府库原有八十万缗钱，李德裕奏称只余四十万，被张鹭用去一半。我们基本可以肯定，李德裕所说的话是真的，但因为李德裕与牛僧孺有矛盾，所以李德裕此举让人浮想联翩。牛僧孺向唐文宗申诉，称李德裕挟怨中伤自己，这就是给李德裕设了个套。

太和七年（833）二月，李德裕拜相，没过多久唐文宗又免去李宗闵的宰相之职，让李德裕接任中书侍郎、集贤殿大学士，李宗闵因此恨得牙根痒痒。太和八年（834）九月，李宗闵又被召回京师拜为宰相，而李德裕则被罢为兴元节度使。李德裕向皇帝表示不愿意到藩镇去工作，可是李宗闵却说诏令已经下发，不宜更改。没过多久，李德裕又被改任检校尚书左仆射、润州刺史、镇海军节度使、苏常杭润观察使等，再次出镇浙西。

据《资治通鉴》记载，李德裕和李宗闵其实有和解的机会。太和六年（832）李德裕担任兵部尚书时，京兆尹杜悰向李宗闵建议与李德裕修好，毕竟皇上是把李德裕作为宰相候选人的。怎样修好呢？杜悰说："德裕有文学而不由科第，常用此为慊慊，若使之知举，必喜矣。"李德裕擅长文学，却不是科举出身，这让他觉得很没有面子，如果让他主持科考，他肯定会喜出望外。这就等于给李德裕找个弥补遗憾的机会，李宗闵不同意。杜悰又建议李宗闵推荐李德裕为御史大夫，这次李宗闵同意了。杜悰便把这一喜讯告诉了李德裕,"德裕惊喜泣下",托杜悰转达对李宗闵的谢意。但是,"宗闵复与给事中杨虞卿谋之,事遂中止",就这样他们错过了和解的机会。所以,牛李两党不管是哪一派在台上,都会把曾经受的欺负变本加厉地还回去。

实际上李德裕和他祖父、父亲对进士科有意见,是埋怨那些进士在治国理政才能上有短板,不是对他们的文学才能进行批判。李栖筠在天宝年间进士高第,当时进士科已经推行很久了,诗赋考试也已成熟。李栖筠在写文章方面是一把好手,"为文章劲迅有体要",虽然《全唐诗》中只有两首他的诗歌,但已经能窥见一二了。比如《投宋大夫》:

　　十处投人九处违,家乡万里又空归。
　　严霜昨夜侵人骨,谁念高堂未授衣。

(《全唐诗》,第2246页)

这首绝句写出了诗人内心的纠结,到处干谒到处吃闭门羹,可想心情有多么失望,越是功业难成,越是思念家乡,因为那里是自己心灵的港湾。夜深人静之时,诗人顶着沁骨的严霜,想念着家里的亲人,但是家乡万里又不忍空归,那样将有负高堂。一边是前途无望,一边是内心愧疚,感人肺腑,不忍卒读。

李吉甫最大的文学成就或者学术成就算是《元和郡县图志》了,《元和郡县图志》的出版"前言"中说,这是"我国现存最早又较完整的地方总志","是正史地理志的扩充","在某些方面又超越于《括地志》的内容形式,为后来的《太平寰宇记》等书开创了先例"[①]。《全唐诗》中有李吉甫4首诗,是他父亲的两倍。我们欣赏一下他的《怀伊川赋》:

　　龙门南岳尽伊原,草树人烟目所存。

---

① 李吉甫:《元和郡县图志》,北京:中华书局,1983年6月,第1页。

正是北州梨枣熟，梦魂秋日到郊园。

（《全唐诗》，第 3581 页）

　　这也是一首绝句。李吉甫在洛阳伊川有一处别业，这里地处龙门附近，龙门的景色一向是很美的，韦应物在《龙门游眺》中有"佳气生朝夕"的赞叹，李吉甫在此卜居，看来是很有眼光的。这里不仅草树繁茂，民风古朴，而且能满足一个吃货的需要，因为有很多水果。李吉甫当时写这首诗时，正是北方"梨枣熟"的季节，想想到处飘着水果的香气，就让人魂牵梦绕。或许是日有所思夜有所梦吧，李吉甫"梦魂秋日到郊园"，思乡有可能就是味蕾的蠕动，这首诗写得情真意切。

　　杜悰想调解李宗闵和李德裕的矛盾，说"德裕有文学"。《旧唐书·李德裕传》中提到一件事，能看出李德裕的文学水准。唐敬宗有点荒废朝政，亲近小人，一个月上不了两三次朝，大臣们也进不了言，问题很严重。李德裕当时身在藩镇，但是他却倾心王室，"遣使献《丹扆箴》六首"[1]。李德裕的目的是要指出敬宗的毛病，但还不能惹皇帝生气，于是就在文体和措辞上下了一番功夫："《宵衣》，讽坐朝稀晚也；《正服》，讽服御乖异也；《罢献》，讽征求玩好也；《纳诲》，讽侮弃谠言也；《辨邪》，讽信任群小也；《防微》，讽轻出游幸也。"[2] 看到这些文字，唐敬宗手诏回复称赞李德裕是"文雅大臣"。

　　我们翻开《全唐诗》会发现，李德裕有 136 首诗歌，数量上甩他祖父和父亲几条街。这里欣赏一下他的《汨罗》：

　　　　远谪南荒一病身，停舟暂吊汨罗人。
　　　　都缘靳尚图专国，岂是怀王厌直臣。
　　　　万里碧潭秋景静，四时愁色野花新。

---

[1] 刘昫等：《旧唐书》，北京：中华书局，1975 年 5 月，第 4514 页。
[2] 刘昫等：《旧唐书》，北京：中华书局，1975 年 5 月，第 4516 页。

不劳渔父重相问，自有招魂拭泪巾。

(《全唐诗》，第5415页)

这首诗是李德裕在贬谪途中写的，来到汨罗江，他想到了曾经为国呕心沥血最终却自沉汨罗而死的屈原。屈原当年之所以会有如此的遭遇，不是楚怀王讨厌屈原，实在是"靳尚图专国"。再想想自己，又何尝不是如此呢？自己的被贬不也是政敌们为了把持朝政吗？当年屈原在流放时遇到了一个渔父，劝屈原难得糊涂，不如归隐江湖，但屈原没有那么做。我李德裕能随渔父而去吗？一句"自有招魂拭泪巾"表明了决心，还是以漫漫求索的屈原为榜样吧。这首律诗有对屈原的礼敬，有对"靳尚"们的抨击，有对渔父的不屑，将历史往事与自己的遭遇融为一体，字里行间让人感到了笔墨的温度。读者心随诗动，掬一把泪，为屈原，亦为李相。

这就是李德裕祖孙三代的文化传承，传承的是为国为民的社会责任，传承的是奖善的胸襟和眼光，当然也有对家风内涵的凝练。

世敦儒业为民生
——白居易家族

白居易有"诗魔"和"诗王"之称,如果唐朝要选出来三位对后世影响深远的诗人的话,白居易恐怕是要名列其中的。据《旧唐书·白居易传》中讲,白居易的祖上数朝为官。白居易是白建的仍孙,白建是北齐五兵尚书;白建生白士建,白士通做过利州都督;白士通生白志善,白志善任尚衣奉御,专职为皇帝管理衣物;白志善生白温,白温任检校都官郎中;白温生白锽,白锽历任酸枣、巩县县令;白锽生白季庚,白季庚是白居易的父亲,他先后任彭城令、朝散大夫、大理少卿、徐州别驾等。"自锽至季庚,世敦儒业,皆以明经出身"[1],《旧唐书》中的这句话最能概括白居易的家风了。"世敦儒业"是要求子孙积极入仕,做官期间能够为君为民,直言敢谏,心怀苍生,另外注重个人修为。白居易是不是这么传承的呢?

朝中敢诤谏

白居易的祖上一直都是当官的,所以这也会影响到白居易。特别是他父亲白季庚劝说李洧归顺朝廷这件事,成为当时的美谈。据《旧

---

[1] 刘煦等:《旧唐书》,北京:中华书局,1975年5月,第4340页。

唐书·白居易传》记载，白季庚任彭城县令时，"李正己据河南十余州叛"①，白季庚就找到了李正己的同宗李洧，李洧当时担任徐州刺史。白季庚向李洧晓以利害，劝李洧不要干傻事。李洧听了白季庚的劝说，二人一起坚守徐州四十余天，最终取得胜利。白季庚因功被"授朝散大夫、大理少卿、徐州别驾，赐绯鱼袋，兼徐泗观察判官"②。这件事对白居易影响很大，白居易心目中官员应有的形象就是他的父亲，白居易把自己的父亲作为榜样。

贞元十六年（800），白居易参加了科举考试，成了那一年年龄最小的成功者，取得官身。据王定保《唐摭言》记载，在同年们的推举下，白居易负责在慈恩塔下题名，他很得意地说："慈恩塔下题名处，十七人中最少年。"③这也确实是值得高兴值得嘚瑟的一件事，因为白居易这一年二十八岁，这在那个"三十老明经，五十少进士"的年代是很难得的。到了贞元十九年（803），白居易又参加了吏部的书判拔萃科考试，被任命为秘书省校书郎，这就算正式进入官场了。三年后元和元年（806），宪宗皇帝举行制科考试，白居易又参加了才识兼茂明于体用科，考了个第四等，被任命为盩厔县尉、集贤校理。这是让白居易一直很得意的事情，他曾经不无骄傲地说："十年之间，三登科第，名入众耳，迹升清贵。"

白居易进入官场之后，表现出了与众不同的品质。他曾经在《代书诗一百韵寄微之》诗中讲"养勇期除恶，输忠在灭私"（《全唐诗》，第4825页），这两句诗为我们塑造了一个公而忘私的廉吏形象。白居易还写过一首《折剑头》：

---

① 刘昫等：《旧唐书》，北京：中华书局，1975年5月，第4340页。
② 刘昫等：《旧唐书》，北京：中华书局，1975年5月，第4340页。
③ 王定保：《唐摭言》，上海：上海古籍出版社，2012年8月，第28页。

> 拾得折剑头,不知折之由。
>
> 一握青蛇尾,数寸碧峰头。
>
> 疑是斩鲸鲵,不然刺蛟虬。
>
> 缺落泥土中,委弃无人收。
>
> 我有鄙介性,好刚不好柔。
>
> 勿轻直折剑,犹胜曲全钩。

(《全唐诗》,第4660页)

白居易捡到一个折剑头,由此展开联想,到底是怎么折断的呢?可能是"斩鲸鲵"导致折断,要不然是"刺蛟虬"使然?诗人赋予了这把宝剑极高的作用,这不是一般的用作装饰的佩剑。可是现在这个折剑头被人遗忘了,这句话暗喻朝中直言敢谏的官员太少了。想到这种情形,白居易表示自己的性格是"好刚不好柔",他决定向折剑头学习"勿轻直折剑,犹胜曲全钩",发扬宁折勿弯的刚直精神。

《旧唐书·白居易传》中有这么一段,非常值得注意:

> 自雠校至结绶畿甸,所著歌诗数十百篇,皆意存讽赋,箴时之病,补政之缺,而士君子多之,而往往流闻禁中。章武皇帝纳谏思理,渴闻谠言,二年十一月,召入翰林为学士。三年五月,拜左拾遗。居易自以逢好文之主,非次拔擢,欲以生平所贮,仰酬恩造。[①]

这段话是什么意思呢?白居易平时通过诗歌针砭时弊,对政治建设起到了补正的作用。这些诗歌后来被章武皇帝唐宪宗知道了,宪宗愿意听直言,就先把白居易召为翰林学士,又任他为左拾遗。白居易觉得自己被越级提拔,是因为遇到伯乐了,就想把自己多年所学都用来报答宪宗的知遇之恩。

---

① 刘昫等:《旧唐书》,北京:中华书局,1975年5月,第4340页。

白居易一上任就给皇帝写了一封奏疏，其中很明确地说：

> 今陛下肇临皇极，初受鸿名，夙夜忧勤，以求致理。每施一政、举一事，无不合于道、便于时者。万一事有不便于时者，陛下岂不欲闻之乎？万一政有不合于道者，陛下岂不欲知之乎？倘陛下言动之际，诏令之间，小有阙遗，稍关损益，臣必密陈所见，潜献所闻，但在圣心裁断而已。①

白居易说，皇帝您刚即位，整天劳心劳力，想尽办法让天下政通人和，所以每办一件事都需要合道便时。可是假如万一出现事与愿违的情况，您自己又觉察不出来，就不想让别人指出来吗？假如真的出现这种情况，我一定会向您指出来的。但您尽管放心，我不会让您没有面子，不会在大庭广众之下让您下不来台，我会"密陈""潜献"，尽可能不声不响地给您说。从这段话里能感觉出来，白居易的语言艺术是相当了得的，既向皇帝表示自己会忠于职守，又向皇帝言明自己的工作方法，争取给皇帝留个好印象。白居易刚任拾遗时，还写了一首《初授拾遗》诗，诗是这样的：

> 奉诏登左掖，束带参朝议。
> 何言初命卑，且脱风尘吏。
> 杜甫陈子昂，才名括天地。
> 当时非不遇，尚无过斯位。
> 况余寒薄者，宠至不自意。
> 惊近白日光，惭非青云器。
> 天子方从谏，朝廷无忌讳。
> 岂不思匪躬，适遇时无事。
> 受命已旬月，饱食随班次。

---

① 刘煦等：《旧唐书》，北京：中华书局，1975年5月，第4342页。

谏纸忽盈箱，对之终自愧。

(《全唐诗》，第4658页)

拾遗官虽然只是七八品，但是意义重大，可以"奉诏登左掖，束带参朝议"，是皇帝身边的人，有点类似今天的监察官。当年"才名括天地"的杜甫与陈子昂，虽遇到了明主，也无非做到拾遗官。这么一比，白居易发现"宠至不自意"，我怎么运气这么好呢！没有一点思想准备就"惊近白日光"，到了皇帝身边了，原来是因为"天子方从谏，朝廷无忌讳"。自己一定会尽智竭忠报圣朝，当然更希望朝中无事，自己无所事事。白居易上任一个月了，除了吃还真就没事，所以诗人在结尾处说"谏纸忽盈箱，对之终自愧"。其实白居易不用"自愧"，因为他让盈箱的谏纸派上了用场。

我们这里来举几个例子吧。魏征的后代有不成器的，把祖宅给卖了，淄青节度使李师道想为魏征的子孙赎宅。白居易向皇帝进谏说："魏征是太宗的宰相，他建正室的木材是太宗皇帝赐给他的盖大殿的木材，这与一般的宅子意义是不同的。子孙们想赎回钱又不够，我觉得应该由宫中拿这个赎金，如果让李师道把这件事给办了，那就是打了皇帝您的脸了！"宪宗觉得有道理。从这件小事可以看出白居易看得要更远一点。

一次，宪宗想起用王锷任宰相，原因是王锷每次进奉多。白居易向宪宗谈了自己的意见："宰相是皇帝您的左膀右臂，只有贤良的人才能担此重任。王锷极力搜刮民财，进奉上来讨好您，他在老百姓那里名声很差。如果您任命王锷为宰相，这就向其他节度使释放了一个信号，大家可以向王锷学习，也通过盘剥百姓献给皇帝来获得高官厚禄。如果是这样，朝廷不就乱套了吗？所以陛下，这看着是一个任命，实际上是一个导向问题，如果真的任命王锷为宰相，肯定会造成朝廷风不清气不正的局面。"白居易的话是掏心掏肺啊，宪宗皇帝听得出来，王锷自然没能当上宰相。

后来白居易虽然不当左拾遗了，但他依旧保持着谏官的品质。元和十年（815）七月，发生了一件震惊朝廷的大事，地方造反势力派人刺杀了宰相武元衡。身为赞善大夫的白居易第一个站出来，他认为这是朝廷的耻辱，应该马上捕盗抓贼。其实就岗位职责来说，这件事和白居易没有一毛钱的关系，他大可以袖手旁观，充耳不闻。但是多年的谏官生涯让他眼里容不下沙子，所以对看不惯的事情他一定会毫不客气地指出来。可是，这样就让该说话还没说话的人不舒服了，一直对白居易怀恨在心的人就趁机指责白居易。有人说白居易的母亲是因为看花的时候掉井里淹死的，而白居易竟然写过《赏花》和《新井》两首诗，这哪里是一个孝子该做的事情啊！就这样，白居易被贬江州。

惟歌生民病

白居易被人对付，真正的原因并不是他在武元衡被杀这件事情上首先站出来发言，也不是因为他写了《赏花》和《新井》两首诗，真正的原因还是他的诗文刺到了一些人的痛处，影响到了他们的既得利益。所以，对于那些人来说，必须踢开白居易这个绊脚石。他们只是需要一个借口罢了！

在那个时代，千里做官只为吃穿，这是很多人的理念。但是白居易却反其道而行之，处处为百姓着想。他用大量的诗歌去描写底层百姓的痛苦，自然也对官场进行无情的批判。他在《重赋》中心痛地描写了底层百姓的集体形象：

幼者形不蔽，老者体无温。

悲喘与寒气，并入鼻中辛。

（《全唐诗》，第4674页）

不管老幼，衣不蔽体，食不果腹。"足蒸暑土气，背灼炎天光"（《观刈麦》，《全唐诗》，第4656页），受苦是他们的事；"愿易马残粟，救此苦饥肠"（《采地黄者》，《全唐诗》，第4666页），挨饿是他们的事。所以虽然身在官位却没有泯灭良心的白居易在《夏旱》中认为"嗷嗷万族中，唯农最苦辛"（《全唐诗》，第4667页）！白居易对百姓越有温度，就意味着对官场了解得越有深度。比如两税法，用现钱代替实物，一年缴两次，这明明就是想办法坑老百姓嘛！"私家无钱炉，平地无铜山"（《赠友》，《全唐诗》，第4677页）土里刨食的老百姓去哪里弄钱啊？于是只能"贱粜粟与麦，贱贸丝与绵"，把自己的东西低价卖出去还钱，这样的结果必然是"岁暮衣食尽，焉得无饥寒"，"使我农桑人，憔悴畎亩间"。

在当时，不管什么事只要一牵涉到皇帝，那就等于是捅了天了，谁要过问那就等于是作死，但白居易还真是一个敢作死的人。我们这里拿"宫市"和"进奉"为例。说到宫市，肯定不少人心目中马上想到了那首经典的《卖炭翁》：

> 卖炭翁，伐薪烧炭南山中。
> 满面尘灰烟火色，两鬓苍苍十指黑。
> 卖炭得钱何所营，身上衣裳口中食。
> 可怜身上衣正单，心忧炭贱愿天寒。
> 夜来城上一尺雪，晓驾炭车辗冰辙。
> 牛困人饥日已高，市南门外泥中歇。
> 翩翩两骑来是谁，黄衣使者白衫儿。
> 手把文书口称敕，回车叱牛牵向北。
> 一车炭，千余斤，宫使驱将惜不得。
> 半匹红纱一丈绫，系向牛头充炭直。

（《全唐诗》，第4704页）

诗中的老人长年累月在南山"伐薪烧炭",以至于"满面尘灰烟火色,两鬓苍苍十指黑",这不只是岁月的印痕,更是工作的记忆。老人之所以如此疲于烧炭,为的是能够吃饱穿暖,这是最简单的生活诉求。虽然老人穿得很单薄,但他竟然还希望温度再低一点,因为只有这样他的炭才能卖个好价钱。天公不作美,老人要去城里卖炭,竟然下起了厚厚的雪,牛困人饥总算到了市南门外。正在休息的时候,"黄衣使者白衫儿"翩翩来到了车前,他们以皇帝的命令要强行把炭拉走。这是老人一年的劳动,这是老人一家一年的指望,可是面对着宫使又能如何?老人需要的是果腹的食物和御寒的衣物,那是需要银子去买的,但宫使给的不是银子,而是"半匹红纱一丈绫,系向牛头充炭直"。两句诗,把宫使巧取豪夺的本质揭露了出来。通俗的语言,让我们看到了宫使的无耻和卖炭翁的无奈。白居易为我们展示的只是一个片段,或许在长安的大街小巷,每天都在上演着同样的故事。所以,白居易的诗歌成了匕首投枪,直刺宫市的利益获得者。

进奉也是一种弊政,地方官为了自己的前途,极尽盘剥百姓之能事,想尽办法搜刮民财,然后送到京城巴结皇帝,还美其名曰"奉余"。前面提到的王锷就是这种人,深得皇帝喜爱,差一点儿当上了宰相。白居易对这种现象也毫不留情地进行了批判,这就是流传千古的《红线毯》:

> 红线毯,择茧缫丝清水煮,拣丝练线红蓝染。
>
> 染为红线红于蓝,织作披香殿上毯。
>
> 披香殿广十丈余,红线织成可殿铺。
>
> 彩丝茸茸香拂拂,线软花虚不胜物。
>
> 美人蹋上歌舞来,罗袜绣鞋随步没。
>
> 太原毯涩毳缕硬,蜀都褥薄锦花冷。
>
> 不如此毯温且柔,年年十月来宣州。

宣城太守加样织，自谓为臣能竭力。

百夫同担进官中，线厚丝多卷不得。

宣城太守知不知，一丈毯，千两丝。

地不知寒人要暖，少夺人衣作地衣。

（《全唐诗》，第 4703 页）

宣州地处江南，盛产蚕丝，当地的红线毯闻名全国。可是制作这种毯工艺很复杂，"择茧缲丝清水煮，拣丝练线红蓝染"，"择茧""缲丝""清水煮""拣丝""练线""染丝"，一个环节都不能少。这么精心制作出来的丝织品不是百姓用来御寒的，"织作披香殿上毯"，是用来给皇帝的大殿铺地用的。这种毯的特点是"彩丝茸茸香拂拂，线软花虚不胜物"，舞女在上面唱歌跳舞能够"罗袜绣鞋随步没"，可见其柔软程度有多好。与其他地方相比，宣州的红线毯更优质，"太原毯涩毳缕硬，蜀都褥薄锦花冷"，所以朝廷"年年十月来宣州"，宣州的红线毯成了朝廷的首选，宣城太守为了讨好皇帝，表示全力完成任务。白居易几乎是在指着宣城太守的鼻子骂："你知不知道织毯要用多少蚕丝，地不知道寒冷可是人却抵不住风寒，少夺人衣做地衣！"从字里行间，我们看到了白居易怒火中烧，这怒火的背后是一颗为百姓跳动的良心。

白居易做地方官期间，也没少为老百姓办好事。他在杭州任刺史期间，就有修筑白堤、疏浚六井的政绩。杭州有著名的西湖美景，可是这个美景并不是一开始就那么受人欢迎的。西湖因钱塘江不断冲积形成，而钱塘江的潮很大，汹涌澎湃，西湖又多年失修，为葑草蔓蔽，随时可能会对老百姓造成伤害。这就是白居易在《钱塘湖石记》中所说"此州春多雨，秋多旱。若堤防如法，蓄泄及时，即濒湖千余顷田无凶年矣""若霖雨三日已上,即往往堤决"①,一旦湖水冲垮堤岸,老百姓的生命和财产必会受到极大的损失。于是,白居易带领杭州百姓"修筑湖堤,高加数尺"。就这样西湖"水亦随加",增加了蓄水量。此举既减少了春季的水患,又解决了秋季的干旱,应该说有百利而无一害。

但是在修白堤之初,有人认为这样会伤害西湖里的鱼虾,影响菱角的种植。白居易认为,相对于老百姓的生命来说,其他都是次要的,他的那句"且鱼龙与生民之命孰急,菱芡与稻粱之利孰多"可谓掷地有声,让我们看到了一个执政为民的好官。白居易曾经在《别州民》中写到修筑湖堤的意义时说"唯留一湖水,与汝救凶年"(《全唐诗》,第5007页)。当时在反对修湖堤的人中,竟然还有人坚持认为,西湖与城内的水井相连,如果放湖水浇灌田地,井水就会断掉,影响城中百姓的生活。这话乍一听是为了百姓好,但实际是谬论。白居易经过调查反驳说:"湖底比井底高,怎么会影响井水呢?再者来说,湖中有数十个泉眼,湖水不足的时候,泉眼就会自动往外冒水,这也说明不会影响井水。况且我们前后放湖水,也没有见井水枯竭嘛。"这就是《钱塘湖石记》中所说的"湖底高,井管低,湖中又有泉数十眼,湖耗则泉涌,虽尽竭湖水,而泉用有余;况前后放湖,终不致竭,而云井无水,谬矣",可见白居易还是有科学精神的。

因为任杭州刺史期间倾注了大量心血,经过他的努力,西湖才更加"烟波澹荡摇空碧,楼殿参差倚夕阳"(《西湖晚归,回望孤山寺,赠诸客》,《全唐诗》,第4958—4959页),所以白居易对西湖充满了感情,看着西湖就像看着自己的恋人、自己的孩子。也难怪他会在《春题湖上》中说:"未能抛得杭州去,一半勾留是此湖。"(《全唐诗》,

---

① 谢思炜:《白居易文集校注》,北京:中华书局,2011年1月,第1842页。

第5003页）当然，白居易的付出百姓是看到眼里记到心里的，所以当地百姓对白居易充满了感激之情。白居易要离开杭州时，当地百姓在西湖边上为他送行，当时的场景在《西湖留别》中得到了体现：

征途行色惨风烟，祖帐离声咽管弦。

翠黛不须留五马，皇恩只许住三年。

绿藤阴下铺歌席，红藕花中泊妓船。

处处回头尽堪恋，就中难别是湖边。

（《全唐诗》，第5007页）

"绿藤阴下铺歌席，红藕花中泊妓船"是经过精心选择和布置的送别场地，"征途行色惨风烟，祖帐离声咽管弦"是让人动容的送别场面。白居易自己想离开这个实现人生价值的地方吗？"处处回头尽堪恋，就中难别是湖边"，他是相当依依不舍，但无奈的是"皇恩只许住三年"，规定是不能改的。当白居易真的要走时，"耆老遮归路，壶浆满别筵"（《别州民》，《全唐诗》，第5007页），老百姓扶老携幼，箪食壶浆，倾城为他送行！这说明老百姓心明眼亮，他们永远会对执政为民的好官感恩戴德。

老年在洛阳那段时间，白居易依然心里装着老百姓。洛阳龙门附近有个八节滩，对于船工来说那就是鬼门关。白居易在《开龙门八节石滩诗·序》中这样说："东都龙门潭之南，有八节滩、九峭石，船筏过此，例及破伤。舟人楫师，推挽束缚，大寒之月，裸跣水中，饥冻有声，闻于终夜。"（《全唐诗》，第5236页）八节滩怪石嶙峋，水流湍急，艄公们在刺骨的水中缓缓拖着船前进，一不小心还会出现船毁人伤的悲剧。白居易决定为船工做点好事，开凿八节滩。动工就需要花钱，白居易反复向洛阳的有钱人讲述八节滩的危害，希望大家能捐钱。白居易处处为百姓着想的精神影响了很多人，不管是豪门富商还是善男信女，大家纷纷解囊相助。就这样两年下来，资金问题解决了。

白居易借着冬天伊河水量小、通行船只少的时候开工，附近的老百姓纷纷赶过来相助，"贫者出力，仁者施财"。当时劳作的火热场面见于《开龙门八节石滩诗》"铁凿金锤殷若雷，八滩九石剑棱摧。竹篙桂楫飞如箭，百筏千艘鱼贯来"（《全唐诗》，第5237页）。经过大家同心努力，怪石遍布的八节滩成了水流平缓的通衢，七十三岁的白居易高兴地写下了"心中别有欢喜事，开得龙门八节滩"（《欢喜二偈（其一）》，《全唐诗》，第5240页）。白居易有两首《开龙门八节石滩诗》，其中第二首说：

  七十三翁旦暮身，誓开险路作通津。
  夜舟过此无倾覆，朝胫从今免苦辛。
  十里叱滩变河汉，八寒阴狱化阳春。
  我身虽殁心长在，暗施慈悲与后人。

（《全唐诗》，第5237页）

七十三岁的老人还有这样的雄心壮志，真的是极其难得的，而这壮举的动力便是心中装着百姓。险滩之险被消除之后，船不翻了，船工不受苦了，当年的"鬼门关"变成了百姓的福地。"我身虽殁心长在，暗施慈悲与后人"，诗人说自己即便是死了，对百姓的那颗爱心还会随着八节滩长留人间。爱人的人总会被人爱戴，白居易的善举让当地百姓感动，后来在他去世下葬时，远近的船民和百姓都赶过来为他送葬。

人生莫作妇人身

白居易的仁心还体现在对女性命运的关注上。封建时代的女性，没有独立的经济地位，只是男性的附属品，所以他在《太行路》中说"人生莫作妇人身，百年苦乐由他人"（《全唐诗》，第4694页）。或许

161

会有人提出反对意见，中国古代"四大美人"之一的王昭君在促进民族团结上不是做出了伟大的贡献，被载入史册了吗？听听白居易在他的《青冢》中是怎么说的：

祸福安可知，美颜不如丑。
何言一时事，可戒千年后。
特报后来姝，不须倚眉首。
无辞插荆钗，嫁作贫家妇。
不见青冢上，行人为浇酒。

（《全唐诗》，第4688页）

如果不是因为长得漂亮，王昭君能有这样的命运吗？因为王昭君的遭遇，昭君村形成了一个风俗，就是等孩子出生的时候一看是女孩，就会在孩子的额头上烧一下，烧伤皮下组织，到死都会留有伤疤。对此，白居易在《过昭君村》里写到"至今村女面，烧灼成瘢痕"（《全唐诗》，第4797页）。因为只有这样，才不会"至丽物难掩，遽选入君门"，才不会重蹈王昭君"竟埋代北骨，不返巴东魂"的覆辙。

一般人认为，进宫成为皇帝的女人肯定会很幸福，可是真正进宫后又有几个人能成为皇帝的女人呢？别忘了白居易《上阳白发人》中那位"脸似芙蓉胸似玉"的宫女，那绝对是百里挑一的美女。漂亮对于这个姑娘来说既是福又是祸，因为漂亮所以能被挑进宫里去，但也因为漂亮，才落下个"未容君王得见面，已被杨妃遥侧目。妒令潜配上阳宫，一生遂向空房宿"（《全唐诗》，第4692页）的下场，直接被打进了冷宫。她刚进宫时，选秀女的人都说"入内便承恩"，可是万万没想到，她过的日子竟然是"宿空房，秋夜长，夜长无寐天不明。耿耿残灯背壁影，萧萧暗雨打窗声。春日迟，日迟独坐天难暮"，夜漫长，苦苦等着天亮，可是到了白天又百无聊赖地盼着天黑。就这样日复一日，年复一年，姑娘变老媪，"玄宗末岁初选入，入时十六今六十。同时采择百余人，零落年深残此身"，所以白居易得出这样的结论——"上阳人，苦最多。少亦苦，老亦苦，少苦老苦两如何"。

白居易笔下的琵琶女我们不会忘记。放在今天，她应该是一线的明星，或者是琵琶独奏方面的艺术家，无论是哪个身份都会使她万众瞩目。可是她的命运如何呢？年轻的时候"妆成每被秋娘妒"（《琵琶引》，《全唐诗》，第4821页），姿色出众；"曲罢曾教善才伏"，技艺超群。就凭这两点，她就能走上自己艺术生命的高峰：

　　五陵年少争缠头，一曲红绡不知数。
　　钿头云篦击节碎，血色罗裙翻酒污。

（《全唐诗》，第4821—4822页）

每一次演出都相当火爆，不仅上座率高，而且捧角的多是富家子弟。演奏的过程中大家为之疯狂，争相赠送礼物。但疯狂过后又是什么呢？"暮去朝来颜色故"，随着年龄的增长，一代新人换旧人，她只好从一线沦落到十八线，"门前冷落鞍马稀"。无可奈何，只好"老大嫁作商人妇"，寻找自己生活的依靠。但这样就会幸福吗？

　　商人重利轻别离，前月浮梁买茶去。
　　去来江口守空船，绕船月明江水寒。
　　夜深忽梦少年事，梦啼妆泪红阑干。

（《全唐诗》，第4822页）

商人的生活规律是走遍五湖四海，琵琶女只能独守空船。琵琶女梦中又回到了年轻时候的幸福岁月，今昔对比越发觉得失落，因此从梦中哭醒。这就是琵琶女的生活日常，除了寂寞空虚，就是以泪洗面。

每个人都渴望爱情，甚至有的人为了爱情宁愿舍弃生身父母去私奔。可是那样的结果真的就幸福吗？白居易不这么认为。他写了一首《井底引银瓶》，在这首诗的小序里，他很明确地说自己写这首诗的用意是"止淫奔也"。这首诗是站在女主人公的角度对男权社会的控诉，女主角跟着男主角私奔了，虽走到了一起，但并非明媒正娶。两个人的相识是甜蜜的：

> 妾弄青梅凭短墙，君骑白马傍垂杨。
> 墙头马上遥相顾，一见知君即断肠。

(《全唐诗》，第 4707 页)

当时姑娘正在后院玩耍，手中拿着青梅子向墙外望，这里的"青梅"代表姑娘年轻貌美，姑娘当年的样子是"忆昔在家为女时，人言举动有殊姿。婵娟两鬓秋蝉翼，宛转双蛾远山色"，举止优雅，姿容美妙。正巧男主人公骑着白马在垂杨柳下经过，两个人同时看到了对方，一见倾心。于是两个人开始偷偷约会，海誓山盟，"知君断肠共君语，君指南山松柏树"，姑娘为男子的甜言蜜语所感动，"感君松柏化为心，暗合双鬟逐君去"，就这样两个人私奔了。但是，在那个时代，婚嫁规定是很严格的，"聘则为妻奔是妾"。也正是因为这样，尽管女主人公已经"到君家舍五六年"，但身份一直得不到承认，"不堪主祀奉蘋蘩"。回想自己当年自由幸福的日子，"笑随戏伴后园中，此时与君未相识"，可是再看看现在，"终知君家不可住，其奈出门无去处"，进退两难，好好个姑娘为了追求爱情弄得无家可归。之所以会这样，就是因为"为君一日恩，误妾百年身"，一时冲动换来了终生耻辱。为了女性不再受到伤害，白居易语重心长地说"寄言痴小人家女，慎勿将身轻许人"。

一生重修为

"世敦儒业"的家风让白居易极其注重个人修为，他自律能力很强。这首先表现在他的学习上。白居易之所以能够在贞元十六年（800）取得"慈恩塔下题名处，十七人中最少年"的好成绩，是和他的勤奋学习密不可分的。他曾经在《与元九书》中说："十五六，始知有进士，苦节读书。二十已来，昼课赋，夜课书，间又课诗，不遑寝息矣。以至于口舌生疮，手肘成胝。"[1]为了能一举及第，白居易白天练习写赋，晚上练习书法，空闲时间练习写诗，舍不得浪费一分一秒，嘴里念着，手上写着，结果嘴都磨烂了，胳膊和手上生了老茧。

一分辛劳一分收获，所以当年他的那篇科举作文《性习相近远赋》被后来的考生当成了范文。按说，白居易对自己的水平应该是很自信的，不过他考试完之后马上带着自己的文稿去拜访了当时的著作郎李逢吉。李逢吉发现他的文章不错，就抄写了20份，一天送出去17份。录取结果还没有出来呢，白居易的《性习相近远赋》已经上了"头条"了。

不过说起来拿着文章去干谒，白居易也算行家里手了，白居易十六七岁的时候曾经去拜访过大诗人顾况。白居易刚到长安时，用他在《与元九书》中的话说是"中朝无缌麻之亲，达官无半面之旧"，没有熟人，没有朋友，没有能帮自己的人。于是白居易决定去向顾况行卷，为什么一定是顾况呢？因为"况能文，而性浮薄，后进文章无可意者"[2]，顾况眼光高，为人高傲，一般人的文章他还看不到眼里。能得到顾况的肯定应该就没有什么大问题了。

就这样，白居易带着拜帖去拜访顾况，结果没想到顾况看到白居易的名字就说："长安百物贵，居大不易。"[3]顾况开玩笑说："长安物价很贵，你住在这里恐怕不是一件很容易的事哦！"其实，顾况这是望文生义了，人家白居易的名字是有出处的，出自《礼记·中庸》"故君子居易以俟命"，意思是说，君子处于平易而无危险的境地，素位而行以等待天命。当顾况看到白居易的诗歌时，震惊了，马上改口说：

---

[1] 董诰等：《全唐文》，北京：中华书局，1983年11月，第6890页。
[2] 刘昫等：《旧唐书》，北京：中华书局，1975年5月，第4340页。
[3] 王定保：《唐摭言》，上海：上海古籍出版社，2012年8月，第53页。

"有句如此，居天下有甚难！老夫前言戏之耳。"小伙子，能写这么好的诗歌，不要说住在长安，天下任何地方都随便你住哦，我刚才和你开个玩笑，千万不要往心里去啊。《旧唐书·白居易传》中更是直接说："吾谓斯文遂绝，复得吾子矣。"① 这个评价更高，直接把白居易当成整个文坛的希望了。那么，白居易给顾况看的是什么作品呢？就是大家耳熟能详的那首《赋得古原草送别》，又叫《赋得原上草送友人》：

> 离离原上草，一岁一枯荣。
> 野火烧不尽，春风吹又生。
> 远芳侵古道，晴翠接荒城。
> 又送王孙去，萋萋满别情。

(《全唐诗》，第 4836 页)

特别是前四句话，写得太好了，首先揭示了大自然的现象，原野上的花草一年一度繁荣又枯萎，纵然有野火烧掉了枯黄的草叶，但在春风的吹拂下嫩芽又冒出了地面，依旧表现出一片欣欣向荣的景象。这无疑是对生命的礼赞，也是诗人奋发向上的精神写照，字里行间表现出了诗人的气象、心胸、气度。顾况读了，有一种蓬勃向上的动力，觉得这才是一个年轻人应该有的形象。于是，顾况赞叹不已。

考上进士之后，白居易还想得到更好的工作岗位，于是他相继又参加了书判拔萃科考试和才识兼茂明于体用科考试。别人考试多有投机取巧背诵范文的，白居易则是"闭户累月，揣摩当代之事"，写成了《策林》七十五篇，针对当时的政治、经济、军事、文教各方面存在的弊端提出了改革意见。白居易认真做了功课，而这些功课不仅是为了一时的考试，更为他后来做官打好了基础，他知道自己该干什么。

---

① 刘昫等：《旧唐书》，北京：中华书局，1975年5月，第4340页。

当了官之后，白居易依旧严格要求自己，他熟悉颜回箪瓢陋巷的故事，所以他也能够坚持节俭。他在《醉吟先生墓志铭并序》中交代妻子和侄子们：

> 吾之幸也，寿过七十，官至二品，有名于世，无益于人，褒优之礼，宜自贬损。我殁，当敛以衣一袭，送以车一乘，无用卤簿葬，无以血食祭，无请太常谥，无建神道碑；但于墓前立一石，刻吾《醉吟先生传》一本可矣。[①]

白居易反复强调"一"，"衣一袭""车一乘""立一石""《醉吟先生传》一本"，可见白居易是个知足节俭的人。这其实能够从他的诗歌中得到印证，他曾经写过一首《寄张十八》，其中开头几句说：

> 饥止一箪食，渴止一壶浆。
> 出入止一马，寝兴止一床。
> 此外无长物，于我有若亡。

（《全唐诗》，第5138页）

饿了就是一碗饭，渴了就是一壶水，出去能骑一匹马，晚上睡觉能睡一张床。生活就是这么简单。他还有一首《狂言示诸侄》，其中说：

> 一裘暖过冬，一饭饱终日。
> 勿言舍宅小，不过寝一室。
> 何用鞍马多，不能骑两匹。

（《全唐诗》，第5132页）

这几句诗与《寄张十八》那几句有异曲同工之妙。我们可以说，这就是白居易对颜回箪瓢陋巷精神的践行。其实还有一首诗我们不能忽略，那就是白居易的《池上篇》：

> 十亩之宅，五亩之园。

[①] 谢思炜：《白居易文集校注》，北京：中华书局，2011年1月，第2031页。

有水一池，有竹千竿。

勿谓土狭，勿谓地偏。

足以容膝，足以息肩。

有堂有庭，有桥有船。

有书有酒，有歌有弦。

有叟在中，白须飘然。

识分知足，外无求焉。

如鸟择木，姑务巢安。

如龟居坎，不知海宽。

灵鹤怪石，紫菱白莲。

皆吾所好，尽在吾前。

时饮一杯，或吟一篇。

妻孥熙熙，鸡犬闲闲。

优哉游哉，吾将终老乎其间。

（《全唐诗》，第 5250 页）

从这首诗中，我们感受到了乐天先生的乐天精神。这首诗后来还影响到康熙皇帝的老师、《康熙字典》的总编纂——名相陈廷敬。在皇城相府景区的一个房间内，至今还悬挂着当年陈廷敬写给弟弟的一封信，信件内容几乎与《池上篇》如出一辙。可见，白居易的《池上篇》已然成了一种清廉精神。

"世敦儒业"成就了白居易的品质，而且他的优秀品质引起了两个皇帝的关注。据《旧唐书》记载，唐武宗久闻白居易的大名，所以一即位就要征用白居易入朝为官。宰相李德裕说白居易年岁大了，身体不太好，就别折腾他了，同时又说，白居易的本家弟弟白敏中不错，文辞和白居易很像。武宗马上把白敏中召为翰林学士，后来迁中书舍人，再后来任兵部侍郎、学士承旨、同平章事、兼刑部尚书、集贤史馆大学士。

这都得益于堂兄白居易的优秀品质。到了唐宣宗时，宣宗专门写了一首《吊白居易》："缀玉联珠六十年，谁教冥路作诗仙。浮云不系名居易，造化无为字乐天。童子解吟长恨曲，胡儿能唱琵琶篇。文章已满行人耳，一度思卿一怆然。"（《全唐诗》，第49页）字里行间透着对白居易的赞赏。

修己致君作尧汤
——杜牧家族

杜牧是晚唐时期著名的诗人,他和李商隐一起被称为"小李杜"。读《新唐书》《旧唐书》和《唐才子传》不难发现,杜牧深受祖父杜佑的影响。但让我苦恼的是,一时找不到合适的诗歌切入。当我耐着性子再次拿起《杜牧集系年校注》时,为自己的粗疏大意感到脸红,一首《冬至日寄小侄阿宜诗》终入我的眼帘。这不正是我所需要的切入点吗?阿宜是杜牧堂兄杜悰的儿子。在这首诗中,杜牧写满对侄子的良好祝愿,希望他学习好,希望他做大官。

勤勤不自已,二十能文章。

仕宦至公相,致君作尧汤。

我家公相家,剑佩尝丁当。

旧第开朱门,长安城中央。

第中无一物,万卷书满堂。

家集二百编,上下驰皇王。

多是抚州写,今来五纪强。

尚可与尔读,助尔为贤良。

经书括根本,史书阅兴亡。

高摘屈宋艳,浓薰班马香。

  李杜泛浩浩，韩柳摩苍苍。
  近者四君子，与古争强梁。
  愿尔一祝后，读书日日忙。
  一日读十纸，一月读一箱。
  朝廷用文治，大开官职场。
  愿尔出门去，取官如驱羊。[①]

从杜牧对侄子的殷殷叮嘱中，我们看到了这个家族的荣光，"我家公相家"说明家族里一直有人当大官，所以才能够"旧第开朱门，长安城中央"；杜牧的祖父杜佑曾经写有《通典》二百卷，受到皇帝的高度赞扬，这就是诗中所说的"家集二百编，上下驰皇王"。杜牧还有一篇《上李中丞书》，其中有这样的话："某世业儒学，自高、曾至于某身，家风不坠，少小孜孜，至今不怠。"[②] 总之，我们感受到了杜家良好的文化传承，总结起来有这么几点：一、历代仕宦的家族传统；二、倾心向学的好学之风；三、尊经重史的学术态度。

历代仕宦有名臣

  《全唐诗》七百四十四卷中，有一首伍乔的《闻杜牧赴阙》，其中有"峡云难卷从龙势，古剑终腾出土光"（《全唐诗》，第8462页），是对杜牧才能的肯定以及对杜牧"今闻携策谒吾皇"的祝愿。但我们必须实话实说，从这首诗的第一句"旧隐匡庐一草堂"可以断定，伍乔笔下的这个杜牧另有其人，与我们要说的晚唐著名诗人杜牧之（杜牧，字牧之）不是同一个人。一来"匡庐"是庐山，杜牧没有在那里隐居过；二来伍乔是南唐中主时期的状元，他和杜牧应该是没有交集的。我只

[①] 吴在庆：《杜牧集系年校注》，北京：中华书局，2008年10月，第81页。
[②] 吴在庆：《杜牧集系年校注》，北京：中华书局，2008年10月，第860页。

不过是想借用"峡云难卷从龙势，古剑终腾出土光"两句诗来形容杜牧家族的情况。赵嘏在《代人赠杜牧侍御》中表示对杜牧"高攀"不上：

郎作东台御史时，妾长西望敛双眉。

一从诏下人皆羡，岂料恩衰不自知。

高阙如天萦晓梦，华筵似水隔秋期。

坐来情态犹无限，更向楼前舞柘枝。

(《全唐诗》，第6362页）

这首诗是替一个妓女埋怨杜牧自从做了东台御史就和自己失去了联系。对于一个妓女来说，东台御史是"高阙如天"，但杜牧家里也确实有过"高阙如天"的经历。这也对应了杜牧在《冬至日寄小侄阿宜诗》中所说的"我家公相家，剑佩尝丁当"。

在《中国文学史》中，提到杜家，是从杜牧的祖父杜佑说起的，再往前不说杜佑的长辈，中间不说杜牧的父辈和同辈。这就给人一种感觉，只有杜佑和杜牧是这个家族的骄傲。但其实，如果读了《旧唐书》和《新唐书》你会发现，杜佑之前家世显赫，杜佑到杜牧之间，这个家族在当时也是数得着的。《旧唐书·杜佑传》中记载："杜佑字君卿，京兆万年人。曾祖行敏，荆、益二州都督府长史、南阳郡公。祖悫，右司员外郎、详正学士。父希望，历鸿胪卿、恒州刺史、西河太守，赠右仆射。"[1] 可见，至少从杜牧的六世祖杜行敏开始，杜家已经在官场上占有一席之地了。特别是杜牧的曾祖杜希望很有军事才能，靠本事吃饭，深受玄宗皇帝器重。杜希望镇守边疆时，遇到宦官牛仙童巡查，有人就建议杜希望向牛仙童行贿，让他在皇帝身边说句好话，这样有利于升迁。可是杜希望说："以货藩身，吾不忍。"[2] 靠送礼升

---

[1] 刘昫等：《旧唐书》，北京：中华书局，1975年5月，第3978页。
[2] 欧阳修等：《新唐书》，北京：中华书局，1975年2月，第5085页。

官，那不是我干的事情。牛仙童回去就给杜希望上了眼药，说他不称职，在其位不谋其政，就这样杜希望被贬为恒州刺史。但是没过多长时间，牛仙童收受贿赂这件事儿露馅儿了，牛仙童被判了死刑，那些送礼的人也都被处罚了。这件事说明，杜希望为人中正谨慎。

杜佑是靠着祖上的门荫进入仕途的，最初任济南参军事、剡县丞。杜佑很早就表现出官场智慧，年轻时去拜访润州刺史韦元甫，韦元甫和杜佑的父亲是老朋友。韦元甫没有把杜牧当回事，本来只当成晚辈对待的。当天正好赶上韦元甫遇到个案子，一时处理不了，韦元甫就试着咨询杜佑，没想到杜佑条分缕析，分析得头头是道。韦元甫觉得自己捡到宝了，就让杜佑做了司法参军，而且后来他到浙西、淮南任职时，也总是把杜佑带在身边。

经过历练，杜佑"累官至检校主客员外郎，入为工部郎中，充江西青苗使，转抚州刺史。改御史中丞，充容管经略使。杨炎入相，征入朝，历工部、金部二郎中，并充水陆转运使，改度支郎中，兼和籴等使"[①]。这样看来，杜佑的仕途还很顺。不过，到了建中三年（782），杜佑得罪了权相卢杞，被外放为苏州刺史，但是因为母亲年龄大了，杜佑不愿意去，又改为饶州刺史。兴元元年（784），杜佑被任命为岭南节度使，兼御史大夫。贞元三年（787），杜佑回朝担任尚书右丞相。两年后，升任检校礼部尚书、扬州大都督府长史，并充任淮南节度使。贞元十六年（800），徐州节度使张封建病逝，士卒拥立其子张愔为主。唐德宗遂任命杜佑为淮南节制检校左仆射、同平章事，兼徐泗节度使，让他讨伐张愔。到了贞元十九年（803），杜佑拜相，担任检校司空、同中书门下平章事，再后来进拜司徒，被封为岐国公。这在仕途上已经是封顶了！难怪杜牧说"仕宦至公相""我家公相家"。随着年岁

[①] 刘昫等：《旧唐书》，北京：中华书局，1975年5月，第3978页。

增大，杜佑就想退休了，于是先后四次向唐宪宗提出辞职，但宪宗找尽理由不准，甚至承诺杜佑不用每天上班，三五天来一次就行。唐宪宗对杜佑尊重到什么程度？"佑每进见，天子尊礼之，官而不名"[①]，杜佑每次进宫奏事时，唐宪宗都是尊称他为司徒，而不是直呼其名。

杜佑有两个儿子，分别叫杜式方和杜从郁，杜从郁就是杜牧的父亲。有这样的家世背景，杜佑的两个儿子自然也不会是一介布衣，杜式方起家为扬州参军事，后来做过太常寺主簿、昭应令、太仆卿，穆宗的时候被任命为桂管观察都防御使。杜从郁是从左补阙干起的，后来做过秘书丞，官至驾部员外郎。杜佑两个儿子的官运远没有杜佑好。杜式方因为儿子杜悰娶了公主当老婆，所以杜式方为了避嫌，在仕途上表现得不够积极；杜从郁因为是杜佑的儿子，一直被崔群等人打压。

杜式方总共四个儿子，老大杜恽做到了富平尉；老二杜憓做到了兴平尉；杜悰是老三，娶了唐宪宗的女儿岐阳公主；老四没有当官的记载。这里重点说一下杜悰。杜悰也是因为门荫当的官，最初任太子司议郎，后来被宪宗皇帝相中，把爱女岐阳公主许配给他。完婚之后，被任命为殿中少监、驸马都尉；太和初年，由澧州刺史召为京兆尹，又担任过凤翔忠武节度使，入朝为工部尚书。再后来，杜悰还当过淮南节度使、检校尚书右仆射、门下侍郎同平章事，册拜司空，封邠国公。据史书记载，杜悰虽然官运亨通，出将入相，但与他祖父杜佑相比，在举荐人才这方面明显不积极，所以大家给他送了个外号"秃角犀"。

接下来该说杜牧了。杜牧不像其他人是靠门荫进入仕途的，他是靠着自己的才能通过进士科考试当上官的。大和二年（828），二十六岁的杜牧凭借一篇《阿房宫赋》赢得了吴武陵的青睐，在他的极力推荐下，杜牧以第五名的好成绩考上了进士。当年，杜牧又考中贤良方

[①] 欧阳修等：《新唐书》，北京：中华书局，1975年2月，第5089页。

正直言极谏科,被任命为弘文馆校书郎、试左武卫兵曹参军。大和七年(833),杜牧到淮南节度使牛僧孺幕府任职;大和九年(835),被朝廷提拔为监察御史。开成二年(837),杜牧被召为宣州团练判官,两年后离开宣州,到长安任左补阙、史馆修撰,开成五年(840)升任膳部员外郎。因为和牛僧孺有交集,杜牧惹上了不少麻烦,使李德裕一直不能重用他,导致他俸禄低到不能养活家小,于是他请求外放为杭州刺史,但遗憾的是没有得到批准。大中四年(850),杜牧被提拔为吏部员外郎,但他依旧请求外放,多次提出要到湖州任刺史,后来总算实现了愿望。不过,杜牧在湖州待的时间不长,很快就调到京城任考功郎中、知制诰去了,不久又被提拔为中书舍人。没过多久,大中六年(852)的冬天,杜牧因为病重,与世长辞。杜牧曾经在《郡斋独酌》中说"岂为妻子计,未去山林藏。平生五色线,愿补舜衣裳"(《全唐诗》,第5940页),但是在二十多年的为官经历中,杜牧没有祖父杜佑、堂兄杜悰的时运,所以大部分时间沉沦下僚。

再下一代主要是杜悰的儿子了。杜裔休"懿宗时历翰林学士、给事中,坐事贬端州司马。弟孺休,字休之。累擢给事中"[1]。虽然在杜牧家族中,有人官运亨通,有人憋憋屈屈,但是不管怎么说,都有工作,而且大部分是靠祖上的功德进入官场的。当杜牧谆谆教导小侄阿宜时,自然会讲述家族曾经的荣光,同时又对后辈寄予新的期望,"愿尔出门去,取官如驱羊"。总之,杜牧希望一代更比一代强。

万卷满堂向学风

老杜家有着良好的学风,《冬至日寄小侄阿宜诗》中"第中无一物,

---

[1] 欧阳修等:《新唐书》,北京:中华书局,1975年2月,第5092页。

万卷书满堂"两句已经让我们感受到了浓浓的书香气。这应该是从杜佑的父亲也就是杜牧的曾祖希望公就表现出来的。《新唐书·杜佑传》记载:"希望爱重文学,门下所引如崔颢等皆名重当时。"[1]正史中没有说杜希望自己拿着什么书手不释卷,只是讲到对好学之士的爱重。换一般人,自己不爱学习,交往的人也多是提笼架鸟之辈。我们不敢极其肯定地说杜希望多么爱学习,因为《全唐诗》和《全唐文》中没有看到他的成果;但是他任用的人是好学生,特别是崔颢,年少成名,虽早年有些轻浮,曾经被李邕怒斥"小儿无礼"[2],但是他的《黄鹤楼》成了传世经典,甚至有人拿"诗仙"李白来为他当"托儿",说他的《黄鹤楼》使李白都搁笔而去。和这些人在一起时间长了,总会受到一些感染,这些人还直接影响了杜佑。

杜佑好学是出了名的,《新唐书·杜佑传》中说"佑资嗜学,虽贵犹夜分读书"[3]。杜佑的身份虽然已经很显贵了,但仍坚持读书,而且是"夜分读书"。"夜分"是什么时候呢?半夜,这正是睡觉休息的时间,可是杜佑却在坚持读书。或许是因为白天太忙碌了没有时间,也或许是这个时间点安静便于阅读学习,总之这是杜佑一个难能可贵的习惯。也只有这样的习惯,家中才会"万卷书满堂"。杜佑的好学不仅成就了他的二百卷《通典》,还让他在《全唐文》中留下了13篇文章。他的这些文章有一个共同特点,都属于应用文,如《进通典表》《论边将请击党项及吐蕃疏》《御夷狄论》等,这一特点正体现了曹丕那句"夫文章,经国之大业"。

杜佑的儿子们,虽然没有明确说像杜佑那样"夜分读书",但从杜式方身上依旧是可以窥见家庭对他的影响的。杜式方任太常寺主簿

---

[1] 欧阳修等:《新唐书》,北京:中华书局,1975年2月,第5085页。
[2] 傅璇琮:《唐才子传校笺》(一),北京:中华书局,1987年5月,第204页。
[3] 欧阳修等:《新唐书》,北京:中华书局,1975年2月,第5089页。

时，负责考定音律，受到高郢的表扬，《新唐书·杜佑传》中说"再迁太常寺主簿，考定音律，卿高郢称之"[1]。从《全唐文》里我们可以看到，杜佑曾经写过《改定乐章论》，说明杜式方在这方面是受到父亲影响的，加上自己的勤学，这才达到了"明练钟律"[2]的水准。另外，杜式方能受到高郢的表扬，也能说明问题。高郢是个少年天才，"九岁通《春秋》，能属文"，曾经"以鲁不合用天子礼乐，乃引《公羊传》著《鲁议》，见称于时"[3]，在乐制方面，高郢也是行家里手。表扬杜式方的时候，高郢正是杜式方的顶头上司太常卿。

杜式方的儿子杜悰是个好学之人，这在杜牧的《冬至日寄小侄阿宜诗》中已经有过形容：

　　吾兄苦好古，学问不可量。
　　昼居府中治，夜归书满床。[4]

大有乃祖杜佑"夜分读书"的遗风，正是因为持之以恒才让杜悰有了"不可量"的"学问"，这也是他能成为宪宗的驸马都尉的重要原因。宪宗看到权德舆的女婿独孤郁很文雅，心生羡慕，当时他的爱女岐阳公主长大成人该找婆家了，他也想找这样一个能够撑面子的女婿。宪宗把这个任务交给了宰相李吉甫，经过精心选拔，杜悰拔了头筹，可见杜悰是符合宪宗的条件的，至少应该与独孤郁的文雅不相上下。

杜悰的学问还在文宗对他的一次误解上得到了体现：公主死后，杜悰很长时间没有去向文宗皇帝行礼，文宗皇帝自然很生气。户部侍郎李珏解释说："比驸马都尉皆为公主服斩缞三年，故悰不得谢。"[5]

---

[1] 欧阳修等：《新唐书》，北京：中华书局，1975年2月，第5090页。
[2] 刘昫等：《旧唐书》，北京：中华书局，1975年5月，第3984页。
[3] 刘昫等：《旧唐书》，北京：中华书局，1975年5月，第3975页。
[4] 吴在庆：《杜牧集系年校注》，北京：中华书局，2008年10月，第81页。
[5] 欧阳修等：《新唐书》，北京：中华书局，1975年2月，第5091页。

按照旧例,公主过世后,驸马要为公主守丧三年。"斩缞"是"五服"中最重的丧服,丧服上衣叫"缞",是用最粗的生麻布制作,断处外露不缉边,表示毫不修饰以尽哀痛。如果不学无术,这些礼制恐怕是不会知道的。所以,这个例子也足以证明杜牧所说的"吾兄苦好古"了。

再来说杜惊的儿子,也就是杜牧笔下的小侄阿宜。这个孩子别看小,天资聪颖,刚到入学年龄,就表现出了学习天分,"今年始读书,下口三五行"。家有这样的孩子,当家长的自然高兴得不得了。也难怪杜牧对小阿宜寄予厚望:

愿尔一祝后,读书日日忙。

一日读十纸,一月读一箱。

通过"勤勤不自已"的学习,达到"二十能文章"的收效。都读什么书呢?"家集二百编,上下驰皇王",家祖杜佑的《通典》"尚可与尔读,助尔为贤良",再接下来就是经书和史书了,因为在杜牧看来"经书括根本,史书阅兴亡",然后是"高摘屈宋艳,浓薰班马香。李杜泛浩浩,韩柳摩苍苍",既要师古,还要学今,视野要开阔。只有这样,才能在"朝廷用文治,大开官职场"的情况下"取官如驱羊",最终实现"仕宦至公相,致君作尧汤"的政治理想。杜牧之所以这样说,是因为这是他的经验,他当年考进士就是凭着一篇《阿房宫赋》让吴武陵不遗余力为他去争取名次的。

接下来就该说杜牧了。《旧唐书·杜牧传》中说:"牧好读书,工诗为文,尝自负经纬才略。"[1] 杜牧深受祖父杜佑的影响,学习涉猎面很广,从小就有经邦济世的抱负,用他在《上李中丞书》中的话说就是"治乱兴亡之迹,财赋兵甲之事,地形之险易远近,古人之长短

---

[1] 刘昫等:《旧唐书》,北京:中华书局,1975年5月,第3986页。

得失"①，都是他关注的。杜牧的好学让他在科举考试中如探囊取物一般获得成功。那是大和二年（828）的事，当年的太学博士吴武陵发现很多太学生在读杜牧的《阿房宫赋》，于是就被吸引了，也抄写了一份，还送给主考官崔郾，并极力向崔郾推荐杜牧做那一年的状元。后来经过反复周旋，崔郾答应吴武陵，以第五名的成绩录取杜牧。需要指出来的是，崔郾做这个决定的时候，杜牧还没有进考场考试呢，卷子上一个字都没写呢，名次就已经定了，足见这篇文章多么令吴武陵折服。这个故事见于王定保《唐摭言》的"公荐"篇。杜牧的好学结出了累累硕果，《全唐诗》中收有他494首诗，《全唐文》中收有他204篇文章。

当代杜牧研究大家吴在庆先生在《杜牧集系年校注·序言》中这样说："前人常以'俊爽''宕而丽''雄杰''豪健''寓少拗峭''雄姿英发'等语品评杜牧诗。这些评语，我们可以归纳为俊爽峭丽、雄健劲迈。他的有些诗歌风格上偏重于俊爽峭丽，有的则以雄豪劲健见其神采，但它们有一个共同的特点，即神采飞扬、气势不凡，给人生气勃勃的超拔之感。"②这都是多年好学积累的才气。或许我们还记得他那首《九日齐山登高》，这首诗的题目在《全唐诗》中又作《九日齐安登高》：

　　江涵秋影雁初飞，与客携壶上翠微。
　　尘世难逢开口笑，菊花须插满头归。
　　但将酩酊酬佳节，不用登临叹落晖。
　　古往今来只如此，牛山何必泪沾衣。

（《全唐诗》，第5966页）

这首诗本来是用来安慰张祜的，《全唐诗》中收录有张祜的《和杜牧

---

① 吴在庆：《杜牧集系年校注》，北京：中华书局，2008年10月，第860页。
② 吴在庆：《杜牧集系年校注》，北京：中华书局，2008年10月，第7页。

之齐山登高》。九月九日重阳节这天,杜牧和张祜提着酒登上齐山,看着"秋溪南岸菊霏霏,急管烦弦对落晖。红叶树深山径断,碧云江静浦帆稀"(《全唐诗》,第5828页)的美景,心中或许泛起了传统的悲秋情结,因为张祜的感受是"不堪孙盛嘲时笑,愿送王弘醉夜归。流落正怜芳意在,砧声徒促授寒衣",情绪明显有些低沉。杜牧见此情形,劝慰说:"生活中很难遇到今天的舒心,心里不要老想着不愉快,来,该吃吃该喝喝,金菊满头一路歌,别学景公牛山上,对着落晖泪滂沱。"意思是,不要老想着人生无常,应该看破这一切,学会享受眼前的美好,这无疑是一种通达的生活态度。所以吴在庆先生评论《九日齐安登高》说:"虽感慨系之,但又豪爽洒脱;虽不无颓放之意,但骨子里则愤激不平,英雄之气仍存。"[1]像这种情怀我们还能在他的《山行》《长安秋望》等诗中明显感受到。

当然,杜牧的诗歌内容是很广泛的,在中国诗歌史上的地位也是很突出的。翁方纲曾在《石洲诗话》卷二中这样讲:"小杜之才,自王右丞以后,未见其比。其笔力回斡处亦与王龙标、李东川相视而笑。'少陵无人谪仙死',竟不意又见此人。只如'近日鬓丝禅榻畔,茶烟轻飏落花风','自说江湖不归事,阻风中酒过年年',直自开、宝以后百余年无人能道,而五代、南北宋以后,亦更不能道矣。此真悟彻汉、魏、六朝之底蕴者也。"把杜牧比成李白、杜甫,比成王维、王昌龄,可见翁方纲非常推崇杜牧的诗歌,在他看来,杜牧的诗歌在当时已经算是顶峰无人能及了。

---

[1] 吴在庆:《杜牧集系年校注》,北京:中华书局,2008年10月,第8页。

尊经重史时贤赏

杜牧在他的《冬至日寄小侄阿宜诗》中有两句"经书括根本，史书阅兴亡"，这两句话很好地概括了杜家的学术根柢。杜佑写成《通典》二百卷就体现了他的史学功底。《旧唐书·杜佑传》中讲到了《通典》的成书原因：开元末年，有个叫刘秩的人"采经史百家之言，取《周礼》六官所职，撰分门书三十五卷"[①]，这就是《政典》。这本书"大为时贤称赏"，房琯甚至认为"才过刘更生"。刘更生就是刘向，西汉著名经学家、目录学家、文学家。可是，当杜佑看到这本书时，通过研读觉得"条目未尽"，还有很多不足，于是"因而广之"，在这个基础上"加以《开元礼》、《乐》"，编写成了二百卷的《通典》，而且在"贞元十七年，自淮南使人诣阙献之"，这就是杜牧《冬至日寄小侄阿宜诗》中所说"多是抚州写"的"家集二百编"。

杜佑没有诗歌传世，我们不能通过诗歌了解他的经学精神。不过没有关系，他在完成《通典》的编撰之后，向皇帝提交了一篇奏文，其中称："夫《孝经》、《尚书》、《毛诗》、《周易》、《三传》，皆父子君臣之要道，十伦五教之宏纲，如日月之下临，天地之大德，百王是式，终古攸遵。"[②]这段文字足以说明杜佑对儒家学问的态度了，另外，《旧唐书·杜佑传》中说杜佑"以富国安人之术为己任"，便是对儒家文化精神的追求。所以，杜佑身上体现着尊经重史的学术精神。

在日常生活中，儒学精神已经沉淀到了杜氏家族的血液中。杜悰在公主妻子去世后，坚持为妻子守丧三年，就是儒学精神的具体表现。应该说这种儒学精神在每一代都有体现，比如杜式方和杜从郁之间、杜牧和杜颙之间，都体现出了兄友弟恭。据正史记载，杜式方和兄弟

---

① 刘昫等：《旧唐书》，北京：中华书局，1975年5月，第3982页。
② 刘昫等：《旧唐书》，北京：中华书局，1975年5月，第3983页。

们非常和睦,弟弟杜从郁从小身体就不好,杜式方总是亲自为弟弟煎药,甚至到了"药膳水饮,非经式方之手,不入于口"[①]。后来,杜式方在杜从郁去世后,悲不胜情,每次看到弟弟的遗物就悲从中来,就想哭。

杜牧和弟弟杜颢也是关系融洽,他曾经为弟弟写有《送杜颢赴润州幕》:

> 少年才俊赴知音,丞相门栏不觉深。
> 直道事人男子业,异乡加饭弟兄心。
> 还须整理韦弦佩,莫独矜夸玳瑁簪。
> 若去上元怀古去,谢安坟下与沉吟。

(《全唐诗》,第6006页)

杜颢是进士出身,最初任秘书省正字。李德裕大和八年(834)十一月出任镇海节度使时,邀请杜颢出任试协律郎。杜牧在扬州为弟弟送行时写了这首诗。这首诗让我们感受到做哥哥的是那么细心,先是交代弟弟"异乡加饭",要吃好喝好保重身体;接下来又借"韦弦佩"交代弟弟时刻自我调理,工作要注意急缓适度,"韦弦佩"是《韩非子·观行》中西门豹与董安于的典故,"西门豹之性急,故佩韦以缓己;董安于之心缓,故佩弦以自急"[②];再以"莫独矜夸玳瑁簪"告诫弟弟要把心思放在工作上。杜牧就像一个啰里吧嗦的老人一样,唯恐弟弟记不住,所以反复交代。后来,杜颢的眼睛不知道因为什么失明了,为此杜牧两次弃官照顾弟弟。第一次是杜牧任监察御史,分司东都时;第二次是任吏部员外郎时。这就是《诗经·小雅·鹿鸣之什》中所言"凡今之人,莫如兄弟"[③]。

杜牧的儒学精神和史学精神在诗歌中也有充分的表现。我们先说

[①] 刘昫等:《旧唐书》,北京:中华书局,1975年5月,第3984页。
[②] 王先慎:《韩非子集解》,上海:上海书店,1986年7月,第146页。
[③] 孔颖达:《毛诗注疏》,北京:中华书局,1998年11月,第214页。

儒学精神，主要体现在对社会的关注上，就像白居易那样处处为老百姓呼喊，也就是诗歌中体现出来的现实主义。在这方面比较突出的诗歌有《河湟》《早雁》。先看《河湟》：

　　元载相公曾借箸，宪宗皇帝亦留神。
　　旋见衣冠就东市，忽遗弓剑不西巡。
　　牧羊驱马虽戎服，白发丹心尽汉臣。
　　唯有凉州歌舞曲，流传天下乐闲人。

（《全唐诗》，第5951页）

"河湟"是指黄河上游及湟水流域一带，是当时与吐蕃相邻的边境地带，曾长时间被吐蕃占领。元载在大历八年（773）向代宗皇帝建议，加强西北边疆建设。这里是用了张良的典故，《史记·留侯世家》中有"臣请借前箸为大王筹之"[1]，从此"借箸"就成了为君王筹划国事的意思。唐宪宗也非常想恢复失地，但遗憾的是还没有等到西征，便驾崩了。此后再也没有了像元载和唐宪宗这样渴望收复河湟的人了，百姓沦为异族臣民，虽然身着戎服驱马牧羊，但却仍然心向汉家王朝。"牧羊驱马虽戎服，白发丹心尽汉臣"，这两句用了苏武的典故，《汉书·苏武传》记载："武留匈奴凡十九岁，始以强壮出，及还，须发尽白。"[2]那些在上位的人没有把沦陷区的百姓当回事，反而欣赏着凉州的歌舞曲，做起了"天下乐闲人"，显得醉生梦死，麻木不仁。这首诗意在对朝廷无力收复失地表示无限的忧愤，和对失陷地区百姓表示无限的同情。

再看《早雁》：

　　金河秋半虏弦开，云外惊飞四散哀。

---

[1] 司马迁：《史记》，北京：中华书局，1959年9月，第2040页。
[2] 班固：《汉书》，北京：中华书局，1962年6月，第1170页。

仙掌月明孤影过，长门灯暗数声来。
须知胡骑纷纷在，岂逐春风一一回。
莫厌潇湘少人处，水多菰米岸莓苔。

（《全唐诗》，第5972页）

这首诗看似咏物，实际上是借惊飞四散的鸿雁比喻流离失所的人民，对他们有家不能归的悲惨处境寄予深切的同情。金河在今内蒙古自治区呼和浩特市南，这里泛指北方边地。唐武宗会昌二年（842）八月，回鹘南侵，边民就像云外惊飞的大雁纷纷逃亡。"仙掌"指汉武帝时期建的金铜仙人，上有承露盘；"长门"指汉代失宠者居住的长门宫。哀鸿孤寂，长门冷清，让人隐约感受到那个衰颓时代悲凉的气氛，因为深居皇宫的皇帝无力也无意去拯救那些正处于水深火热的百姓。大雁是候鸟，总是秋季南飞春北归，可是它们面对着"纷纷在"的"胡骑"，能按时"逐春风"北归吗？这里的"春风"很耐人寻味的！

大雁还在南征途中，诗人却已想到它们的返程，在哀怜它们惊飞离散的同时，又想到了它们将来的无家可归，这是对流离中的边地人民无微不至的关切。最后，诗人深情地劝慰南飞的大雁不妨暂时安居潇湘一带，因为那里"水多菰米岸莓苔"，便于生活。诗人在无可奈何中发出的劝慰与嘱咐，更深一层地表现了对流亡百姓的深情体贴。在这样的诗歌中，我们看到的是一个有良心的官员。这在那个时代，是很难得的。

接下来再看看杜牧"史书阅兴亡"的精神。杜牧在《阿房宫赋》中表现出客观理智的历史眼光，到底是谁灭了六国和秦呢？杜牧的答案是"灭六国者，六国也，非秦也；族秦者，秦也，非天下也"[1]，这样的回答乍一看很怪异，怎么会自己灭了自己呢？在杜牧看来，"使

---

[1] 吴在庆：《杜牧集系年校注》，北京：中华书局，2008年10月，第10页。

六国各爱其人，则足以拒秦。使秦复爱六国之人，则递三世可至万世而为君，谁得而族灭也？"这样的历史教训如果不被吸取，必然会造成"秦人不暇自哀，而后人哀之；后人哀之而不鉴之，亦使后人而复哀后人也"这样的结果。杜牧的眼光冷峻犀利，评论入木三分。

　　杜牧的历史眼光还体现在他的咏史诗中。他在《赤壁》中说的"东风不与周郎便，铜雀春深锁二乔"（《全唐诗》，第5980页）还真是那么回事，如果不是火烈风猛烧了曹操数十万大军，说不定历史真的要改写。杜牧在《题乌江亭》中说，如果项羽当年不是舍不下脸面，而是渡江去整顿兵马，说不定真的会"卷土重来"。两首诗里都有假设，但这两个假设又都是不可能实现的，因为历史发展已经证明这些假设都不存在，所以这些假设本身就是杜牧的历史态度，是对历史必然性的认可。我们再来看一首相对陌生的诗歌《题商山四皓庙一绝》：

　　　　吕氏强梁嗣子柔，我于天性岂恩雠。
　　　　南军不袒左边袖，四老安刘是灭刘。

（《全唐诗》，第5988页）

这首诗写了西汉历史上一次重大的政治事件。当年，刘邦从洛阳迁都到长安之后，一直想改立太子，就是要把他和吕雉生的儿子刘盈给废掉，重新立次子赵王如意为太子，而如意是刘邦和宠妃戚夫人生的。不管谁劝，刘邦就是听不进去。作为皇后的吕雉就害怕了，有人对她说可以找张良寻求计策。吕雉马上派自己的哥哥建成侯吕释之去向张良求计。

　　张良很清楚，刘邦原来之所以愿意采用自己的计策，是因为局势所逼，现在天下安定了，情形自然发生了改变，更何况现在刘邦过于偏爱赵王如意，那是人家骨肉之间的事情，自己纵然是清官，恐怕也难断家务事啊。于是思来想去，就对吕释之说："说了也是白说。"张良不打算蹚这摊浑水。但是吕释之拉着张良不让走，一定要为外甥讨个计策。张良这才说："我知道有四位高人，因为听说皇上一向对读书人不够尊重，再加上年事已高，所以就躲在商山里不出来，不愿意当汉臣。不过皇上非常敬重他们，一直想要邀请他们出山却没做到。如果请太子写一封言辞谦恭的书信，再多带些珠宝玉帛，配上舒适的车辆，派个能言善辩的人去诚恳地聘请他们，他们应该会来。然后用贵宾之礼相待，让他们经常随太子上朝，让皇上看到他们与太子在一起，这对太子应该会有帮助。"吕雉依计而行，果然把四位老先生请出来了，吕雉把他们安置在建成侯府里。

在一次宴会上，刘邦发现太子身后站着四位须发苍然、气度非凡的老人，很惊讶，就问他们是谁。老先生们说自己是商山四皓，刘邦大吃一惊，问："吾求公数岁，公辟逃我，今公何自从吾儿游乎？"[1]这么多年我一直想邀请几位高人出山辅佐我，你们总是避而不见，现在怎么主动出山追随我儿子呢？一位老先生回答说："陛下您对读书人不够尊重，动不动就辱骂我们，我们也是有尊严的，不愿意自取其辱，所以不愿意追随您。太子不一样，他为人仁厚，恭敬爱士，天下的人都愿意为他效劳，所以我们就来了。"四人向刘邦敬过酒后，就陪着太子离开了。刘邦看着他们远去的背影，对戚夫人说："我本来想换太子，但是现在有他们四人辅佐，看来太子羽翼已成，动不了了。"

就这样，刘盈稳当了，商山四皓的功劳显而易见！可是杜牧为什么说"四老安刘是灭刘"呢？这就要从"吕氏强梁嗣子柔"说起了，原来太子刘盈为人柔弱，可是母亲吕雉却是出了名的女强人。刘邦驾崩之后，吕雉就成了实质上的当家人，军队也近乎被吕太后家族控制。特别是汉惠帝刘盈驾崩后，吕雉更是只手遮天，甚至改了刘邦不立异姓王的遗嘱，让反对自己的人统统靠边站，立自己人为王。从这个角度说，商山四皓可不就是"灭刘"吗？这个观点还是很新颖的，但并

---

[1] 司马迁：《史记》，北京：中华书局，1959年9月，第2047页。

不是哗众取宠，是诗人对历史的独到见解。再比如与韩信相关的那首《云梦泽》：

> 日旗龙旆想飘扬，一索功高缚楚王。
> 直是超然五湖客，未如终始郭汾阳。

（《全唐诗》，第5980页）

韩信是刘邦手下的三杰之一，在刘汉王朝建立的过程中功勋卓著，刘邦曾经这样称赞韩信："连百万之众，战必胜，攻必取，吾不如韩信。"[1]可见刘邦是非常倚重韩信的。但是韩信让刘邦闹过心，就是攻下齐国之后韩信想从刘邦那里讨要"假齐王"的头衔，韩信最后得了齐王的头衔，但从此之后，刘邦对韩信就留了个心眼。汉朝建立之后，刘邦又封韩信为楚王。可是没过多长时间，也就是公元前201年，有人说韩信收留项羽的旧部钟离昧，可能想要谋反。很多大将就劝刘邦，发兵攻打韩信，这正合刘邦的心意。于是刘邦向陈平讨主意，陈平从军队实力、将领们的军事才能等各个方面进行分析，认为都不利于刘邦。最后陈平建议："以巡狩的名义召见韩信，因为古时候天子有巡行天下的传统，可以借游云梦泽的机会在陈州会见各路诸侯，那里离韩信很近，他肯定会去拜见，这个时候找个大力士把韩信抓了就行了。"刘邦就听了陈平的建议，韩信果然轻而易举就上当了。

　　唐朝有诗人在谈到这个问题时，认为如果韩信像当年的范蠡那样功成身退就好了，比如许浑在《韩信庙》中说"朝言云梦暮南巡，已为功名少退身"（《全唐诗》，第6139页）。可是杜牧却认为，韩信纵然学范蠡"迹高尘外功成处，一叶翩翩在五湖"（周昙《范蠡》，《全唐诗》，第8348页），也比不上郭子仪不被皇家猜疑。《旧唐书·郭子仪传》记载："天下以其身为安危者殆二十年。校中书令考二十有

---

[1] 司马迁：《史记》，北京：中华书局，1959年9月，第381页。

四。权倾天下而朝不忌,功盖一代而主不疑,侈穷人欲而君子不之罪。富贵寿考,繁衍安泰,哀荣终始,人道之盛,此无缺焉。"[1]这又是一个"非浅识所能到"的观点。像这种带有翻案性质的观点,在杜牧的其他咏史诗中多有体现,我们这里就不一一列举了。

总之,我们从《冬至日寄小侄阿宜诗》里看到了杜牧的家族文化,这些文化带来了家族的荣光,更有利于家族成员的人生规划。通过杜牧的其他诗文,我们也见证了杜氏家风传承的价值,不仅是家族人格的建设,也是时代精神的彰显,是值得我们去揣摩学习的。

---

[1] 刘昫等:《旧唐书》,北京:中华书局,1975年5月,第2467页。

恳修坚学承世胄
——柳公权家族

如果您是书法爱好者,肯定知道唐朝大书法家柳公权,他与欧阳询、颜真卿、赵孟頫并称"楷书四大家",为后世留下了"金刚经刻石""玄秘塔碑""冯宿碑"等名作。不过我们的重点不在他的书法上,而是要通过他的《应制为宫嫔咏》引入,讲述柳氏家族的家风家训。先来看这首诗吧:

不分前时忤主恩,已甘寂寞守长门。
今朝却得君王顾,重入椒房拭泪痕。

(《全唐诗》,第5447页)

这是一首描写宫嫔宫廷生活遭遇的诗歌。据《全唐诗》诗前文字讲,一个宫嫔不知道什么原因惹怒了唐武宗,武宗很长一段时间都不搭理她。这天,宫嫔又被召见,武宗对柳公权说:"我很讨厌这个嫔妃,如果你写一首诗,我就饶了她。"柳公权不假思索写出了这首诗,武宗不仅饶恕了这个宫嫔,还赏赐了柳公权锦绣二百匹。

在这首诗中,"今朝却得君王顾"很有意思,如果不考虑这句诗的语境,基本可以概括柳公权的家族荣耀。柳公权家族从其祖父开始基本都有在朝为官的经历。他们之所以能取得如此显赫的成绩,自然是和他们的家风相关。柳公绰的孙子柳玭写了一篇《家训》来教育子弟,

其中有这么一段:

> 夫门地高者,可畏不可恃。可畏者,立身行己,一事有坠先训,则罪大于他人。虽生可以苟取名位,死何以见祖先于地下?不可恃者,门高则自骄,族盛则人之所嫉。实艺懿行,人未必信,纤瑕微累,十手争指矣。所以承世胄者,修己不得不恳,为学不得不坚。①

这段话是可以作为柳家的家训的,总结起来有以下几个方面:好学的家族习惯、循礼的家族作风和文雅的家族品性。

嗜学久矣成风气

柳氏家族普遍好学,主要表现在柳公绰、柳公权、柳仲郢、柳璞、柳璧等人身上。柳公绰是柳公权的哥哥,刚出生三天的时候,伯父柳子华就对柳公绰的父亲柳子温说:"保惜此儿,福祚吾兄弟不能及。兴吾门者,此儿也。"②好好养育这个孩子,将来光耀门楣全靠他了。原来柳子华会相面,"有知人之明"。柳子华没有看错,柳公绰从小就很聪明,爱读书,虽然家里不富裕,但"有书千卷",这些精神食粮成了柳公绰健康成长必不可少的营养。而且柳公绰读书还有很明显的倾向性,"不读非圣之书"③,是一个很纯正的儒家学者。

贞元元年(785),十八岁的柳公绰参加了贤良方正直言极谏科考试,而且拿到了录取通知书。柳公绰考取的科目属于制科,难度要比进士科、明经科等常规科目大,进士科和明经科刚考上并没有岗位,需要再参加别的环节的考试,就算又考上了还可能要待岗。柳公绰考的这个制

---

① 刘昫等:《旧唐书》,北京:中华书局,1975年5月,第4308页。
② 欧阳修等:《新唐书》,北京:中华书局,1975年2月,第5014页。
③ 刘昫等:《旧唐书》,北京:中华书局,1975年5月,第4300页。

科只要考中马上就能解决岗位问题，他被任命为秘书省校书郎。不过，柳公绰并没有满足现状，他觉得秘书省校书郎这个职位并不能施展自己的才能，想换换工作。于是他又参加了贞元四年（788）的制科考试，又考上了贤良方正科。柳公绰这次被任命为渭南尉。需要指出的是，当时一个人是可以多次参加制举科考试的，有的人一辈子考十来回。

有哥哥做榜样，柳公权在学习上更有动力，他"幼嗜学，十二能为辞赋"①，"嗜学"就是坚持不懈刻苦学习，这不仅是一种学习习惯，也是一种学习能力。效果怎么样呢？十二岁就会写文章了，而且在元和元年（806）考上了进士，王谠《唐语林》和徐松《登科记考》中还说柳公权是这一年的状元，不过这个说法是存在争议的。令人刮目相看的是，柳公权在这一年又考上了博学宏词科，这就厉害了。博学宏词科是很难考的，李商隐在《与陶进士书》中说过：

> 夫所谓博学宏辞者，岂容易哉！天地之灾变尽解矣，人事之兴废尽究矣，皇王之道尽识矣，圣贤之文尽知矣，而又下及虫豸、草木、鬼神、精魅，一物已上，莫不开会。此其可以当博学宏辞者邪？犹恐未也。设他日或朝廷或持权衡大臣宰相，问一事，诘一物，小若毛甲，而时脱有尽不能知者，则号博学宏辞者，当其罪矣！②

博学宏词科几乎需要考生上知天文下知地理，只有这样才能当得起"博学宏词"这个称号，足见唐代朝廷对参加博学宏词科考试的考生要求有多么高。也正是因为这样，朝廷才会给予这个科目考生"中者即授官"的优厚待遇。难怪大文豪韩愈曾在《答崔立之书》中一脸艳羡地说："闻吏部有以博学宏词选者，人尤谓之才，且得美仕。"③为了也能得到"美

---

① 刘昫等：《旧唐书》，北京：中华书局，1975年5月，第4310页。
② 刘学锴、余恕诚：《李商隐文编年校注》，北京：中华书局，2002年3月，第435页。
③ 董诰等：《全唐文》，北京：中华书局，1983年11月，第5586页。

仕"，韩愈曾先后两次到吏部参加博学宏词科考试，而且"一既得之，而又黜于中书"，其中一次还被录取了，但到了中书省命官时，却被无情地刷了下来。虽然如此，"人或谓之能焉"，人们依旧认为韩愈才能很突出。柳公权一年之内既能考上进士科，又能考上博学宏词科，这绝对算得上人才中的人才了。

柳公权的好学还表现在他的书法方面，《旧唐书》中既说他"志耽书学"[①]，又说他"初学王书，遍阅近代笔法"[②]，最后自成一家。当时出现一些很有意思的现象，公卿大臣家如果有老人去世，碑文若不是柳公权所书写的，会被认为是不孝；外国使臣到大唐也一定要买到柳公权的书法作品，这叫"购柳书"。一年夏天，唐文宗和几个学士在一起联句，文宗的句子是"人皆苦炎热，我爱夏日长"，柳公权接着续了两句"薰风自南来，殿阁生微凉"。文宗觉得柳公权接的诗句"辞清意足，不可多得"，于是就让柳公权将佳句写在大殿的墙壁上，要求"字方圆五寸"。字写好后文宗看着感叹说："钟、王复生，无以加焉！"[③] 即便是钟繇、王羲之复生，也无非如此。钟繇、王羲之都是历史上的书法大家。柳公权还将书法和学问很好地结合在一起。他精通《左氏传》《国语》《尚书》《毛诗》《庄子》，每讲说一词一义，必写满好几张纸的感悟，既加深了对经典词义的理解，又练习了书法，一举两得。

柳仲郢是柳公绰的儿子。在父亲的影响下，柳仲郢养成了爱学习的习惯，加上母亲"善训子"，所以"仲郢幼嗜学，尝和熊胆丸，使夜咀咽以助勤"[④]，为了提神，让儿子吃用熊胆制作的丸子，简直就是

---

① 刘昫等：《旧唐书》，北京：中华书局，1975年5月，第4313页。
② 刘昫等：《旧唐书》，北京：中华书局，1975年5月，第4312页。
③ 刘昫等：《旧唐书》，北京：中华书局，1975年5月，第4312页。
④ 欧阳修等：《新唐书》，北京：中华书局，1975年2月，第5023页。

唐版的"虎妈"。凭着勤学所积累的学识，元和十三年（818）柳仲郢考上了进士科。据《唐摭言》记载，元和十三年考中的陈标写了一首诗送给一起考上的同年，其中有"文字一千重马拥，喜欢三十二人同"[1]，可见当年全国仅仅考上32人。能成为32人中的一员，已经可以说明柳仲郢的学养水平了。

而且"仲郢有父风，动修礼法"，还赢得牛僧孺的赞叹："非积习名教，安及此邪！"[2] "积习"本义是长久以来养成的习惯，这里可以理解为长时间地学习。"名教"是以等级名分为核心的儒家礼教。"积习名教"自然就是长期学习儒家思想了，也就是继承了柳公绰"不读非圣之书"的作风。柳仲郢为官之后，并没有停止学习，而是"退公布卷，不舍昼夜"[3]，下班回到家就读书。据《新唐书·柳公绰传》中所附"柳仲郢传"可知，柳仲郢家里藏书万卷，而且每一种都是三本，"上者贮库，其副常所阅，下者幼学焉"[4]，分得很明确，上等的保存，中等的自己看，下等的用来教孩子们学习。

难道柳仲郢每次买书都是按照不同的品相或者版本买三种？不是。当时没有我们这么方便的购书条件，既不可以到实体书店购买，也不可以在网店购买，当时的书主要靠手抄。抄书也是柳仲郢学习的方法。他靠抄书完成了"《柳氏自备》系列丛书"，这套书包括《周易》《尚书》《周礼》《仪礼》《礼记》《春秋左氏传》《春秋公羊传》《春秋榖梁传》《诗经》《史记》《汉书》《后汉书》《晋书》《宋书》《南齐书》《北齐书》《梁书》《魏书》《周书》《南史》《北史》等，另有其他书三十卷。这就是《旧唐书》中所说的"《九经》《三史》一钞，魏、

---

[1] 王定保：《唐摭言》，上海：上海古籍出版社，2012年8月，第107页。
[2] 刘昫等：《旧唐书》，北京：中华书局，1975年5月，第4305页。
[3] 刘昫等：《旧唐书》，北京：中华书局，1975年5月，第4305页。
[4] 欧阳修等：《新唐书》，北京：中华书局，1975年2月，第5025页。

晋已来南北史再钞，手钞分门三十卷，号《柳氏自备》"[1]，有的抄一份，有的抄两份。《旧唐书》中说柳仲郢抄写了《九经》，《新唐书》中认为是抄写了《六经》，不管怎么说，儒经是柳仲郢学习的重要内容。除此之外，柳仲郢"又精释典，《瑜伽》、《智度大论》皆再钞，自余佛书，多手记要义"。柳仲郢抄书"皆楷小精真，无行字"[2]，全是用小楷规规矩矩地书写，没有一个错字，没有一个行书，自我要求相当严格精谨。

有这样的家庭学习氛围，孩子们的学习肯定也差不到哪里。柳仲郢有四个儿子，《新唐书》中说柳璞"学不营仕"，一心扑在学问上，没有用心经营仕途。他写有《春秋三氏异同义》，说明柳璞精通"春秋三传"，否则难以胜任"异同义"的撰写任务。又写有《天祚长历》，从汉武帝开始，用编年体的形式，把历年发生的大的政事、大的吉祥和灾异、侵叛战伐等进行编排，这也是一项大工程，需要熟读历史才能完成。柳璞经常说："杜征南《春秋后序》述纪甲历为得实，自余史家皆差。"[3]"杜征南"就是杜甫的十三世祖杜预，因为死后被追赠为征南大将军，所以称"杜征南"；《春秋后序》就是杜预的《春秋左传集解后序》。柳璞认为，除了杜预的《春秋左传集解后序》比较靠谱，其他人写得都有问题，他的这个看法还得到蒋系的支持。蒋系是唐代史学家，曾参与编修《宪宗实录》，因为任职史馆，熟知史料，所以对柳璞的观点有评价资格。虽然正史中关于柳璞的文字不多，但是已足够让我们领会到柳璞专精经史的高度了。

柳珪大中五年（851）进士及第，柳璧大中九年（855）进士及第，两个人"皆秀整而文"，不仅长得帅，而且文格高雅。两个人都受到

---

[1] 刘昫等：《旧唐书》，北京：中华书局，1975年5月，第4307页。
[2] 欧阳修等：《新唐书》，北京：中华书局，1975年2月，第5025页。
[3] 欧阳修等：《新唐书》，北京：中华书局，1975年2月，第5025页。

过李商隐等人的赞赏,特别是柳璧被点名表扬,《旧唐书》中说柳璧"尝为《马嵬诗》,诗人韩琮、李商隐嘉之"[①]。但遗憾的是,柳璧的《马嵬诗》没有留存下来。

柳珪、柳璧还有个弟弟叫柳玭,他和祖辈、父辈以及哥哥们不一样,他没有考进士,而是参加了明经科的考试,"应两经举"[②]。两经举考什么呢?《新唐书·选举志》中说:"通二经者,大经、小经各一,若中经二。"[③]可以考一本大经、一本小经,也可以考两本中经。那么大、中、小经又是怎么区分的呢?《新唐书·选举志》中又说:"凡《礼记》、《春秋左氏传》为大经,《诗》、《周礼》、《仪礼》为中经,《易》、《尚书》、《春秋公羊传》、《穀梁传》为小经。"所以柳玭也是一个纯正的儒家学者。因为明经科在唐朝不太受重视,所以柳玭又参加了书判拔萃科考试。这都是对他学习效果的检验!

从柳氏家族成员与学习相关的故事来看,这是一个有着浓郁学习氛围的家族。长者为晚辈树立了榜样,哥哥又为弟弟做了楷模,所以才能在家族中形成嗜学传统。

动循礼法辄谨重

遵循礼法是柳家的一大特点。遵循礼法也就是办事按照规矩来,这是从柳公绰开始养成的好习惯。《旧唐书》中说"公绰性谨重,动循礼法"[④],不管干什么事,不越规矩。遇到灾荒年,大家都是吃了上顿没下顿,虽然柳家还不至于这么狼狈,有吃的,但是柳公绰"每饭

---

① 刘昫等:《旧唐书》,北京:中华书局,1975年5月,第4307页。
② 刘昫等:《旧唐书》,北京:中华书局,1975年5月,第4308页。
③ 欧阳修等:《新唐书》,北京:中华书局,1975年2月,第1160页。
④ 刘昫等:《旧唐书》,北京:中华书局,1975年5月,第4300页。

不过一器",坚持做到节制开支,就这样一直坚持到粮食丰收,才又回归正常。柳公绰严于律己,赢得了大家的尊重。

柳公绰任山南东道节度使时,巡行到所属的邓县,县里有两个官员同时被抓。一个人是受贿,另一个人是玩弄法令。县令听说柳公绰向来强调法纪,心想,他必定杀掉贪污受贿的人。结果县令想错了,柳公绰的判决是:"赃吏犯法,法在;奸吏坏法,法亡。"[①]柳公绰觉得,贪污的官吏虽然触犯了法令,但法律还在;可是奸邪的官吏破坏了法令,法律就亡了。于是他下令,杀掉玩弄法令的官吏。这件事让人看到,柳公绰眼光很长远,并不只看眼前所犯罪的大小,更注重罪行带来的司法影响。

柳公绰马圈里的马把喂马的仆人给伤了,他就命人杀掉了那匹马。有人说这是一匹良马,喂马人受伤也怨他自己没有防备好。柳公绰说:"哪有良马害人的呢?"于是,让人立刻把马处死了。虽然是自己的马,但柳公绰该处置时决不留私情,再者来说,马再好也不能高于人的价值。

京兆府监狱中关押着一个婆婆,犯了杀人罪。原来,这个婆婆用鞭子打死了自己的儿媳妇,京兆府要将她判处死刑。当时担任京兆尹的柳公绰说:"尊殴卑非斗,且其子在,以妻而戮其母,非孝也。"[②]尊长打晚辈不是斗殴,况且她的儿子在,因为妻子而杀死他的母亲,在礼法上说不过去。最后竟然免除了老人的死罪,从轻发落。这件事因为史书中没有交代婆婆为什么鞭打儿媳致死,所以我们不敢妄猜。从这个处理结果来看,柳公绰非常重视孝文化教育,这是礼法中的重要内容。杀死老婆婆,对于她儿子来说就是不孝,对社会教育起不到好的作用,所以不能只看案件的结果就决定判罚。当然这里需要指出

---

① 刘昫等:《旧唐书》,北京:中华书局,1975年5月,第4303页。
② 刘昫等:《旧唐书》,北京:中华书局,1975年5月,第4304页。

的是，这是在当时的背景下，不能用我们今天的法律观念来衡量。

任御史大夫期间，柳公绰为韩弘上了一课。大将韩弘病重，从镇守的藩镇回到京城。当时在位的是唐穆宗，穆宗皇帝封韩弘为司徒、中书令，并命百官过去看望他。当大家来到韩弘的住所时，韩弘派儿子传话说病重不能亲自接待。柳公绰对韩弘的儿子说："皇帝因为你父亲官位尊贵，才让百官来问候，这是特殊的礼遇。你父亲应该像拜谢皇帝恩赐一样，支撑病体出来和大家见面，怎么能躺在床上派你来传一句话就了事呢？"柳公绰的言外之意是，韩弘你敢对朝廷不敬？也太不懂朝廷礼节了！一起跟着柳公绰去探病的人，听了柳公绰的话很紧张。韩弘也听出了柳公绰的弦外之音，很害怕，让人搀扶着出来，当面感谢过来看望自己的各位同僚。所以，柳公绰通过坚持礼法，不仅为大家赢得了面子，而且为朝廷保住了应有的尊严。

长庆三年（823），柳公绰被任命为检校户部尚书、襄州刺史、山南东道节度使。不久后，宰相牛僧孺被罢相，到江夏出任武昌节度使。柳公绰准备好军中的仪仗和礼节，在邮舍等候他，大家都认为山南东道军镇地位高于鄂地军镇，柳公绰对牛僧孺的礼节太重。柳公绰说："奇章才离台席，方镇重宰相，是尊朝廷也。"[1] 虽然牛僧孺被免了相位贬到江夏任职，但毕竟还没有到任，所以在赴任途中还应该给予足够的尊重，再者来说，这么做也是对朝廷的尊重。最后，柳公绰按照规矩以军容接待了牛僧孺，既让牛僧孺脸上有光，也让朝廷看在眼里。

在中国，"孝乃德之本"。据史书记载，柳公绰"天资仁孝"，母亲去世后为母亲守孝"三年不沐浴"。伺候继母达三十年，完全像对待自己的亲生母亲一样。

以上这些事虽然显得柳公绰有些迂腐，但在那个时代这些就是他

---

[1] 刘昫等：《旧唐书》，北京：中华书局，1975年5月，第4303页。

优秀品质的体现。他的儿子柳仲郢也受到了他的影响,是个非常重礼法的人。《旧唐书》中说他"以礼法自持,私居未尝不拱手,内斋未尝不束带"①,在私人住所也谦恭有礼,在内宅也一定穿戴整齐。能严于律己,自然就能依法办事。

富平县有个叫李秀才的,仗着自己在禁军中任职,诬赖老百姓砍伐他父亲坟上的柏树,还将人杀死。执法部门将李秀才判了死刑,可是文宗觉得李秀才有太监护着,最好不要处死,"决杖配流"就行了。右补阙蒋系上疏皇帝维持原判,文宗不听。任侍御史的柳仲郢坚持上奏说:

圣王作宪,杀人有必死之令;圣明在上,当官无坏法之臣。

今秀才犯杀人之科,愚臣备监决之任,此贼不死,是乱典章。

臣虽至微,岂敢旷职?其秀才未敢行决,望别降敕处分。②

柳仲郢的意思是,圣明的君主制定法律,明文规定恶意杀人是死罪,只有君主圣明,才不会有蔑视法律的臣子。现在李秀才犯了杀人罪,我又担任着处理这件事的责任,如果不杀李秀才,那就是扰乱法令。我虽然人微言轻,但不敢渎职,现在不能将李秀才正法,您让别人来处理这个案子吧。柳仲郢这是对皇帝的糊涂决定提出了抗议。但是皇帝不敢得罪充当李秀才保护伞的太监,便下诏让御史萧杰监督审理这个案子。结果没想到,萧杰的看法和柳仲郢一样,上奏皇帝处斩李秀才。于是皇帝又下诏让京兆府来处理这件事,不用监督。虽然李秀才没有受到应有的惩罚,但是大家都认为柳仲郢这件事做得对,是按照律法办事。

李德裕知道柳仲郢无私,很看重他,提拔他做京兆府尹,相当于

---

① 刘昫等:《旧唐书》,北京:中华书局,1975年5月,第4307页。
② 刘昫等:《旧唐书》,北京:中华书局,1975年5月,第4305页。

我们今天首都的市长。京城长安可不是个一般地方，是政治中心、经济中心、文化中心，人口众多，达官显贵满街走，富商云集，商贸发达。柳仲郢上任之后，政令严明，以法治市。为了管理好东市和西市两大市场，颁布了市场规约，设置了标准计量器具，以监督那些短斤少两、坑害顾客的不法商贩。

有一个北司官吏在市场上仗势欺人，买米违犯了市场规约，柳仲郢马上下令打杀。一次他从市场经过，有一个神策军小将纵马横冲直撞，他派手下人当众用棍子将小将打死。当时的神策军横行霸道，因为他们不仅是中央北衙禁军的主力，担负着保卫京师和宿卫宫廷的重任，而且指挥权直接在宦官手中。地方官对神策军敢怒不敢言，更别说去管了。但是这个飞扬跋扈的神策军小将怎么也没想到栽到了柳仲郢手里，并且丢了性命。唐武宗问柳仲郢为什么擅自杀死神策军的人，柳仲郢回答："这个神策军小将在闹市跃马横冲直撞，这是不拿陛下法典当回事，已不单单是试我敢不敢处理他了。我只知道处理的是不守规矩的人，不知道打的是不是神策将军。"柳仲郢这一招很管用，杀一儆百，受到百姓称赞，京城秩序从此安定，再也没有人敢违犯条令往柳仲郢枪口上撞了。

柳仲郢的儿子柳璧和柳玭也是能够依据礼法处事的。李瓒做桂管观察使时，柳璧任观察判官，但是两个人关系不是太融洽。柳璧看到问题，就直言劝谏指出来，但李瓒不把柳璧的话当回事，柳璧很生气，拂衣而去。结果没过多久，桂府就出现了动乱。高湜很器重柳玭，总是让他做自己的副手。高湜第二次任泽潞节度使时，柳玭又做了他的副史。后来柳玭被召进京做了刑部员外郎。因为有人作乱，高湜被乱将从泽潞节度使任上驱逐，因此被朝廷贬为高要尉。柳玭觉得高湜是被冤枉的，于是三次上疏为高湜鸣不平。当高湜看到柳玭的奏疏，感

199

叹说:"我自辨析,亦不及此。"①就是自己亲自来解释这件事,也说不了这么清楚。

以上说的是柳公绰这一支的,再来看看柳公权在遵循礼法方面是怎么做的。在这一方面,柳公权主要表现在与皇帝的交往上。唐穆宗非常喜欢柳公权的书法,所以让柳公权"拜右拾遗,充翰林侍书学士,迁右补阙、司封员外郎"②。有一回,穆宗皇帝问柳公权怎么用笔才能写出好字,柳公权回答说:"用笔在心,心正则笔正。"穆宗马上就明白了,柳公权这是在通过讲如何用笔向自己进谏,这就是《旧唐书》中所说的"上改容,知其笔谏也"。

柳公权经历了穆宗、敬宗、文宗三朝。文宗一向敬仰汉文帝,一次他对几个大臣说:"我这身衣服已经洗过三次了。"意思是,我很俭朴,穿的是旧衣服。大家赶紧称颂文宗有俭朴的美德,但是文宗发现,只有柳公权没有说话。文宗把柳公权留下,问他为什么不发言,柳公权回答说:"人主当进贤良,退不肖,纳谏诤,明赏罚。服浣濯之衣,乃小节耳。"③当皇帝应该知道自己究竟该干什么,要在大是大非上下功夫,不是穿两件旧衣服就是明君了。柳公权说这话时,在场的周墀被吓得直哆嗦。好在文宗不糊涂,觉得柳公权"有诤臣风彩",于是让他做了谏议大夫。

开成三年(838)的时候,文宗问柳公权外边怎么评论自己,柳公权回答说:"自从郭旼出任邠宁度使后,外边就有一些不好的议论。"文宗解释说:"郭旼是尚父郭子仪的侄子,太皇太后的叔父,为官时没有什么过错,从金吾大将的岗位上到邠宁小镇上担任个节度使,这有什么值得非议的?"柳公权答道:"以郭旼的功劳出任邠宁节度使

---

① 刘昫等:《旧唐书》,北京:中华书局,1975年5月,第4308页。
② 刘昫等:《旧唐书》,北京:中华书局,1975年5月,第4310页。
③ 刘昫等:《旧唐书》,北京:中华书局,1975年5月,第4311页。

没有任何问题,大家议论的焦点是,认为郭旼是因为把两个女儿送到宫中,才得到了这样的任命。"文宗忙不迭地解释:"郭旼让两个女儿进宫是参拜太后的,不是献给我的。"柳公权趁机劝谏说:"毕竟有瓜田李下之嫌,您能挨家挨户去解释吗?"文宗知道柳公权是为了自己,于是把两个姑娘送还给了郭旼。柳公权看似故意和皇帝过不去,实则也是为了维护皇帝的形象。

婉切辞清文雅性

由于好学的家风,柳氏家族又表现出了文雅的家族品性。我们从本篇开始所引的那首《应制为宫嫔咏》可以看出柳公权的诗歌水平。史书中还有两件事能证明柳公权的文学水平。柳公权任中书舍人时,跟着文宗皇帝到未央宫。文宗停下车子对柳公权说:"我赐给守边将士们的衣物往年总是不能按时送达边疆,但今年二月将士们就领到了春衣,这真是一件值得高兴的事。"柳公权赶忙向文宗祝贺,没想到文宗竟然说:"爱卿就用诗来祝贺吧。"旁边的宫人们也跟着起哄,催促柳公权赶紧作诗。柳公权不假思索,应声作诗一首:

去岁虽无战,今年未得归。
皇恩何以报,春日得春衣。[①]

这首诗在《全唐诗》中题为《应制贺边军支春衣》,是一首五言律诗,《旧唐书》中就选用了前四句,所以乍一看,会误以为是一首绝句。为了让大家有一个整体印象,我们把后四句也引出来,"挟纩非真纩,分衣是假衣。从今貔武士,不惮戍金微"(《全唐诗》,第5447页)。当柳公权把诗句吟出来时,文宗非常高兴,"激赏久之"。这几句诗

[①] 刘昫等:《旧唐书》,北京:中华书局,1975年5月,第4310页。

既表现了守边将士的辛苦，也歌颂了皇帝对将士们的关心，最后扣住了主题"春衣"，一石三鸟，而且这三者之间还存在因果关联，真可以用出口成章来形容了。

《新唐书》中评价这首诗说"婉切而丽"①，就是委婉贴切而且语句富丽的意思。从《新唐书》中"诏令再赋，复无停思"来看，柳公权应该是先作了前四句，文宗觉得不过瘾，于是"诏令再赋"，这才又作了后四句。文宗看柳公权反应如此敏捷，称赞说："子建七步，尔乃三焉。"曹子建当年作"煮豆持作羹"那首诗用了七步，已经成为文坛佳话，没想到你只用了三步。文宗的言外之意是，柳公权比曹植还要厉害！

一年夏天，文宗召集几个文士在一起玩联句游戏，文宗写了两句："人皆苦炎热，我爱夏日长。"柳公权紧接着续写了两句："薰风自南来，殿阁生微凉。"②虽然其他人也都写有句子，但《全唐诗》中没有流传下来，我们能看到的也就是文宗与柳公权两个人的句子。当时，文宗皇帝唯独对柳公权的诗句喜爱有加，不仅"独讽公权两句"，而且认为柳公权的两句诗"辞清意足，不可多得"，然后让柳公权亲笔以方圆五寸大小的字书写在大殿的墙壁上。

我觉得，文宗让柳公权把这两句诗题写到殿壁上，有两个原因：一是喜欢柳公权的字，要不不会盯着看半天发出"钟、王复生，无以加焉"的慨叹；二是这两句诗确如文宗所言"辞清意足"。文宗说，别人都讨厌夏天太热，我则喜欢夏天漫长。为什么呢？柳公权的两句诗实则就是答案。因为南风一吹，殿阁之中凉风习习，很舒服。这只是表面原因，实际上这两句还是对文宗的歌颂，柳公权的"薰风"是有出处的，

---

① 欧阳修等：《新唐书》，北京：中华书局，1975年2月，第5029页。
② 刘昫等：《旧唐书》，北京：中华书局，1975年5月，第4312页。

据《孔子家语》记载，帝舜曾经造《南风》歌，歌词是"南风之薰兮，可以解吾民之愠兮；南风之时兮，可以阜吾民之财兮"①，后人便以南风或薰风比喻帝王的恩德。唐朝进士科在贞元五年（789）还考试过《南风之薰赋》，明显是借薰风歌颂帝王。这么一联想，就能看出柳公权的高明之处了，当然他的学养也得到了很好的印证。

再来看看柳公绰的文学才能。由于柳公绰不读非圣之书，所以他的诗文也体现出了典雅的艺术特征，《旧唐书》中说"为文不尚浮靡"②。元和初年，唐宪宗喜欢田猎，总想对外用兵，于是柳公绰就在元和五年（810）十一月写了一篇《太医箴》，进献给了宪宗皇帝：

> 天布寒暑，不私于人。品类既一，崇高以均。惟谨好爱，能保其身。清净无瑕，辉光以新。寒暑满天地之间，浃肌肤于外；好爱溢耳目之前，诱心知于内。清洁为堤，奔射犹败。气行无间，隙不在大。睿圣之姿，清明绝俗，心正无邪，志高寡欲。谓天高矣，氛蒙晦之；谓地厚矣，横流溃之。圣德超迈，万方赖之。饮食所以资身也，过则生患；衣服所以称德也，侈则生慢。唯过与侈，心必随之。气与心流，疾亦伺之。圣心不惑，孰能移之？畋游恣乐，流情荡志，驰骋劳形，咤叱伤气。惟天之重，从禽为累。不养其外，前修所忌。圣心非之，孰敢违之。人乘气生，嗜欲以萌，气离有患，气凝则成。巧必丧真，智必诱情。去彼烦虑，在此诚明。医之上者，理于未然，患居虑后，防处事先。心静乐行，体和道全，然后能德施万物，以享亿年。圣人在上，各有攸处。庶政有官，

---

① 《孔子家语》，影印文渊阁《四库全书》本，台北：台湾"商务印书馆"，1986年3月，第695册，第78页。
② 刘昫等：《旧唐书》，北京：中华书局，1975年5月，第4300页。

群艺有署。臣司太医，敢告诸御。①

这篇文章句子短促押韵，读起来朗朗上口。"箴"是一种文体，刘勰《文心雕龙》中称这种文体"所以攻疾防患"②，就是用来防患御过的。我想，宪宗皇帝肯定能够体会到柳公绰的良苦用心，特别是当他看到"畋游恣乐，流情荡志，驰骋劳形，咤叱伤气"时，一定能意识到柳公绰是有所指的。柳公绰通过防病做比喻，给皇帝留足了面子。另外，柳公绰还给了皇帝方法，"心静乐行，体和道全"，只有"德施万物"，才能达到"以享亿年"。宪宗皇帝看到这篇文章后，"深嘉之"，第二天派人过去慰问，并说柳公绰文中的"气行无间，隙不在大"写得好，"爱朕深者，当置之坐隅"③，宪宗皇帝干脆把这句话当成了座右铭。一个月后，宪宗皇帝任命柳公绰为御史中丞。

柳公绰的文才并非只是靠这一篇文章撑起来的，《全唐诗》中有他3首诗歌，分别是《和武相锦楼玩月得浓字》《题梓州牛头寺》《赠毛仙翁》。我们这里以第一首为例：

　　此夜年年月，偏宜此地逢。
　　近看江水浅，遥辨雪山重。
　　万井金风肃，千林玉露浓。
　　不唯楼上思，飞盖亦陪从。

（《全唐诗》，第3584页）

这是一首应和诗。题中的"武相"即武元衡，武元衡曾经带相衔出任剑南西川节度使。史书中对柳公绰与武元衡的关系也有记述："武元衡罢相镇西蜀，与裴度俱为元衡判官，尤相善。"④这首诗是在元和三

---

① 刘昫等：《旧唐书》，北京：中华书局，1975年5月，第4301页。
② 詹锳：《文心雕龙义证》，上海：上海古籍出版社，1989年8月，第409页。
③ 欧阳修等：《新唐书》，北京：中华书局，1975年2月，第5020页。
④ 刘昫等：《旧唐书》，北京：中华书局，1975年5月，第4300页。

年（808）中秋节这天写的，因为武元衡在元和二年（807）秋还是门下侍郎、平章事，到了十月朝廷才派他出镇西川。这天陪着武元衡一块赏月的最少有五人，除柳公绰之外，还有张正一、徐放、崔备、王良会。当时大家总共确定了"中""浓""苍""来""前""秋""清"七个字作为韵脚，其中武元衡用了"中"字，柳公绰用了"浓"字，张正一用了"苍"字，徐放用了"来"字，崔备写了两首，分别用了"前""秋"二字，王良会用了"清"字。

按说应和诗是戴着镣铐跳舞，多是文人间的游戏之作，不易体现真实水平，但是柳公绰这首诗既有形式，又有内容。先说形式方面，第一，破题。第一联"此夜"就是中秋夜，"年年月"写出了传统，每到中秋，大家都有赏月的习惯，"此地"便是指成都了，题中的"锦楼"在锦城，锦城因锦江而得名。第二，对仗。这首诗就体制来说属于律诗，要求中间两联对仗，第二联、第三联对仗很工整。第三，押韵。柳公绰选的"浓"字，意味着他不仅要把"浓"字作为其中一个韵脚，还要在"浓"所属的韵部选用其他字来押韵。根据北京故宫博物院收藏的《裴务齐正字本刊谬补缺切韵》，第一句"逢"、第二句"重"属于阳平"钟"韵，第三句"浓"、第四句"从"属阳平"冬"韵，两个韵部可以通押，所以押韵也是没有问题的。

再说内容上，赏月就得说月，诗人没有说月亮如何圆，而是通过月光下澈让人去品味。锦江的水显得清澈透明，必然是在皎洁月光下的感受，如果月亮被乌云遮挡，也不可能看见"江水浅"了。景色近看是江水，远观是一片银白色。皎洁的月光是银白色，水也是银白色，王维在《新晴野望》中说"白水明田外"（《全唐诗》，第1250页），李白在《送友人》中讲"白水绕东城"（《全唐诗》，第1804页），皎洁的月光与远去的江水相遇，使远方恰似白雪一片。毕竟是中秋，已风起露浓，但诗人把风称"金风"，将露作"玉露"，马上使秋更具美感。而且这两个词也是有出处的,"金风"出自张协的《杂诗》:"金风扇素节,丹霞启阴期。"李善注称:"西方为秋而主金,故秋风曰金风也。"①"玉露"出自谢朓的《泛水曲》:"玉露沾翠叶,金风鸣素枝。"②这里是用"玉露"指秋露。这样显得诗歌更有韵味了。最后表明与武元衡的友情,"飞盖亦陪从",曹植有《公宴》诗"清夜游西园,飞盖相追随"③,"飞盖"成了驱车的代称,柳公绰显然是对这一句的化用。柳公绰的意思是,自己愿意陪同武元衡一同游玩,也印证了《旧唐书》中所说的二人"尤相善"。

所以,这一首诗无论从形式还是从内容上,抑或从情感表达上,都体现出了柳公绰的诗歌艺术及深厚扎实的学养。

回过头来再看柳氏家族,好学的家族习惯为整个家族的成功奠定了基础,从而让他们在为政的过程中以礼法为准绳,不仅维护了朝廷的尊严,而且赢得了历史的尊重。在诗文创作中,虽存世不多,但让后人看到的都非浮艳的词汇,而是在字里行间流露出的雅正之气。

---

① 李善等:《六臣注文选》,杭州:浙江古籍出版社,1999年3月,第537页。
② 逯钦立:《先秦汉魏晋南北朝诗》,北京:中华书局,1983年9月,第1416页。
③ 逯钦立:《先秦汉魏晋南北朝诗》,北京:中华书局,1983年9月,第449页。

参考书目

1. 司马光：《资治通鉴》，北京：中华书局，1956年6月版。
2. 宋敏求：《唐大诏令集》，北京：商务印书馆，1959年4月版。
3. 司马迁：《史记》，北京：中华书局，1959年9月版。
4. 李昉等：《太平御览》，北京：中华书局，1960年2月版。
5. 彭定求等：《全唐诗》，北京：中华书局，1960年4月版。
6. 王钦若等：《册府元龟》，北京：中华书局，1960年6月版。
7. 郭庆藩：《庄子集释》，北京：中华书局，1961年7月版。
8. 班固：《汉书》，北京：中华书局，1962年6月版。
9. 李昉等：《文苑英华》，北京：中华书局，1966年5月版。
10. 姚思廉：《陈书》，北京：中华书局，1972年3月版。
11. 李百药：《北齐书》，北京：中华书局，1972年11月版。
12. 姚思廉：《梁书》，北京：中华书局，1973年5月版。
13. 魏征等：《隋书》，北京：中华书局，1973年8月版。
14. 李延寿：《北史》，北京：中华书局，1974年10月版。
15. 房玄龄等：《晋书》，北京：中华书局，1974年11月版。
16. 欧阳修等：《新唐书》，北京：中华书局，1975年2月版。
17. 刘昫等：《旧唐书》，北京：中华书局，1975年5月版。

18. 萧统：《文选》，北京：中华书局，1977年11月版。

19. 柳宗元：《柳河东集》，北京：中华书局，1979年9月版。

20. 杨伯峻：《列子集释》，北京：中华书局，1979年10月版。

21. 刘𫗦：《隋唐嘉话》，北京：中华书局，1979年10月版。

22. 仇兆鳌：《杜诗详注》，北京：中华书局，1979年10月版。

23. 元稹：《元稹集》，北京：中华书局，1982年8月版。

24. 李吉甫：《元和郡县图志》，北京：中华书局，1983年6月版。

25. 逯钦立：《先秦汉魏晋南北朝诗》，北京：中华书局，1983年9月版。

26. 董诰等：《全唐文》，北京：中华书局，1983年11月版。

27. 徐松：《登科记考》，北京：中华书局，1984年8月版。

28. 刘向：《列仙传》，影印《四库全书》本，台北：台湾"商务印书馆"，1986年3月版。

29. 王灼：《碧鸡漫志》，影印《四库全书》本，台北：台湾"商务印书馆"，1986年3月版。

30. 《孔子家语》，影印文渊阁《四库全书》本，台北：台湾"商务印书馆"，1986年3月版。

31. 苏轼：《苏轼文集》，北京：中华书局，1986年3月版。

32. 魏源：《老子本义》，上海：上海书店，1986年7月版。

33. 王先慎：《韩非子集解》，上海：上海书店，1986年7月版。

34. 马端临：《文献通考》，北京：中华书局，1986年9月版。

35. 汪荣宝：《法言义疏》，北京：中华书局，1987年3月版。

36. 傅璇琮：《唐才子传校笺》（一），北京：中华书局，1987年5月版。

37. 詹锳：《文心雕龙义证》，上海：上海古籍出版社，1989年8月版。

38. 王利器：《颜氏家训集解》，北京：中华书局，1993年12月版。

39. 傅璇琮：《唐才子传校笺》（五），北京：中华书局，1995年11月版。

40. 蒋清翊：《王子安集注》，上海：上海古籍出版社，1995年11月版。

41. 杜甫：《杜甫全集》，上海：上海古籍出版社，1996年11月版。

42. 陈铁民：《王维集校注》，北京：中华书局，1997年8月版。

43. 孔颖达：《毛诗注疏》，北京：中华书局，1998年11月版。

44. 孔颖达：《礼记注疏》，北京：中华书局，1998年11月版。

45. 李善等：《六臣注文选》，杭州：浙江古籍出版社，1999年3月版。

46. 王利器：《文子疏义》，北京：中华书局，2000年9月版。

47. 陈贻焮：《增订注释全唐诗》，北京：文化艺术出版社，2001年5月版。

48. 刘学锴、余恕诚：《李商隐文编年校注》，北京：中华书局，2002年3月版。

49. 陈飞：《唐代试策考述》，北京：中华书局，2002年4月版。

50. 袁行霈：《陶渊明集笺注》，北京：中华书局，2003年4月版。

51. 孟二冬：《登科记考补正》，北京：北京燕山出版社，2003年7月版。

52. 谢保成：《贞观政要集校》，北京：中华书局，2003年11月版。

53. 李民等：《尚书译注》，上海：上海古籍出版社，2004年7月版。

54. 程俊英：《诗经译注》，上海：上海古籍出版社，2004年7月版。

55. 杨天宇：《周礼译注》，上海：上海古籍出版社，2004年7月版。

56. 杨天宇：《礼记译注》，上海：上海古籍出版社，2004年7月版。

57. 金良年：《论语译注》，上海：上海古籍出版社，2004年7月版。

58. 赵贞信：《封氏闻见记校注》，北京：中华书局，2005年11月版。

59. 王溥：《唐会要》，上海：上海古籍出版社，2006年12月版。

60. 袁行霈等：《中国文学作品选注》（二），北京：中华书局，2007年6月版。

61. 王仲镛：《唐诗纪事校笺》，北京：中华书局，2007年11月版。

62. 吴在庆：《杜牧集系年校注》，北京：中华书局，2008年10月版。

63. 邢昺：《孝经注疏》，上海：上海古籍出版社，2009年4月版。

64. 谢思炜：《白居易文集校注》，北京：中华书局，2011年1月版。

65. 王定保：《唐摭言》，上海：上海古籍出版社，2012年8月版。

后 记

◆

这本书是我的"唐诗中国"系列丛书中的一本,旨在从唐诗中发掘一些与家风家训有关的素材,为当下的家庭文化建设、传统文化复兴做点事情。

在构思和选择素材的时候,很纠结,有很多不舍。比如上官仪和上官婉儿,无论是从宣传地域文化的角度还是尊重女性的角度抑或从个人喜好的角度,都觉得应该进入本书,但是当仔细阅读材料时又总感觉与本书的主旨有出入,思前想后只能忍痛割爱。再比如李白和李商隐,李白是我们熟知的大诗人,是盛唐文化的标杆性人物。他说自己的祖上是汉朝的飞将军李广,如果选择李白就绕不开李陵,于是李白就成了"叛徒"的后代;再者来说,李白这一辈子活得很潇洒,但也正是这个潇洒好像让他除诗歌和浪漫的精神之外没有再留给后人太多值得学习的东西。于是也只能含泪舍之!李商隐也是一位优秀的诗人,他的无题诗缠绵悱恻,能让不同的人读出不同的味道。不过他的人生经历过于压抑,不是科举考试受挫,就是在官场上碰壁,"虚负凌云万丈才,一生襟抱未尝开",选择他则会给人一种读书无用的暗示,所以也舍弃了。在谁上谁下这个问题上,真的很烧脑,自己和自己打架。

在写作中,虽然材料凑手了,但有时思路打不开,好不容易写了个开头，又总感觉不是自己想要的样子，只能反复写了作废然后重写。不过一旦进入佳境，确实是一种享受，我仿佛成了一个跨越时空的媒体工作者，在对这些历史人物进行访谈，随着他们哭，与他们一起笑。

最让我感动的是书中一些家族孝文化的特征。我在写虞世南、李德林、李百药等人的孝文化时，是流着眼泪在写的，因为这几篇是2020年春节过后写的。2020年过年期间，因为疫情，家里只有我和父亲母亲。父亲肺上有问题，2019年住了6次医院。我的弟弟妹妹都在老家，身边没人能帮忙，虽然自己照料很精心，但总是担心意外突然降临。我慢慢明白了孝子难当，不是不尽心，是不知道如何尽心，一个多月我都不敢脱衣服睡觉，有时刚躺到床上眼泪就下来了。

好在老天眷顾，朋友各种电话帮忙，按照朋友们的指点，我小心翼翼地照料着老人的身体。父亲说自己遇到了个好儿子，我在想，这原本就是为人子的本分，怎么还成了老人的骄傲了呢？我不知道虞世南、李德林、李百药他们在照顾父母的时候是怎么想的，反正是写到他们的时候，我被他们的"哀毁骨立"感动了。

写作中，在课程建设和学术研究上我是有收获的。我给秘书学的研究生上了一门课《传统文化与秘书修养》，因为不是自己擅长的学科，只能结合着自己擅长的东西打擦边球，讲了书中写到的薛道衡、魏征、杜佑、柳公绰等人。没想到学生竟然说收获很大。我的"唐诗研究"这门课，也有了更多的课程素材，让学生看到了唐诗在当代文化建设中的价值。我曾经在《唐代试赋研究》中讲到李德林是隋朝的秀才，当时没有深究，只是随着马端临的那句"隋时举秀才不十人"走了。这次却通过细读文献发现，李德林在进入隋朝之前，已经考过秀才了，这是一个小小的学术发现，也是对以往学术失误的纠正。再有就是在对一些诗歌进行分析的时候，我采用了一些学术考证的方法，越发觉得古人讲究写诗字字有来历不是一句虚话。

这本书的完成，需要感谢我的一位好友，默涵。写作中偶有困惑，她总会用心倾听，出谋划策，虽然切入点不同，甚至不乏脑洞大开，但也时能带来灵光。当然每成一篇，她就成了第一位读者。

书稿虽然完成了，但并不意味着对唐诗中的家风家训考察画上了句号，毕竟因为篇幅原因可能会有所遗漏，甚至有选择失当的地方。敬请读者朋友指正，笔者好做进一步的完善。

王士祥

2020年3月